大道微尘。

于国泰 著

Dadao Weichen
by Yu Guotai

SPM 南方传媒 | 广东人民出版社
· 广州 ·

图书在版编目（CIP）数据

大道微尘 / 于国泰著. —广州：广东人民出版社，2024.2
ISBN 978-7-218-17320-7

Ⅰ．①大… Ⅱ．①于… Ⅲ．①散文集—中国—当代
Ⅳ．①I267

中国国家版本馆CIP数据核字（2024）第010621号

Dadao Weichen
大道微尘

于国泰 著

出 版 人：肖风华

责任编辑：范先鋆
责任技编：吴彦斌

出版发行 广东人民出版社
地　　址：广州市越秀区大沙头四马路10号（邮政编码：510199）
电　　话：（020）85716809（总编室）
传　　真：（020）83289585
网　　址：http://www.gdpph.com
印　　刷：广州市豪威彩色印务有限公司
开　　本：890毫米×1240毫米　1/32
印　　张：10.25　　字　　数：228千
版　　次：2024年2月第1版
印　　次：2024年2月第1次印刷
定　　价：68.00元

如发现印装质量问题，影响阅读，请与出版社（020-87712513）联系调换。
售书热线：（020）87717307

CONTENTS

目录

启航

定好明天，去土山塑料厂送塑料条，今早两位司机找我商量，下午走，理由是200多公里路，25马力拖拉机，开足马力，每小时行驶不到25公里，如果平均每小时跑20公里，要走十至十二个小时，今晚出发走一夜，明早上班前到达目的地，节约一天时间。夜里路上清净，不冷不热，卸下货，我结账办业务，两位司机当日能回到家，承包了生产队的拖拉机，不挣工分，改为挣钱，能多挣就想办法多挣。

下午五点，两位司机小赵小荆，从村东大湾边上，顺胡同，把泰山牌24拖拉机开到厂门口。这里原来是生产队的仓库，也是挂面作坊，三分地小院，四间北屋，四间西屋，南边三间敞篷，二十世纪六十年代，北屋是生产队的驴牛棚，到七十年代，牛驴牵走了，改为挂面作坊，生产队的一项副业。西屋仓库，存放玉米、小麦等农作物种子，牛驴的精饲料，猪吃的地瓜干，三年前搞塑料加工，挪出两间，放进一台挤塑机，生产塑料条，这就是我的塑料加工厂。

北屋的挂面作坊，还正常生产。西头一间，靠近大门，盛塑料条，是我的仓库。距离门口拖拉机七八米，六个女工人向外运，小赵小荆装车，俩小伙二十岁出头，浑身力气用不完，车上车下爬上去跳下来，我在一旁当帮手，四十多分钟，装完一拖拉机塑料条。

两根大麻绳，把几十件塑料条捆得紧紧的，洗洗手上车出发，从厂门口到大公路，走二公里土路，坑坑洼洼，拖拉机走一米晃三晃。驾驶室的骨架，用三角铁焊起来，平的一面朝外，焊铁板，棱角一面朝里，背靠棱角，晃荡一下，戳你后背一下，只能两手撑住，驼着腰，任凭天摇地动，高高兴兴"出征"了。

泰山牌24拖拉机，山东拖拉机总厂生产，当年抢手货，买不到新车，一九八〇年春，我在潍坊托人买了一辆二手车，花了四千元。这辆车在我们第一生产队干了两年，八二年改革，承包给小赵小荆，我第一次坐它跑长途，而且拉的自己的货物，出远门挣钱，兴奋激动，越晃悠越高兴。

路上我们仨有说有笑，说生产队的趣事，谈今后咋挣钱，不知不觉过了淄河，过了庙子村。爬牛角岭，淄川去益都（现在青州市）的必经之路，"S"形盘山路，而且不是一个，转三四个"S"形弯，才能爬到山顶，沙土公路，爬大坡，拖拉机水箱沸了三次，沸一次停一下车，等水温降下来再行驶，我问是不是水箱有毛病了，小荆说，因为这趟跑远路，去修理厂全车检查一遍，没毛病，上坡水温高正常的，爬上牛角岭，一路下坡到益都，夜已深了。

过了益都，大约走了十几公里，感觉车有些歪，停下一看，一个轮胎没气了，换上备胎，继续走吧！再坏一个怎么办？公路旁边一个院子，小荆跑进去问修轮胎的地方，回答不知道，那年代汽车拖拉机稀少，修理厂更少，即使找到，早关门睡觉了。巧得很，这院子是马车店，住不住？继续走，再爆一个轮胎，只能公路上过夜，小赵仔细检查一遍，有一个轮胎起了瘤子，干脆住马车店。

进院门，西屋出来一位老头，走到拖拉机旁客客气气地问，几个人？住一宿三毛钱。小荆嘴快，马上搭话，三个人。老头指着右边的三间，住这屋，老头先进屋，拉开电灯，屋内五张床，床上只有草席，没有枕头，没有被子。老头问，要不要被子？被子一床另加两毛，住宿哪有床上没有被子的呢？老头说，马车夫们，出门自带被子。小荆说，来三床，老头先提来一个竹壳温水瓶，回头拿来三床被子，昏暗的灯光下，看不清被子是蓝色黄色，还是黑色棕褐色。小荆小赵打开被子，向床上一摊，一股无名的臭味在屋里散开，我摸了一下床上没打开的那床被子，油滋滋滑溜溜，可能几年没有洗过了。

每人喝了一杯水，两位司机垂头丧气，一言不发，出车前拍着胸膛说，跑两趟没问题，想不到，刚走了一小半路，歇活了。三双眼睛干瞪着，无奈，睡吧！鸡鸣早赶路。

这马车店，第一次见。二十世纪八十年代初，马车驴车是农村主要交通工具。想不到马车夫住这样的旅馆，窗子，木窗棂，糊着纸，不带玻璃，两扇木门，没有椅子，没有桌子，五张木板床，木板床上一张草席，生产队麦场的看场屋，比这强多了。

两位司机躺下了，睡不着，但比坐着舒服，我躺不下。半开一扇门，坐在被子上，望着蓝天，看着满天上一眨一眨的星星，弯弯的月亮在东边，看不见了，五月的天，凉飕飕的，坐半夜吧。

去年（一九八一年），收完秋庄稼，按照上级指示，农村实行家庭联产承包责任制。生产队不再集体耕种，分田到户，按照每村土地多少，承包到个人。我们生产队男劳力分四亩，女劳力分三亩；没有劳动力的，在人民公社、大队工厂上班的，不分地，称责任田。生产队不解散，保留原有的分配方式，人民公社的章程不改动。种一亩地，顶多少工分，在工厂上班的，每人上交生产队工资顶工分，分配还是人七劳三，按工分、按人口分粮。土地分等级，两季庄稼，一级地每亩800斤，二级地700斤，山地400斤。产量是硬指标，不论丰收歉收，收完两季庄稼，生产队算账，留下自己应得的粮食，剩余的交到队上，分给没有土地的社员，上交公粮。

人民公社和生产大队的工厂，正常运行，经营方式不变。生产小队的作坊，归个人承包，双方协商，每年交生产队多少钱，剩余款归承包者。人民公社和生产大队的工厂，不能承包给个人，得走集体所有制的道路。

我们小队一九七九年，用旧塑料鞋的鞋底，加工成塑料条，制作塑料半成品，我负责废料收购、产品销售，这是生产小队一项副业小作坊。六个工人，我一人担任采购、销售、厂长、会计，一九八〇年年终决算，小队每十分工值一元零四分。男劳力每人一天平均挣十二分工，一天挣一元二角四分。定承包费，队长提每年交三千，我说交五千，队长嫌多，高两千没人承包。多交两千，没有社员提意见，定了两年的合同，送第一趟货，出师不利，碰了一鼻子灰。

坐在床上背靠墙，迷迷糊糊熬了一夜，五月的天，五点钟，天亮了，两位司机，躺在臭烘烘的被子里，没有睡好，起床了，继续赶路。

一九八二年，修车铺很少，提心吊胆地上路了，万一再爆一个轮胎，怎么办？出马车店，行驶一段路，不上崖，不下坡，路上无行人，无车，大约走了两小时，路边有一个修车铺，七点多钟，没有开门上班，停在门口，修好轮胎再走。

修完轮胎，吃过早饭，急匆匆赶路，到土山塑料厂，还有一百多公里路程，下午能赶到，卸下货，两位司机走夜路，能回到家。

没走多远，上坡，拖拉机加大油门，开足马力，水箱沸了，停下加水，备有塑料水桶，还有一桶水，加上大半桶，继续前进。上大坡，看不到头，没走几公里，又沸了，备下的水全倒上，没加足，两位司机咕噜，自言自语，水箱出毛病了，找拖拉机修理厂，路边没有，只好到县城去找。

走走停停，从路边小河装上水，走几公里加一次水，记不清加了多少次，总算到昌乐县城。问拖拉机修理厂，只有一家，转了三四条马路，找到了修理厂，院子不大，四间敞棚，三间正屋，两位修车师傅坐在院里喝茶。小赵小荆说完水箱情况，两位师傅走到拖拉机旁，打开发动机盖子，看了看水箱说，水箱锈太多，堵塞了。水不循环了，通水箱，大约用了一个多小时。通完了，加水试车，上边加水，水箱下面哗哗漏水，师傅伸下头看，水箱通出两个窟窿，又拆下焊水箱。

水箱放在架子上，一位师傅拿焊枪，另一位去拿焊条，铜焊条没了。买焊条，一位师傅摘下工作手套，骑上自行车，找五金店买焊条，另一位师傅继续抽烟喝茶。同喝茶的师傅聊了一会，拖拉机修理厂，是街道办的，拿工资，一天不修车，工资照发。焊条买回来，午饭时间到了，我们请求师傅焊完水箱再吃饭，我们好赶路，师傅装没听明白。

下午一点上班，磨磨蹭蹭，照样喝茶抽烟，按部就班，三点半钟，终于装上水箱，出去昌乐县城，太阳还有一竿多高。

路程还没走上一半，今天赶不到土山了，走到哪住哪，心急喝不了热粥，人算不如天算，计划赶不上变化。

进潍坊，天黑了，住下还有点早，再赶一程路。大约八点，经过挺大一个村，停下车问了问，这儿是朱里人民公社驻地，上游村。有旅馆，有饭店，不赶夜路了，住供销社旅馆，院子挺大，两排房子，房间四张床，桌椅都全，被褥干干净净，同城市旅馆没有两样，放下简单的行李，找饭店吃饭。

从房间向外走，看到拖拉机旁边站着两个人，扒着袋子看塑料条，我们过去问，"你们干啥？""是你的塑料条？""当然了！""卖不卖？"赶了一天一夜不顺的路，很烦，有人乱问，不理他，继续向外走。其中一位追上来，

"咱们商量商量。""没吃饭呢，回来再说。""住几号房间？""205。""吃完饭到房间找你们聊聊。"

一边吃饭，一边议论，啥单位半路截货，是真买，还是打听价格？上次土山塑料厂，送生产小队的二吨塑料条，价格降到每吨1350元。临走的时候，徐厂长找我说，下次送货，每吨降100元，好话说尽，最后商定每吨1300元，愿送就送，不送不求我们，听说准备改产品。

一九八一年春天，我们供货的人民公社塑料厂改产品了，不再买我们的塑料条。我去了安徽阜阳、蒙城，山东临沂、新泰，转了七八家厂，跑了两个多月，塑料条推销不出去。那年代，信息不畅，电话没有程控，买货的买不到，推销的找不到厂家。收下五六吨废塑料鞋，三个月生产了四吨多塑料条，愁想不出好办法。一天同塑料厂的朋友一起吃饭，朋友讲，听说掖县（现莱州市），土山人民公社有一家塑料厂用塑料条，不能等，随即出发了。转换四班长途汽车，潍坊住一宿，第二天赶到土山，已经下午四点多钟了。找到塑料厂，厂长在开会，等了半小时，会开完了，找到厂长，说明白来推销塑料条，听罢，厂长哈哈大笑。"多少钱一吨？"厂长小声自言自语，"及时雨及时雨。"我暗忖，比原来卖价高出50元，刚办厂，没有办厂经验，不敢多报。"1450吧，我正常卖的价格，不多要。""行，定下，有多少货？""大约四五吨。"定完了价格，厂长说了实话，刚开完会，正愁塑料条，你送上门了，明天派汽车去你厂拉货。同你们磁村有缘分，多次去磁村一号煤井运煤，同赵井长、唐井长、工办书记都很熟悉。厂长姓徐，爽快，直来直去，四个多月生产的货，两汽车拉来了，卖了好价钱，解了土山塑料厂的燃眉之急。

土山塑料厂的业务，做到年底，徐厂长找我，明年准备改产，塑料条用量减少，又来了两家供货厂，价格压下来，让我有思想准备。我们仨边吃边聊，这一趟去送货。送到不知价格压下多少？能给1300就不错，刚承包路不顺。

吃完饭刚回到房间，看塑料条的两位来了，自我介绍，文登塑料五厂毕科长、刘副科长，出来采购塑料条。听说话口气，像是急用，我强调这是给土山塑料厂送的货，不能给你们。毕科长再三央求："先给我们这一拖拉机，以后的供货咱们再谈。"毕科长让我报价，"每吨1500？"我报的比土山高出200元，能不能接受，当年工人工资每月三十几块，200元，工人半年工资。毕科长顿了一会："好吧，一言为定，说话算数。"我实话实说，拖拉机有毛病，跑不到文登，毕科长答应，明天通知厂，派汽车来拉。

第二天毕科长去邮局打电话。那年代的长途电话，可能一小时接通，也可能要等三四小时。刘副科长带我们把塑料条卸到附近一个生产队的仓库。当时不怕丢失，不怕上当受骗，拖拉机卸完货回家，我们回到房间等毕科长。十点多钟，毕科长回来了。明天中午，汽车来拉。

装完货吃过午饭，汽车出发，毕科长讲，到文登还有二百多公里。山路弯弯曲曲，上上下下，每到岔路口，我必须记得清清楚楚，莱阳拐一小路口，冯家南黄，到了泽头村，进文登塑料五厂大门，晚上七点多。一块石头落地，毕科长送我到旅馆住下。

　　文登塑料五厂，文登县泽头人民公社的社办厂，生产黑塑料布，砖厂盖砖坯用的。这车塑料条不进来，后天就停产，结完账，毕科长对我讲，每月最少送两车，多者不限，建立长期业务关系。他们用摩托车把我送到汽车站，泽头到烟台有一班长途汽车。

泽头送货

从朱里送到文登塑料五厂的塑料条，卸完货，毕科长问我："生产条料的原件，有没有旧塑料凉鞋？"我回答："多半是凉鞋，少量鞋底。""下次送货把凉鞋豁开，不用做成条料了。"我听不懂毕科长的方言，"怎么豁开？"我连问了三遍。毕科长两手一比画，一只鞋子中间一刀两半，洗干净直接装货送来，同加工的塑料条一样价格。转手就卖省电费省人工费。

文登塑料五厂，生产盖砖坯的黑塑料布。用废塑料成本低，春天是生产旺季。毕科长叮嘱，不限时间，不限数量，送多少收多少。

生产塑料条的原料，旧凉鞋占三分之二，布鞋的塑料底占三分之一。凉鞋不用加工，节省一大半时间。鞋底用回收多次的废料制作，杂质很多，必须经过挤塑机，过滤杂质，挤成条料，才能制作其他产品。从文登泽头回来，六天时间，收购凉鞋，加工条料。凑足三吨多，装一解放汽车，塑料是浮载，载重四吨的车，只能装上三吨多一点。

一九八二年，长途运输，没有汽车个体户。乡工业办公室运输车队，有两辆汽车，一辆130，载重两吨，一辆老解放，载重四吨，用车提前三天联系，排号确定日期。

下午四点，汽车开到村东，在镀锌厂门口，小胡同南头。我的塑料厂，从胡同向里，一百多米，拖拉机能进去，汽车进不去，只能用小推车，运出来装车。

准备好了，四个小推车，全厂八名工人，两男六女，全部出动。女工推小车向外送货，我和两名男工人装车。装车是累活，两人抬一袋，扔到车上，一人在车上将货排整齐。第一层排完，第二层一个人还能行。装到第三层，车厢上两人抬，三人轮换上车下车。排到第四层，车下放上一张桌子，把塑料袋搬到桌子上，站在桌子上，俩人举一袋，装到第五层，司机喊话了，超高了，不能装了。第六层分散装，袋子压得扁扁的，又装了半层。司机拿一根竹竿，一比车厢，正好了，不能装了。准备了三吨半，还剩下十几袋。傍晚六点，装完车。

约好了明早六点出发，汽车准时到村东。两名司机，加我三人坐驾驶室，挤一些。二十世纪七十年代的老解放，仿苏联嘎斯车，驾驶室窄，早上凉飕飕的，挤在一起挺舒服的。

车走淄川，一路向东，经黑旺，过淄河，出庙子，去益都，一条沙土路。到牛角岭，路边竖了一个牌子，前方修路，慢行。路窄，两辆汽车刚能对开，路上没有汽车，有两辆拖拉机从对面开过来。牛角岭七八个大弯，半边修路，拓宽路基，半边过车。走几米停下，等拖拉机，等自行车，十几分钟路程，走了一小时。走完牛角岭，下坡路，正修路，到五里塘才顺畅。

过益都，太阳直射驾驶室，热乎乎的，三人又挤又热，我让司机停车，我爬到车厢上，躺在塑料袋上。挺舒服的汽车卧铺，不知跑了多少路，迷迷糊糊睡着了。只听吱吱几声，汽车晃荡停下来。没准备，从塑料袋上溜下来，掉到路边沟里。半米小沟，沟边沟底全是松土，年轻，手脚灵活，无大碍。司机师傅连连道歉，会车转弯，紧急刹车，多亏是土沟，碰上石头沟，腿不破，胳膊也得受伤。挤不挤，热不热，没关系，进驾驶室，继续赶路。

去泽头塑料厂，大约四百五十公里路，计划晚上九十点到。淄川到益都路窄，误了一个多小时，摔进沟里，耽误一会，到莱阳已经晚上七点多钟了。还有一百五十多公里，司机累了，找个旅馆住下。刚进莱阳不远，有一个旅馆，有停车场，有饭店。

登记住宿完毕。院门口是饭店，进门，服务员迎上来，很热情，"几位客人吃饭？""三位。""请坐，对不起，猪油没了，菜可不好炒。"我接上服务员的话，"猪油没了，用猪肉炒啊。""猪油（肉）一点没有。""猪油没了，用花生油，死脑筋。"二十多岁的女服务员有些急，"我说的是猪油（肉）。""我说的是花生油。"服务员终于明白了，哈哈大笑，我们这里发音，"猪油"就是"猪肉"。我们仨跟着哈哈大笑，随便吧，炒鸡蛋，炒豆腐，不吃油了，我学莱阳腔。当年的饭店，炒菜花样很少，只会用猪肉炒，胶东春天肉炒萝卜，肉炒葱，肉炒芹菜，炒鸡蛋，点七八个菜就会重样。少肉的年代，只会用肉做菜。

次日十点多，赶到泽头塑料厂，卸完货，办完收据，司机回淄川。我住旅馆，等明天拿款。

泽头只有一家供销社旅馆，坐落三岔路口，向左一百多米，文登塑料五厂，向右拐二百多米，汽车站。每天一班直达烟台的长途汽车，向前集贸市场。旅馆没有单人间，标准间，一色四人客房。我刚进房间，进来一位小伙子，"大哥，哪单位的？"小伙子爱说话，没放下包就问。"淄川塑料厂的。""生产啥产品？""塑料条。""我是掖县路旺塑料厂，给文登塑料五厂送货，今天中午在塑料厂卸货，是不是你的车？""是的。"三言五语，同行，拉近了距离。小伙子自我介绍，路旺乡潘家村塑料厂。给厂里跑业务，名副其实的村办厂子，没有搞承包，拿工资的业务员。昨天送的塑料条，等着拿货款。我是挂名村办厂，当时不讲单干户，讲出来不相信，哪有个体办工厂的。

下午一块逛街，街头有自由市场，卖鱼卖菜的十几个摊位，有各种海产品，不认识，第一次见到。小潘介绍，像大蚯蚓的叫海肠，炒韭菜好吃得很。小竹节的叫蛏子，很宣（鲜）的，做汤，炒鸡蛋。海蟹我认识，一九七五年吃过，闹了一夜肚子，白天还跑了几次厕所，看见想吐。小潘讲，七十年代，运输时间长，蟹子不新鲜，在海边吃，放上几片姜，没问题。

问价格，每斤三毛，小潘买了三斤，在旅馆煮熟，拿到饭店喝两杯。

提上煮熟的海鲜，要了一盘小葱炒肉，蛏子炒鸡蛋，两人对饮蓬莱阁大曲。刚认识，话很投机，聊得挺热乎，小潘的业务比我早半年。一九八一年和文登塑料五厂有联系，最近准备生产聚乙烯塑料条，我们送的这种称聚氯乙烯塑料。小潘比我懂，我只知道，软的塑料硬的塑料。泽头塑料厂，现在正准备生产塑料桶，原料就是聚乙烯塑料。盛一种涂料，不知啥产品。小潘喝了二两，大半醉了，我喝了半斤，一瓶蓬莱阁没喝完。回到房间，还东扯西聊的，说到半夜才睡，

翌日拿到货款，下午一点，泽头去烟台的长途客车，晚九点，然后乘烟台至济南的火车，第二天早六点到张店。

文登塑料五厂生产的塑料布，销售季节性很强。砖厂从三月份生产砖坯，每天要生产几千几万块。随出砖坯，随即用塑料布盖好，一直延续到七月雨季。下半年砖坯生产减量，塑料布周转用，砖厂不再购买塑料布。文登塑料五厂，下半年用塑料条减少，通知啥时间送货，才能送。不像春天多多益善，从八月份，到秋收种小麦，两个月没送货了。

这天中午，正在村头承包田里耩小麦。母亲叫我，说有人找，麦地在村头，几分钟到家。坐在母亲屋里，是邻村的江大哥，认识几年的朋友，在吊风扇厂销售电风扇，前几天一块吃饭，谈到塑料条的销售情况，文登两个月没要货了，托他打听打听，哪里有用塑料条的厂家。今天登门，为的就是销售塑料条的事，昨天江老兄去博山百货大楼送风扇，了解到博山有两家塑料厂，淄博塑料三厂、九厂，三厂是规模厂，产品种类多，先去三厂问问。

朋友来了，有好酒，喝两盅，母亲去炒菜。我领他到小厂看看。小厂距我家三十几米，斜对大门，生产队的仓库。四间西屋是我的塑料小厂，刚承包时，我只占两间，上个月两间仓库才挪走，一台塑料挤出机，机子在屋南头，占一间半。挤出的塑料条放北头，两个月没去文登送货，存放了两吨多。没敢多生产，江老兄催我明天就去。

淄博塑料三厂在青龙山，从火车站铁桥向东，爬上崖，二十几米就到。淄博塑料三厂的办公楼，两层，购销科在二楼。问清楚了，厂里改革，车间负责制，进原料，销售产品，车间单独经营。厂部不统一管理，用废塑料，在三车间。车间主任姓刘，购销科女同志讲得很仔细。

三车间在西南角，找到车间刘主任，一个人坐在办公室。打个招呼，我拿出塑料条介绍自己的产品，用旧塑料凉鞋、废鞋底生产的半成品。"听朋友介绍，你厂用。"刘主任拿过塑料条，掰了掰，看了一会儿。"里面没加其他废塑料？""只用这两种废塑料，其他一点没有，百分之百保证。""我这车间，只用旧凉鞋做原料，还没用过这种条料，只要是用凉鞋和塑料鞋底做的，就能用。""刘主任，生产啥产品？""我们生产塑料颗粒，供鞋厂，做布鞋底。"明白了，我收购的布鞋底，就是用这种颗粒做的。"刘主任，我们收布鞋塑料底，烤掉布帮，洗干净，放到塑料挤出机，经过滤网，做成条料，咱们产品很对口。"刘主任沉默了几分钟，"可以考虑，很对口的，我们这个产品才生产两个月，国营厂工人，洗旧鞋谁也不愿干，收废鞋到废旧公司，业务员不愿跑，正发愁。"我不等刘主任说完，接上话题："我帮你解决，用条料。"同刘主任说话间，进来一位胖胖的、黑乎乎的小伙子，穿工作服，没同刘主任打招呼，坐在一边的椅子上，自己倒上一杯水。刘主任先同他说话："孙师傅，这位是来联系业务的于厂长。"孙师傅瞟了我一眼，坐在椅子上，一动不动。我连忙走到孙师傅旁边，同他握手，他坐在椅子上，屁股没抬，伸出手，轻轻地握了一握。

"于厂长，你那村叫啥来着？"刘主任问我。"百锡村，磁村公社的。"说到这里，孙师傅抬起头，瞪大眼睛看着我："怎么称呼？""于国泰。"我刚说完姓名，孙师傅站起来，两步跑到我面前，拉住我的手，"你就是国泰，小名我也记得，当着刘主任面不叫了。"我立马站起来，两人对视。我记不起来，面前的熟人，对我如此热情，握着我的手不放，笑眯眯的，亲切地看着我，"我是你孙三叔，小三啊！小时候领你到西冶街上去玩。"噢，有些印象，二十多年不见，大我三四岁的小三子，我急忙说："想起来了，小三叔，还教我吹鼓珰呢。""于大爷身体挺好的？退休了吧？""退了。""于大哥、陈叔还在上海工作？"孙三叔继续问，刘主任愣愣地看着我俩。

孙三叔是博山老房东的儿子。二十世纪五十年代，爷爷从博山采购琉璃制品，发到上海，在博山设办事处，租孙三叔家的房子。公私合营后，一九六三年撤走，用了十几年，上学前，五十年代，在他家常住。孙家房子，在后漆沟街，不大一个小院，东西长。爷爷租的西屋三间，东屋二间，孙家住北屋四间，西屋是堂房，五层台阶，又高又宽，北屋倒是厢房，又矮又窄。孙三叔的父亲，同我爷爷同辈分，我喊孙爷爷。孙家四个儿子，我们租住时候，老大参加工作，老二读中学，老三上小学，大我三四岁，很调皮，放学回家，带我到街上玩，我随大人辈分，喊他三叔。小时候瘦瘦的，现在胖了，没认出他。不说出百锡，他没注意，说到我的名字，认出我了，二十多年不联系了，距离虽不远，他乡遇故旧。

孙三叔是车间业务员，汽车司机，负责采购原料，我这塑料条，进保险柜了。我俩越聊越亲，我说今儿中午我请客，孙三叔不同意，他掏腰包去聚乐村，聚乐村离孙三叔老家很近，小时候经常去吃饭。

同塑料三厂三车间，供塑料条业务，要签合同，国营厂合同厂部要审核，报账结算，一系列手续，两个多月了，很顺利。每月用四五吨，小拖拉机送三趟，有孙三叔张罗，省下我业务上很多麻烦事。有这层关系，刘主任帮忙，车间副主任、技术员、工会主席，各方面人物都关照。我不能拖太长时间，表示一下，隆重请一次客。

在塑料三厂南，五龙村大街上，刚开业一家饭店，博山第一批办私营执照的。改革开放，允许个体开饭店，孙三叔去安排，我买单。刚开业几天，聚乐村退休厨师，带儿子开的，菜的标准，照搬聚乐村的菜谱，增加几样老传统菜，出于聚乐村，胜于聚乐村。聚乐村饭店，二十世纪二十年代营业，解放前博山第一大饭店，"文革"前排前三名。

今天请到的客人，有正副主任、厂部财务科长、厂办主任、孙三叔、技术员，一共七位，加我八个人。淄博几百年传统，八人一桌，方桌，元奎椅，对客人尊重。饭店老板创新，不用一盘一盘点菜，十五元一桌，套菜，十个菜。都是传统菜，葱爆海参，九转大肠，糖醋鲤鱼，硬炸肉，豆腐箱，爆炒腰花，汆丸子，炝蹄筋，炒肉片，剔骨肉拌黄瓜。还有六个小菜，花生米，酸黄瓜……有好菜。喝好酒，三块六一瓶的兰陵大曲。边上菜，边讨论，多数人没吃过这几个名菜，几样传统菜"文革"前有，"文革"十年破四旧，扫除资产阶级生活方式，菜也跟着大众化。像葱爆海参，小时候，住后漆沟，爷爷带我吃过多次，二十多年了，早就忘了，开了眼界。

喝得开心，吃得尽兴。刘主任站不稳了，孙三叔拉住我的手，足足二十多分钟不放。反复说几句话，我去看于大爷，我想他老人家，陈大叔、于大哥从上海回来，我得去看他们，我想他们了。重复了十几遍，站在饭店门口，不放我的手。张副主任和技术员小王，生拖硬拉，拽走了孙三叔，我才脱身。

这天中午送货，结完账，刘主任约我到办公室一趟。办公室只有刘主任一人，刘主任让我帮个忙，今年全厂实行车间承包制，三车间四人承包，这样拼命地干，每月只拿四十几块工资，年终奖金，不知在哪。四人商量，留出点现款。从塑料条多开几吨，比如送一吨，开票一吨二，多出货款，扣下税金，给我们车间，两不吃亏。我追问，厂部查出来怎么办？倒霉的是大家。刘主任有把握，对厂部的财务管理十分清楚，厂部对购进材料，只管钱数，不计数量，材料不止一种，二十几种，价格经常变动，一种材料，这月一千一吨，下月可能涨到一千一。从账面上找，查不出来的，车间攒点钱，提前分奖金。这个忙要帮，有孙三叔，相互信任，找别的进货厂家，他们不放心，神不知鬼不觉，四个承包小干部，每人分几百块，刘主任的点子真多。

好景不长，半年后，刘主任同我讲，昨天孙副厂长领你们邻村的一位来推销塑料条，报价比你每吨低100元。孙副厂长是塑料三厂第一副厂长，二把手，分管生产技术，不给面子不行。

回来了解，三个月前，邻村李家庄刘彬买了塑料挤出机，三人合伙。工艺简单，没有技术，凑上一两千元，就能开工。农村土地承包，没有工作干的人很多，骑自行车走街串村，收废塑料，洗干净送到我厂。去年我要到各地废旧收购站，采购废凉鞋、废塑料底布鞋，今年不用走出门，每天有送的，我只负责生产销售，头脑灵活的，生产塑料条很容易，塑料三厂，只有二十几公里。托朋友亲戚，很快找到副厂长们，降低价格能销售，农村不种地了，空闲时间很多，你挣钱我也要挣。

几天后，又传来消息，马家庄陆某，买塑料挤出机了，准备投产，送旧凉鞋的孙老兄告诉我的。已经张贴广告，收的废鞋，每斤比我高五分钱，销售目标，塑料三厂。

去三厂，孙三叔帮我了解清楚了。来推销塑料条的第三家，小老板姓陆，从博山区委，找分管工业副区长，找三厂李厂长，一把手，不降价，同价也得收，三车间挡不住的。

接近年底，塑料三厂明确下一年经营方式。取消车间承包制，改为厂长负责制，有人反映，车间承包有漏洞。不能犹豫，抓紧改产，上新产品，上技术含量高的产品，走在改革道路的前列。

一九八二年农村改革，小作坊小工厂，雨后春笋，露出尖尖。不到两三年遍地生根，无技术，工艺简单，投资几百元几千元的产品，更是争得不可开交。

淄博塑料三厂，供塑料条的增加了两家，互相压价，互相争着要订单。不能继续供货了，三败俱伤，马上准备改产，两个月前在泽头碰到过小潘，他们生产的聚乙烯塑料条，销路不错利润也很可观。淄博地区没有生产的，不能等了，马上去掖县了解市场。

小潘回电报了，在家等我。小潘家住路旺乡潘家村。赶到路旺，下午六点钟，吃过晚饭，小潘介绍了聚乙烯塑料条一年多的市场情况。

潘家塑料厂，前几年生产聚氯乙烯塑料条，送文登塑料五厂，同我的产品一样。去年改产聚乙烯塑料条，销路不错，每吨销售价1500元左右。收购废塑料，每吨500~600元，去掉杂质，刨除工资、电费等费用，每吨利润400~500元左右，说得我心怦怦直跳。聚乙烯塑料条生产盛涂料的桶，涂料是刷房间的高档产品，在国内刚刚进入市场，几年后销量增长几十倍。这种条料不只生产这一种桶，各种各样的塑料桶都能用它做原料，社会需求量非常大。原料用的废塑料袋、塑料膜，到处都有，收购价格低，像淄博地区，刚收，每吨400元能收到。两人讨论了一晚，明天去潘家塑料厂，看看现场，一目了然了。

一早，小潘骑大金鹿自行车接我。小塑料厂离旅馆三华里，一个小院，进大门，院中间，三四米高一堆废塑料膜，三个工人围着废塑料堆，从地上捡，捡好的装到编织袋里。小潘小声给我说过程，捡好的塑料，推到右边的麦场上洗净，晒干，推回来。领我进车间，三台塑料挤出机，每台机子旁边两位工人，工人从袋里，大把大把抓出洗好的废塑料袋、塑料膜，用一条小木棒，捣进挤出机，挤出的条料，一米长，用力一拽，揪成一条，放到地上。大约二十几条捆成一捆，冷却了的，同木头差不多硬。聚乙烯的条，软软的，同皮带差不多。用原来的挤出机，每班产量，只有聚氯乙烯的一半，我一看生产工艺明白了，回来马上投产。

我的小塑料厂，一个小院，四间西屋，一间生产队办公室。四间北屋，生产队的挂面作坊，东南，老百姓住家，四四方方的院子，同潘家塑料厂，形同孪生。

周围十里八村，张贴告示，收购废塑料膜废塑料袋，每斤三毛。不几日，有几辆自行车，送来几十斤，以后每天都有人送废塑料，周围几十里地，我是第一家收购以前扔掉的废塑料膜的。一个多月，院里的废塑料堆成小山，保管员大约合计一下，收了三吨多了。

洗塑料膜费工大，小推车运到村北的小河边，洗完晒干，推回来。四个工人洗二百斤，足足八小时。洗了一个多月，一天河边种菜的王大爷找上门了，不吵不闹，很客气："孩子，你洗塑料布在上游，我在河下游抽水浇的黄瓜、茄子，今早都死了。死几棵黄瓜不要紧，毒着鱼虾，人吃了可了不得。以后不能去河里洗塑料膜了。"我问了问洗塑料膜的工人，从农药厂收来装农药的原料袋，昨天去洗，气味很大。得想办法解决洗塑料膜的问题。

院里挖井，解决洗废塑料难题。农村有挖井专业匠工，三天挖一口井，找瓦工砌水池，在院子里洗，方便，效率高。难题又来了，晾晒地方小，还要推到麦场上晒。摊到麦场上，一会用木棍翻翻，风一吹，四处乱跑，你追我赶，两个人忙得不可开交。来了五六级风，随风飘走不少。

洗好的塑料膜、塑料袋，还用加工塑料鞋鞋底的机子加工。塑料鞋厚厚的，一个人坐在塑料机旁，慢慢向里放，挺轻松。加工塑料膜塑料袋，一台挤塑机，加料两个人，一手抓一大把，没有几两重，一只手向料口放，一只手用木棍压进去，两人轮番干，一个人坚持干完一袋。第二人拖来一袋，挤出的塑料条很轻，同样一根，比凉鞋的条料轻一半。每班的产量，是原来凉鞋条料的一半，产量降下来，每吨条料的成本，提高了三四倍。

生产了三吨，赶忙向文登塑料五厂送，一年多中断了业务关系，管采购的还是毕科长。卸完货结账，毕科长问我一句，"价格知道吗？""两个多月前我来你说的是1450。""于兄，市场变化很快，降到1300了，要不是老客户、老朋友，不提前来联系，不收货的，仓库已经放不下了。"明白了。不比我刚来送货的第一年，价格一年不变。毕科长很客气，离开办公室的时候，又讲了一遍："再送货一定提前联系。"

从文登回来，打听到新泰一家塑料制品厂用条料。从磁村乘汽车，到博山换乘长途客车，到莱芜再换车，赶到新泰已经下午了。塑料厂在郊区，地名很古董，"东东周"，不知出自何典故。没有公共汽车，没有出租三轮、自行车，只能靠"11号"（步行），行了四十几分钟。赶到厂采购科，了解到，塑料条价格每吨1260元。比文登还低，最近两个月不收货，白跑一趟。

市场变化快得让人转不过弯来。农村改革的前一两年，很少算成本，挣多挣少，总有利润。一九八四年末，不算账，不精打细算，要亏本了。聚乙烯投产几个月了，算算有多少利润。

收一吨塑料，单独放一个地方，保管员记清楚，开始分拣，夹在里面的不能用的各种废塑料，聚氯乙烯的，聚苯乙烯的，盒子、瓶子等拣出来。个别投机的小贩，塑料捆起来，中间放一块石头，放砖头，一吨废塑料捡完，洗净，少了一百三十斤。卡住收料关，送废塑料的小贩们，大捆、小捆，大包、小包，拆开当面分拣，当面打包过秤，卡住这一关，成本降一大块。

洗废塑料，不吃大锅饭，按重量计工资，洗一斤多少钱。

一个小池合理分配时间，一个人洗完，接着一个洗，各洗各人的，各晒各人的。比原来的成本降了一半多。

我增添了一台挤塑机，两台机子，三个工人。废塑料价格每吨降价一百元。合算起来，每吨成本降下二百六十几元，市场价格降下来，算算还有利润。

送废塑料的人，逐月增加，扩大到周围四五个乡镇，价格每斤三毛，压到两毛。惠民棉花产区，推广了地膜技术，收完棉花，收废地膜。一九八四年，塑料地膜比十年后的地膜厚两三倍。从地里折成一大块，两三米长，四五米长，不知从哪得到信息，带来样品联系，价格一毛五，每吨三百元。单一塑料膜，大块大片。平时收塑料袋，小包装大包装的，红的绿的，洗起来很麻烦。暂停收小贩们的废塑料。

半月内，送来了四拖拉机，五吨多。送样品的时候，说明塑料膜上难免带些尘土，每吨去五十斤土，从拖拉机上拿起来几张地膜，抖一抖尘土不多。称出二百斤洗完晒干，磅上一称，大吃一惊，一百六十八斤，去尘土三十二斤，买的不如卖的精。

废塑料价格降下来，产品价格也降，降到每吨1100。用完地膜，隔了一个月，再贴告示，继续收废塑料，价格不变。贴出广告十几天，没有来送货的。到几个老客户家问了问，我厂停收废塑料前，岭子商家新上两家塑料厂，恐怕收不到废塑料，每斤涨上两分。产品价格下降，材料不降，怎么办？

出现了一个新情况，头脑灵活的年轻人，不在大街上收废塑料，跑到塑料制品厂，收工厂的下脚料，到大工厂收包装袋，这些废料，不用洗。同新塑料原料差不多，生产出条料，透明光亮，质量好，价格提不上去。前几年这些废塑料，卖到废旧公司，国营厂不讲价，卖多卖少，无人过问。这一两年市场开放，跑到厂里买废料的人多，大厂当作小金库，水涨船高。跑这路子的人，介绍这块市场很大，比大街小巷收的废料要多，想办法，提高销售价格，提高产品质量。同几位收工厂废塑料的年轻人谈起来，意见相同，大家出主意，把这块市场做起来。

解散了生产队，周围五六个人民公社，用废塑料加工产品，我是第一家，领头的。这两年废塑料市场进入"战国时代"，不能打败仗，不能硬拼，解放思想，开阔思路，找新产品。

同淄博塑料三厂，半年多没有业务了，该看看老朋友，了解些产品信息。这日去真凑巧，刘主任，孙三叔，业务小王，都在三车间办公室，坐了一会，不知不觉，午饭时间到了，坐了一大桌，叙完家常，谈产品。

三厂上个大产品，从西德进口塑料发泡机，生产海绵，沙发上用的高档海绵，这几天正调试机械，马上投产。还上了个小产品，民用塑料水管，原料是齐鲁石化生产的塑料颗粒。从去年下半年，塑料原料价格上涨，江南塑料水管进入淄博市场，比北方生产塑料管价格便宜。听说江南私营小厂，掺进废塑料，原料便宜，质量差不多。听到这里，我精神一振，马上插话："新的下脚料，大塑料包装袋，太阳没晒，灰尘没沾上，可不可以造成颗粒？"我问刘主任。刘主任肯定地回答："选只用过一次的大包装袋，不沾水，不沾土，新下脚料，造出的颗粒，质量比新颗粒稍差一点，完全可以掺上用。""我有渠道，能收到下脚料，大包装袋，造颗粒难不难？""不难生产。"刘主任说话的表情，看得出这套工艺不是太难。

接上话题，我把这半年生产聚乙烯塑料条的情况，介绍了一遍，工艺简单，一台挤塑机就能生产，几乎没有利润，早有放弃生产塑料条的念头。目前没有找到新产品。刘主任又问，下脚料，大包装袋这块市场，每月大约能收购多少。据我估计，四五吨没问题。"可以干。"刘主任胸有成竹。"据我了解，周围几个县市没有用废塑料生产颗粒的厂家。"业务员小王插话。小王在省内跑业务，很了解塑料市场。"能干，上哪找技术员、工程师？"我问刘主任。

刘主任笑了笑："有，你们一家的，于工程师，大学生，对塑料机械、塑料加工很精通，全国各地塑料厂，他参观不少，人品很好，乐于助人。利用星期天，帮你上，给他点报酬，能干起来。"太好了，心想事成，踏破铁鞋无觅处。想了两三个月的新产品，有眉目了。今天真不是为找产品而来，看看老朋友，散散心，心有灵犀啊！"刘主任，干一杯。孙三叔，干一杯。"我高兴了，喝醉了，回不了家了，住旅馆。

第二天在塑料三厂二楼办公室，见到了于工程师，刘主任介绍，互相认识。我谈了生产颗粒的一些想法，原材料来源，厂房，机械，说得比较详细。听完，于工程师有把握地说："能干，我见过大塑料厂造粒机，见过小塑料厂造粒机，大同小异，改造一下机械，下脚料很好用，能行。"约定星期天，去厂看车间，看塑料机，再设计生产工艺。

　　星期天于工程师来了，看了看车间，看了看挤塑机。三间屋，十米长，能布置开，挤塑机需要用三台，两台挤第一遍，一台挤第二遍，出条料，切成颗粒。现在只有两台挤塑机，再增加一台。于工程师答应，尽快拿出设计方案，找模具厂做条料模头，挤出的塑料条同面条差不多。模头找专业厂家做，于工知道厂家，挤塑机抓紧时间买。

　　标准的塑料挤出机，莱芜一家生产厂，最小规模的，价格一万三千元，没有资金购买。挤废塑料小机子，没有找到生产厂家。我用的第一台挤塑机，人民公社塑料厂土造的，第二台找个钳工师傅，画了个草图，从博山拖车场买来钢管，到昆仑东方红总厂，找同学加工了一条筒，去煤机厂加工了一条杆，从博山电机厂托人买一台减速机，总共花了两千多块钱。造第二台挤塑机，规格大二寸，还是走老路。

　　于工设计的生产工艺，并列两台挤塑机，出料口对准第三台，挤出的料条，直接进第三台挤塑机，第三台挤塑机，从模头出条料，挤出来塑料条同面条差不多。细条料进入三米多长水槽，通过水槽降温冷却，卷入切粒机，切出绿豆大小的颗粒。切粒机的图纸，于工设计完了，找工具厂加工刀具。

　　于工讲述操作步骤。并列两台生产第一遍，下脚料，废塑料，进料不均匀，两台能保证挤出的料条供第三台出细条，水槽的水温不能超过七十摄氏度，不断加水调水温，料条温度高，切不出颗粒，切颗粒的刀具，准备三四套，一个班换三四次，换下来随时磨，于工讲得非常细。

　　计划周全，但不一帆风顺。煤机厂加工杆，东方红总厂加工筒，博山造模头。切粒机，机子小，五脏全，用减速机，用磨辊，用切刀。我找了加工厂家七八个。一九八四年，金属加工，个体、社办工厂没有加工能力，得求国营厂。国营厂，层层有关卡，找厂长批准，找车间主任安排，找技术员审图纸，一天的工作，拖上三天，一个星期干完很不错，计划一个月完成切粒机械配套，两个月终于完工了。

机械布置完，于工请了一天假，指导生产。用最好的下脚料，挤出来的塑料条，同从挂面机压出的面条一个样，很好，很标准。水槽降温，放到碗口粗的转盘上卷起来，引到切粒机上切成一粒一粒。转盘上料条多，切刀不停，转盘上料少了，切刀停一停。第一天试车，马到成功，切出二十多公斤。第二天继续干，于工住了一宿，亲手指教，自己动手干。第二天生产了五十多公斤，切出的颗粒比原装的颗粒，稍稍黄一些，照此生产，能卖好价钱。

按照于工的设计，每班能生产一百多公斤，每月三四吨产量。已经收下三吨下脚料，够一个月用的。再造一台挤塑机，挤废条料，两种产品，开足马力，当年在周围四五个乡镇，算是最大的废塑料加工厂。

这一年经常停电，有时三五天停一次。刚开始生产颗粒，这几天，天天停电，不通知，不计时间，没有规律，想停就停，想来就来。有时候，八点停电，九点来了。有时十点停，十点半来了，工人上班，工作半小时，停电了，等半小时来电了，有时等一小时不来电，工人刚回家来电了。

停电对塑料加工影响大，尤其是冬季。挤塑机里的塑料，加温在八九十摄氏度，停电，塑料冷却在机子里，停十几分钟半小时，稍稍加热，继续开。停电一小时，温度降下来，再开挤塑机，加温半小时，一个中午停一次电，勉强能干，停两次电，干不起来了。

于工程师设计的造粒工艺，很成功，产量有提高空间。于工根据下料的速度，换上一台减速机，产量能增加30%。并列的两台挤塑机，挤出的料条，有30%余量，还计划再上一套大的挤出机，月产达到十吨。计划赶不上电变化，人算不如电算，电老虎把你困住了。

一日待在办公室喝闷茶，进来一位客人，看个头穿着，南方人。"老板贵姓？"北方没有称呼"老板"的。"姓于，请问啥单位？""瑞安塑料编织厂，温州的。""不知道瑞安，温州知道。"一问一答，招呼客人坐下。"瑞安是温州旁边的一个县，听朋友介绍，你这里生产颗粒。""生产量不大。""可以看看吗？""当然可以。"温州人讲普通话费力，一个字一个字从嘴里蹦出来，不多讲一些，领他到车间看颗粒，没有单独仓库，颗粒放在车间。

来到车间，十几袋颗粒，放在墙角，不到半吨。瑞安的老板抓起颗粒，"很漂亮，什么价格？""两千二。"我伸出两个指头比划了一下。"我全买了。""对不起，有买家了。""以后生产的，咱们可以定下吗？价格好说。"我没有理睬，停电产量上不去，没办法。没有加工的几包下脚料放在墙角。瑞安老板看到了，问："这是生产颗粒的原料吗？""是的。"小老板从袋子里抓起一把仔细看了看，又问："这些下脚料还有多少？""两吨多。""同颗粒一样价格，卖给我可以吗？"当然可以，心里高兴，不能马上回答，搪塞几句。"老客户急用颗粒，合同已经定了。""这样吧！加二百块运费，你负责发火车。""回办公室谈。"我还不能答应。磨蹭了半小时，签了协议。三日后，厂内收货，交款，我负责火车托运。

当年发火车零担，不找熟人托关系，货发不出去。我的老同学，在博山货运站当组长，找他发过一次货。提前一天找到老同学，要发啥货，收货车站，说清楚，定下时间。拖拉机运到货场，重新打包，过秤，一小时办完，温州小老板很满意，约定收来的下脚料全包收。

有了温州的客户，供电不稳定，塑料颗粒停产。

废塑料加工，生产工艺简单，材料进货渠道容易找。周围几个村，投产了几家，挣的利润低于5%。工人劳动强度大，脏且累。不能干下去，另找新产品，决定放弃废塑料加工。

从一九八二年一月算起，废塑料加工，干到八五年十月，共干了三年零十个月。生产聚氯乙烯条料、聚乙烯条料、颗粒。我改产三年后，一九八八年，废塑料加工红火起来。上海一家工厂，研制出废塑料加工专用机器，废塑料清洗后，不用晾晒，从水池出来，带水直接进挤塑机，直接从模头切成颗粒。产量提高四五倍，加工厂增加到几十家。废塑料从国外进口，从天津港、青岛港运到各加工厂，成了当地一大产业。二〇一〇年后，环保治理，拖到二〇一五年，废塑料加工厂，全部清除。这是后话，历史的一小页。

五 劳动致富光荣

淄博地区一九八一年，秋收前，区政府召开三干会（区、人民公社、大队三级干部会议），传达农村承包责任田的文件。

磁村公社的三干会，在人民公社礼堂（电影院）召开，开了两天。学习中央文件，明确主题，分责任田，土地承包到个人。种完责任田，自由经营，自由市场，可以从事手工业，种些经济作物。不以生产队方式搞生产，个人完全自由支配自己的劳动。

一九八二年，农村新变化、新气象、新事物很多。瓦工们自动组织起来，在农村建房，匠工每人每天工钱一块二，小工八毛。木工们，做家具到集市出卖。几个人组织起来办工厂、炒瓜子。还有跑广州、跑浙江倒卖电子表的。一年时间，农村有了万元户，一个家庭一年挣一万元钱，当年的天文数字。工人工资每月三十几元，二十多年的工资总和，不敢想的事情。仅仅一年时间，短短的一年，土地没变，农村的老屋老街没变，人的精神面貌变了，走路快了，说话有劲了，衣服时髦了。

一九八三年一月，淄川区委、区政府召开农村勤劳致富大会，造声势造舆论，掀起勤劳致富新高潮。

每村推荐人选，分两个级别，五千元户，一万元户。磁村公社选出万元户两个，五千元户十个。估计有几十户，很多人不露富，心有余悸。

磁村人民公社派出一辆双排大头汽车，人民公社书记、主任坐驾驶室，代表们坐后货箱，一辆解放卡车，拉各村书记、主任。中午出发，到淄川安排好住宿，下午开会，会议三天。磁村代表团住张博公路东边交通旅馆。

大会在区礼堂隆重开幕，主席台上，市委副书记，区里全部领导干部，坐了两排。一天开完的会，开了两天半。

市委、区委书记做完报告，大部分时间，代表发言，介绍致富经验。二里人民公社二十几岁的姑娘，第一个发言，她自学缝纫技术，在家做裤子，先是自己一人干，做十几条裤子到集市上卖，卖得很好，后来买上三台缝纫机，找上几个女工，每天能做十几条，到淄川西关大桥摆摊子，每天做的都能卖光。又扩大生产，缝纫机添上十几台，工人增加到二十几个，每月能做两千多条。销售到济南、泰安，一年挣一万五千多元，估计还挣得更多，不愿多说。

先后介绍经验的，有开小拖拉机的司机，农忙季节耕地，农闲时间搞运输，拉石头，拉砖，拉煤，一天能挣二十几块钱。修自行车，修地排车，开修车铺，找上一两个帮工，每月挣五六百块。个人开杂货店卖烟酒糖茶、小日用品，那时已经允许个人办商店，不再是供销社一花独放。杂货店小老板，实话实说，今年没挣上五千元，挣不到三千，人民公社书记找上门，来会上说说，怎么顶着压力，怎么跑手续，淄川区第一批办下营业执照的个体经销点。树个典型，给农村小商小贩，指明方向，搞活经济，不再是投机倒把，政府大力支持。

第二天分组讨论，磁村人民公社四十多人，挤在大礼堂一个小会议室。贾书记说开场白："这次会议的目的，首先让大家明白，邓副主席让农村一部分人先富起来，非常正确，大锅饭、平均主义只能阻碍生产力发展，不是真正的社会主义，我们要走有特色、适合中国国情的社会主义道路。分田到户，一年时间，我们这里的农村大变样，家家有余粮，有钱花，群众的积极性发动起来了，你追我赶，你富我也富，大家一起富，开动脑子想办法赚钱。"贾书记讲得实实在在："通过这次会议，让大家吃定心丸，不怕有人说你搞资本主义，同志们，放心大胆向前走，好日子还在后头呢！"贾书记讲完，掌声久久不息，都是发自内心，比以前开会鼓掌用劲大。

参会代表发言，修自行车的张师傅，参加会议的磁村万元户，第一个发言，介绍一年多的挣钱门路。先开修自行车铺，活很少，广开思路，当年自行车难买，凭工业券才能买到。找关系，想办法组装自行车，买自行车零件，比买自行车容易些。托朋友从博山买自行车大架，找亲戚从周村买轮子，从洪山买轮胎，一辆自行车买齐零件，跑十几个地方。组装好一辆自行车，比市场价高三十几块卖出去。把供销社组装自行车的活接过来，装一辆，能挣十几块，供销社工人，铁饭碗，谁也不愿多干活。学会修摩托车，修拖拉机，由修自行车发展成综合修理厂，雇了五个工人，一年挣了一万多元，名副其实的万元户。

各位代表一个一个发言，没有长篇大论，没有经验介绍，三言两语也可以，讨论会开了一中午。

第三天大会发奖，一百多名代表，整整齐齐排队，走上大会主席台领奖。每人一个玻璃镜框，里面镶着两朵花，镶嵌着一行凸出金字，"勤劳致富光荣"，每人胸前戴上一朵大红花，还有一个小红包，包里一张自行车购买券。

奖一张自行车购买券，代表们很高兴。一九八二年，买自行车用工业券，工人每人每年发十张，买一辆自行车需用三十张，借朋友，借亲戚，工业券凑齐了，不能马上买到，排号等一两个月才能买到。农民没有工业券，买自行车托关系。凭奖券，花一百五十元，买了一辆千里马自行车。

区委夏书记，做总结报告。说这是改革开放后一次劳动致富动员大会，一次史无前例的大会，一次非常成功的大会，一次胜利的大会。

大会在雄壮的国歌声中结束。

第二章

天鹅腾飞

一

涂料上马

文登塑料五厂的业务中断。泽头附近上了几家生产聚乙烯塑料条的小厂，价格竞争激烈，我退出来了。还有五千多元货款，毕科长答应全部付清。从毕科长办公室出来，后面有人叫："于大哥！于大哥！"谁喊？回头看，掖县的小潘跑过来。"还送货？"我问小潘。"昨天送来一车，刚结算完。"我俩一边说话一边向外走。"这厂生产的塑料桶，大哥见过吗？"小潘突然冒出这句话。"送了半年多料条，没见产品。""我陪你去看看。"小潘转身向右走，我紧跟，工厂最后一排车间。里面两台吹塑机，一台吹出的塑料桶，扁方形，像铁油桶。一台吹出圆桶，小潘抓起一个圆桶说，这桶，盛一种叫涂料的东西，前几年刚上市场。看完塑料桶，向外走。

在大门口碰到毕科长，他要去镇上买东西，我同小潘回旅馆。三人说着话，顺路前行，我问毕科长："你厂生产的塑料桶，装涂料，涂料做啥用？""叫墙体涂料，粉刷房间用，从国外学来的，近似油漆。刷在墙上光滑，颜色鲜艳，以后房子里边，外边，都用它粉刷。你俩住的旅馆，上个月才刷完，城市里已经开始用了。"说话的工夫，来到旅馆门口，毕科长去商店，我俩进旅馆。

旅馆房间过道，下边一米高，苹果绿；上面两米多高，乳白色。刚刷不久的涂料，美观漂亮，反复用手摸摸，滑溜溜的，和油漆差不多。

同小潘认识两年多，既是同行又是朋友，聚乙烯塑料条，他帮我上的，半年多没见，中午喝几杯。半年的曲曲折折，上崖爬坡，同小潘越聊越带劲。聚乙烯料条，上马顺利，下马也快。头几个月收废塑料，没经验，被小商贩们耍弄了，杂质去掉好多。洗塑料，反复折腾，乍算利润挺高，年终一结账，没多少利润，进废塑料，理出头绪，生产顺上正路，外边销售刚顺利，市场大变，价格直线下滑。改上塑料颗粒，遇到贵人很顺利。没料到"电老虎"卡脖子，现在半死不活。废塑料这一行，又脏又累，不打算干下去了，干啥产品呢？上哪儿再找产品？市场生存期长的，不能干一两年就下马，折腾得心神不定。

小潘是销售员，开工资，体会不深，听我聊两年多经历，好似天方夜谭，不住劝："大哥大哥，车到山前必有路，路越走越宽，事在人为，人定胜天。"推心置腹的贴心话，感动得小潘喝了三杯。小潘酒量小，说话不流畅了，头脑还清醒。"大哥，想干啥产品，小弟，能帮的，一百个帮，一定帮，不给人家加工半成品了，制约太大了。""潘老弟，大哥想改产，大发展，上哪找？找不到啊！""我帮你找，帮你上，一帮到底，不是酒话，我没喝醉，心里话。"小潘越说越有劲，酒不能再喝了，饭吃不下了。回旅馆，小潘站起来，摇摇晃晃走到门口，一手扶住门，一只手摸着墙，摸了好几遍。"饭店是刷的涂料，刚刷的吧！大哥，产品有了，咱就生产涂料，干涂料市场太大了，老大了。"看看小潘，看看墙上的涂料，借酒壮胆，痛痛快快应了小潘一声："潘老弟，干涂料，干涂料。"

回到旅馆，坐在床上，说说心里痛快，但生产涂料，八字没有一撇。小潘坐在椅子上喝水，猛地一跺脚，一拍腿，跳起来。"有了有了，大哥，你一激我，想起来了，好像俺公社化工机器厂有生产涂料设备，我回去问问。""越快越好。"

回来几天，收到小潘来信，信中讲，他未婚妻哥哥在化工机器厂工作，了解情况，要去掖县一趟，当面谈。化工机械厂，是掖县路旺乡办企业。距小潘的村，两公里路程，小潘的大舅子，机器厂经营科长，姓王。见面后很热情，带我到制造车间，参观生产涂料的整套机器设备，介绍生产涂料的工艺过程。回到办公室，王科长拿出一摞资料，世界各国涂料，产量，用量，平均每人用量，每个城市的每年销售量。不只办公楼宾馆用，老百姓家庭都用。我们国家刚开始城市化发展，发达的地级市，今年刚设有销售点。我们国家的人均用量才每年0.02斤，市场太大了，谁早上，谁先占领市场。山东涂料机器生产厂，我们是第一家，购买整套设备，机器厂去人安装，包教包会，拿出合格产品。指导购买原材料，我们买机器的厂家只管销售市场。说得很诱人，很动人，回去了解市场，再下决心。

回来到各区县市场跑了跑，没有销售的，杂货店的老板们不了解。听朋友讲，济南有一家涂料机器生产厂，在五里牌坊西街。去济南转转，在五里牌坊找到了机器厂，拿了一本说明书。了解到济南市场，去年投放，今年刚推开，同王科长介绍的差不多。涂料机器，比路旺机器厂一整套贵五千元，设备大同小异。

塑料条要放弃，这几个月，磁村又上了两家，已经四家，挤到一块了。虽然有孙三叔帮忙，刘主任热心，市场竞争，谁也改变不了的，我决定生产涂料。

生产涂料，资金不足，买机器用两万，周转资金买包装桶也要两万。找到信用社信贷员小齐，小齐帮忙，贷给两万元。当年个人贷款在乡镇信用社，很大的一笔，资金解决了，说干就干。

又去了一趟路旺化工机器厂。找到王科长，协商订购整套涂料机器，王科长能定价格，但还要走形式，找到分管经营的刘副厂长，每套降了一千元，签订协议，带款提货。

回来办好支票，用电瓷配件厂的跃进轻卡车，给王科长拉上两吨块煤，计划一天赶到。到王科长家，已经下午六点，卸下块煤，准备吃饭，司机小石找不到合适的停车位。已是大雪时节，零下三四摄氏度了，发动车是大难题，找一处下坡路。王科长准备了丰盛的海鲜，抓紧吃，一个小时酒足饭饱，来到汽车旁，小石驾车，我们四人在后面推，下坡用力不大，启动了两次，打不着火。汽车启动不了，下坡路走完了，平路上四人用力推，再发动一次，不成功。推着倒回来，休息片刻，四人用足力气，再推，还是发动不起来，力气用完了，酒消了一半，推不动了，小石司机才悟过来。发动机冻透了，用热水浇，王科长提回来两壶热水，揭开发动机盖，浇上开水，四人再推，不出五米，"噔噔噔噔"启动了。回招待所，明天装机。

第二天，办好提机器手续，装车用叉车。车间有物件搬动，还有一家买其他机械的，要等。中午十一点，装完，办出门证，财务科卡住了，现金支票上银行章不清楚，当地银行不收。

还需找王科长，说明情况，朋友之间介绍，不是骗子。找到厂长，王科长担保，我留厂做"人质"，王科长随车送机器。出门证办好了，拉涂料机器汽车放行，我住厂内招待所，不能出厂，保卫科有人跟踪，日后听小潘讲的。王科长拿回支票，我才能离厂。

投产前我已经找好四位业务员。朋友小潘放弃原来的工作，帮忙跑业务。赵大哥帮我跑塑料一年多了，有业务水平，改行推销涂料。小赵能说会道，在政府部门干临时工，挖过来干推销。孙姑父沾亲带故，愿意干，有能力。四位业务员，分工四个销售范围，互不冲突。小潘向东，临淄、益都、昌乐、潍坊。小赵向北，张店、桓台、博兴、滨州。赵大哥南路，博山、莱芜、泰安。孙姑父西路，王村、普集、章丘、龙山、刁镇。赶时髦，印名片，跑遍淄川，只有前进印刷厂一家印制。开会定销售任务，第一年600吨，每人销售150吨。销售范围之内，拉网式布点，一个土杂店不能落下，一个建筑公司不能放过。买一辆汽车送货，每天送两吨，销售距离100公里之内，当日来回，力争第一年开门红。

产品上市，起个名，名正货顺，当年没有注册商标，随便起随便叫，琢磨了两天，从白色上深究，名为"天鹅"。洁白的羽毛人见人爱，正名为"天鹅"牌墙体涂料。新生事物，要做广告。那年代没有电视广告，报纸老百姓看得很少，买五合板，找画工，从简入手，效果也不差。任老师的儿子，美院毕业，在家待业，找到小任，说明意图，痛快答应。研究画面布局，美院毕业生，思路开阔，一个多小时，草图出来。一只大天鹅，从湖面昂头飞向蓝天，询问我意见，完全同意。写广告词，两人琢磨了半小时，要言简意赅，切入主题，应和画面，我最后定下这句话："白云蓝天绿水红掌，送您个五颜六色的世界。"买了三十张五合板，一张做一个广告牌，送到区县镇大的销售点，挂在路人一眼能见的地方。春节后，四个方向，全面展开，两个月时间，布置了一百多个销售网点，进展比较顺利。

百处销售网点，全部代销，每处多者放十桶，小网点五六桶，两个多月只送货，布置网点，不结账，不回收货款。涂料放到销售点，等于放在自己仓库里，卖出去结账，卖不出去，拉回来。这种方式销售，还有客户不接受，经过半年多奔波宣讲，老百姓对涂料有了一定认识，企业单位，新建的楼房，全部用涂料粉刷，普通百姓家庭开始用，秋收秋种后，是旺季，农闲时节，结婚布置新房。春节前清洁老屋，抓紧时机，业务员勤跑，厂里忙生产，各销售点不能缺货，每天一车。争取完成今年销售计划。

二

天降大寒

　　进入十一月，冬季到了，涂料存放要布置一下，给销售员们开会，讲讲冬季涂料存放。生产涂料的师傅介绍，涂料在零摄氏度变稠，还不影响使用，零下五摄氏度，接近膏状，不能使用。冬季各销售点，涂料放到室内，不能露天存放。每一个销售点，都跑到，交代清楚，一个不能落下。会后马上行动，销售员们异口同声，保证完成任务。十一月十日前，天气还暖和，同往年没有区别，按正常天气规律，十五号以后，天气近零摄氏度。那年代，人们不太关心天气预报，信息不畅，恶劣天气预报只播一次，不反复预告。十二号刮北风，十三号刮一天，十四号早上气温骤降，零下十摄氏度，几十年来第一次。一九八五年，县乡没有程控电话，信息沟通，了解情况，只能人到现场，销售员们立马出发，看看涂料怎么样了。

　　一天、两天、三天，消息回来了，大部分涂料放室外，放在院子里。负责任的老板们把涂料放到屋里，很多很多小老板，不是自己的东西，不心疼。涂料放在这里，还是涂料厂的货，不能卖的可以退回去。冻坏的涂料，估计有三分之二。

我训斥销售员们，工作没做好，没做细。销售员们抱怨，老板们都答应得很好，有些店铺，要挪地方，十几桶涂料占半间屋，万万想不到，老天爷提前发威，比正常年份早冷十几天。卖涂料的店，都是第一年经营，责任心和经验各占一半，没办法，考虑下一步怎么办？

冻了的涂料，陆续拉回来，分两种。放在院子里的，冻得好似豆腐；放在棚子里的，似稠粥，还能从桶里倒出来，先处理这部分稠涂料。

生产涂料，用两个反应锅，锅里放水，加热到九十五摄氏度，加原料搅拌，再从反应锅抽到研磨机，研到200目装桶，反应锅按三分之二的量，加水加料，做完，兑上稠涂料，生产出来的质量不变。工人费点力气，反应锅离地面一米高，加上一米多高的锅，两米多高，两个人把桶抬到锅上倒出来。这样干几天，进度太慢，车间本来空间小，拉回涂料，只能放下二三十桶，仓库两间，放五六十桶，挤得只剩一条窄道。

销售员们陆续报各销售点的冻涂料，报完一合计，六百五十桶。轻冻稠状，能马上回锅的，大约一百五十桶，糕状豆腐状五百桶。这些从桶里倒不出来，用铁勺一勺一勺抠出来。拉回来放在院里，只能放三百桶，剩下的暂存销售点，拉回来没地方放。

生产涂料的五间屋，生产小队的驴棚。解散生产队后一直空闲着，生产涂料，先考虑运输，汽车拖拉机进出方便。找了两三处闲屋，只有这地方能用，前边一块空地，三百多平方米，右边是麦场，一条土路，车辆能开到村头的土公路上。五间驴棚，三间放反应锅研磨机，两间做仓库，堆放原料。聚乙烯醇、钛白粉、颜料……价格很贵的，放在里面。两边搭两间棚子，放轻钙、滑石粉，不怕偷，花五千块买了一辆旧泰山小卡车，送涂料，拉原料。平时进出不方便，放上几排涂料，汽车进出很别扭。

每吨涂料装三十三桶，冻坏二十吨左右。送出新涂料，周转桶不够用。正常生产，送出涂料，拉回空桶，一个月添加二百个桶。这次集中添新桶，结算一下，增添七八百个桶。塑料四厂是正常供应商，从开始生产涂料，一直用，小厂目前生产不出来。接到通知，四厂送来三百个桶，业务员随车来，要把桶款带回去，已经欠两批桶款，老货款欠着，这次要付清。我把这次的特殊情况、遇到的困难，同四厂业务员小李解释，桶款一星期后结清，小李不同意，三言两语吵起来。小李要装上桶拉回去，我还急用，不给你钱，桶不能拉回去。装桶用编织袋，一袋五个，小李拖起一袋向车上扔，我拽住不放，我猛一拉手一松，小李把水缸碰倒了。揍你这小子，还来这撒野，工人赵大哥跑过来，把小李按在地下。我忙拉住赵大哥，不能动手，本来咱理亏。四厂汽车司机把小李推上，跳进驾驶室，一溜烟跑了。

眼前火烧眉毛，借款买桶，保证正常生产，找信用社信贷员小齐。小齐讲，快到年终，贷款指标没有了，到下一年一月。找到好朋友老陈借来两千元，找到老同学张兄借来一千元，当年借一千元很困难，催销售员们跑销售点，一百、二百块地向回收，几十块不嫌少，保证市场上不能缺货。

四厂的桶进不来了，另寻厂家。业务员小赵听说，张店傅家一家镇办工厂生产。前一天赵大哥讲，淄川张庄一家塑料桶厂刚投产，先去张庄看看。带上送涂料车，进了东山区，张庄村公路南，小河边一排四个厂，塑料桶厂在中间。进厂找到办公室，张厂长接待，刚投产十几天，我是第一家进厂购桶的客户。张厂长高兴得忙递烟、倒茶，带我到车间参观。出车间，张厂长马上实验桶的强度。找来一个工人，装满一桶水，拧死盖子，工人竖上梯子，爬到门卫的平屋顶上，用绳子把满桶水的涂料桶提上去，从三米多高的屋顶摔下来，涂料桶完好无损。张厂长拿了一个桶，拧住盖子，平放地上，在桶上猛跳猛踩十几下，拿起来让我看，完好，无一处破损。

张厂长笑着问我满意不满意。"很满意，说说价格。""每只五元五角，比塑料四厂便宜五毛。"张厂长实在人，没进办公室，业务谈完了。

又进办公室，张厂长泡上莱芜老干烘，多年不喝，一股浓浓的香气，充满了屋子的每个角落。"张厂长，今天来没打算拉塑料桶，我没带支票，先拉两百个，三天后你再送三百个，先付一半款行不行？"坐在茶几旁，喝着老干烘，我先试探张厂长态度。"好商量好商量，于厂长实在人，先吃饭，不忙装桶。"刚投产，送到门里的客户，张厂长不放过，能留下喝酒，业务百分之百了。我假装起身要走，张厂长双手按住我肩膀："可不能走，今中午尝尝张庄全羊，不吃不够朋友，业务算没谈，桶不给。""好，好，听张厂长的。"头一回听说吃全羊。

来到几间清一色青石砌的老屋，里面放着十几张小桌，张厂长一行五人，我带去两位，八个人。两张小桌拼到一块正合适，抽一支烟工夫，一位老太太，端上一只大铝盆，放在桌子中间，随即拿上一摞碗，一人一个碗，张厂长掌勺，每人舀一碗。原来是一锅炖，羊头、羊肉、羊肠、羊血……酒足饭饱，拉回两百个桶，涂料桶大难题，解决了。

放在院子里的涂料，经过一冬天，冻成了"碌碡"，邦邦硬，地上一滚，转一大圈，用勺子抠不动。等到来年化冻，慢慢处理吧，大约估算一下，还有四百多桶。

四月份，二十几摄氏度了，冻硬的涂料，用勺子挖不动，同橡胶差不多，用手压有弹力。等到六七月，升到三十多摄氏度，再动手吧。

六月了，气温升到三十几摄氏度了，冻涂料，仍不变稀，只少松动一点。明白原因了，机器厂传授的配方，第一代涂料，真材实料，加上的黏合剂，填充剂，都严格按配方生产，再等等。

七月，天气预报这日四十摄氏度。把冻涂料，平摆在院里，让太阳暴晒，还能"无动于衷"？晒了一天，冻涂料，还是不变，态度够硬的，顽固不化了，"动刑"吧。

用勺子抠不出来，用尖刀，一刀一刀割，割成小方块，拿出来，放到另一个空桶里。生产涂料还是老办法，新的三分之二，加上三分之一的冻涂料，经过严冬考验的冻涂料，同变稠的可不一样，融化得很慢，工人等两个多小时，才能出锅，影响生产。从桶里向外挖涂料，变成了一项生产工序，制出定额，挖一桶五块钱，一个班加五桶，慢慢消化，一直干到十月份，才完成冻涂料的转化工作。

一年后，周围四五个乡镇，增加了七八家涂料厂。设备简单，一只大铁锅就能生产，投资两三千元，用地排车、小驴车送货，价格压得很低。我的厂虽然像作坊，但配置了业务员、会计、车间生产小组长、汽车加司机，成本高出很多。不随行就市，再好的产品卖不出去，怎么办？开弓没有回头箭。

屋漏偏逢连夜雨，涂料的两种主要原料，陆续涨价。聚乙烯醇，每天涨一次，而且还缺货。两个月前每吨两千七百元，已经涨到七千元了。钛白粉，紧跟其后，每桶两千三百元，涨到五千元。产品提价，跟不上原料。刚通知完销售点，每桶涂料涨三块，材料又猛涨了，只能亏本经营。涂料厂都在想办法，老配方跟不上发展形势，调整，降价，坚持，笑到最后。不能半途而废，中途下马。

小潘从化工机械厂了解，王科长认识济南的一位刘工程师，有降成本的配方。约好时间，某星期日，去刘工程师家讨配方。刘工的家，从泉城路向南，一条老街，名字很古董，宽厚所街。赶到刘工家已经中午十一点，很热情，比我年轻，不到三十岁。不用说明来意，刘工就开门见山："我这个配方，花一年多的时间，研制出来的。利用星期天，自己搞的，不是朋友介绍，不转让的。"不知转了多少家，卖关子，不能插话，认真听，配方改为，聚乙烯醇去一半，加纤维素，加玉米淀粉，钛白粉价格高，不用了，用刘工研制的增白剂。其他材料，稍有改动，成本降百分之三十，转让费不多，两千元。但是增白剂，必须从刘工处买，市面上买不到，刘工自己的配方，定期来他家取。明白了，增白剂赚钱。

按照刘工的配方生产的涂料，质量不差，附着力能行，白度更好，马上投放市场，扭亏微利，占领市场。

一个月后，销售员们回来反映，涂料有异味。我马上去明水毕经理的土杂店，毕经理人品好，实在，能了解真实情况。毕经理讲，送来的涂料，三五天内卖出去，没啥问题，放上半月，客户刷到墙上有怪味。我打开半月前送来的几桶涂料，有点臭味。不能卖了，马上拉回来。

同刘工在电话上简单讲了一下，约好星期天去济南，重新修改配方。刘工是普通工人，未经专业学校学习，交谈起来，对涂料一知半解。同我电话中支支吾吾，说不出什么道理。约定到民族市场旁边，济南市科协303室会面。

我赶到济南民族市场，找到科协。刘工坐在里面，还有一位，刘工介绍，科协的张主任。我把涂料的变质情况、状态、臭味、用户反映，讲得清清楚楚。刘工一言不发，张主任讲话了，涂料产生的臭味，是淀粉发霉。配方去年冬天实验的，没有考虑周全，甲醛的防腐性能对淀粉作用不大，再增加食用防腐剂，能解决问题。大意了，大意了，张主任连连道歉，张主任和刘工是一伙的，一个搞研究，一个推销产品，联系买家。

变臭的涂料怎么办，扔掉赔钱，小本经营，半年亏损了。张主任沉默了十几分钟，从抽屉拿出一本笔记本，翻到中间，看了几页。"加些轻钙粉，就是石灰粉，能去去臭味。"又停顿了几分钟，张主任说："下周我同刘工去一趟你厂，改动一下配方，把变质的涂料，想办法消化掉。"

五一节过后，天气热起来，没卖的涂料，全部拉回来。送去新的，换回臭的。去年的冻涂料，刚处理完。小院里又放上两百多桶臭涂料，只剩了一条过道，验证了一句俗语，祸不单行。

拿回张主任修改的配方，每天多生产一吨涂料，把坏涂料换回来。不能扩大影响，迅速扭转市场局面，市场上继续拼得火热，看谁能笑到最后。

一个星期日，刘工和张主任来一趟，专为调整臭涂料配方来的。生产一吨的反应锅，只加半吨，加入半吨变臭的，比较轻，刚有点异味。加上三袋石灰粉，加消泡剂，加张主任从济南带来一包稳定剂，经过一中午实验操作，混合生产的涂料，观摩表面，无二样。刷到墙上，光滑度，白度，附着力，无异常，实验成功。计划十天，把变质的涂料，全部消化完。

这次小风波，只在几家销售点出了问题，市场影响不大。

销售员汇报，周围涂料厂，又提价了，每桶加三元，我们坚持不提价，用济南配方虽无利润，但亏不多。撑几天，配方改了，白度增加了，市场销量慢慢增上去了。第一轮涂料上市，每桶十五元，一年之中，调了五次。从十八元一桶，到二十二、二十五，一直调到每桶三十元。比第一桶增加一倍，而原材料，涨了三四倍了。别的厂家在提价，我不提了，打价格战。

进入冬季，农闲季节，生活水平提高了，农村老房子，只有卧室一间有天花板，其他房间裸露。梁檩上落灰尘，不卫生，不整齐。这一年冬季，使用塑料编织布扎天花板，把编织布拉紧，周围钉上木条，刷上涂料，美观实用，价格便宜。刷涂料出现问题了，塑料布光滑，有细纹，涂料黏合力不好，刷到上面，粘一大半，落地一小半。粉刷费工费力，浪费涂料，用户要求解决这个问题。能生产专刷天花板的涂料，销路会更好，价格能提。老百姓刷房子，不可能刷墙用一种涂料，刷天花板用另一种涂料。

一日刚上班，愁眉不展，望着院里的梧桐树，两只小鸟在不停叫。考虑今天去不去济南。从大门进来一陌生人，兰卡可服，棕皮鞋，半平头。进办公室没坐下，拿出名片递过来，武汉工业大学材料科学系，吴副教授。我从椅子上站起来，握住吴老师手，自我介绍："于国泰。"吴老师坐到沙发上，客套几句，开始介绍涂料情况，从全国销售，发展前景，到涂料科研，讲得井井有条。吴老师夸夸其谈，我冷静下来。武汉的大学副教授，一人跑出来，推销涂料配方，可能吗？现在社会上骗子太多了。吴老师察觉到我的怀疑，不多扯很多，开诚布公，来同企业搞合作，长期合作。如果有打算的话，就深一些聊聊，不打算合作，马上离开，不谈配方，不谈钱。吴老师很坦率，不是骗子，马上敲定，合作，且长期校企合作。既然谈得很成功，我把当前涂料遇到的难题，塑料布上黏合力不强，详细介绍给吴老师，这是眼下迫切要解决的问题。最后商定，我去武汉工业大学，在吴老师的实验室做实验。第一次见面，合作的方法，到武汉定。

武汉工业大学在武昌。进大门，门卫指点，正前方大楼是材料科学系。吴老师的实验室在三楼，约定了时间，吴老师在实验室等候。没扯家常，吴老师开始做试验，缩到千分之二，两公斤涂料的配方。用天平称好各种材料，烧杯加热到九十五摄氏度，快速搅拌，大约两小时，小样做好了。刷到三合板上，白度，附着力，很好，比我的成本降百分之十。有市场竞争力，决定同吴老师长期合作，合作方式，利润共享。不支付科研费，半年一次结算，不一个配方一次支付，根据市场发展，随时研究，修改配方，而且增加新品种。高级涂料，外墙涂料，吴老师的实验室，作为我涂料厂的科研基地，长期合作。

随即签下合同协议书，我亮出了难题。第一次同吴老师见面，提到涂料在塑料布上的黏合问题，没有说清楚，塑料布没见到。这次我带来了塑料编织布，让吴老师修改配方，增强黏合力。吴老师看着塑料编织布，沉思了一会，明天在实验室，修改配方，重做实验。

从吴老师处带回来的配方，小批量生产，投放市场，反映很好。编织塑料布天花板，出现了意想不到的效果，刷子滚在编织布上，只要能粘上，一滴不掉。市场销售量大增，价格每桶加上三块。

第二次去武昌，答谢吴老师。不谈涂料了，谈黄鹤楼，谈武昌首义，谈张之洞，谈汉阳造。吴老师对我刮目相看了，带我游东湖，逛武汉大学，两人骑自行车，游遍武昌。

招档 四

王村建安公司，十二个建筑工地，分布在周村、张店、济南等地。每年涂料用量几百吨，大客户，联系过几次，质量不过关，心里不踏实。吴老师传授的二套配方，重点客户，加大成本，质量百分百有保障，再去王村建安公司供应处联系。

供应处的杨处长，见过几次，小工地上用过几十吨涂料，大工程没用。这次找到杨处长，说明了武汉工大的技术，有了百分百的保障，杨处长答应先试用。十月份以后，大批量用，大多数工程年底交工。

如果这次试用达到用户要求，济南、周村工地全用。杨处长已经了解清楚了，天鹅涂料，周围几十公里，最大的涂料厂。

济南工地反馈信息，涂料质量合格，杨处长答应，批量供货。随用随通知，可能三百吨，或五百吨，两年来，这是涂料厂最大的客户，得到杨处长家表示一下。

时间定好了，某日下午，我们三人，生产组长四叔，还有销售科长孙姑父，骑摩托车，带上烟酒，去杨处长家拜访。杨处长提前下班，酒席已备好，他大哥作陪，五人不用客套，开怀畅饮，不谈工作，只拉家常。我同杨处长同年龄，一九五八年上学，参加大炼钢铁，杨处长去抬矿石，我去炼铁工地搬砖，同学们排队去食堂吃饭，我去淄博十中读初中，杨处长淄博八中读初中，越聊越投机。不知不觉，酒到八分了，大哥还要陪两杯，不喝没面子，喝，一定喝。我多喝，四叔和孙姑父少喝，来的时候定好，二十多里路，骑摩托车安安全全回家。

晚上八点结束酒宴，杨处长送到门口，我坐孙姑父的嘉陵摩托车后座上，四叔自己骑一辆在前面带路，顺着土公路回家。

不知不觉坐在车上睡着了，孙姑父不停吆喝，不能睡，我醒了，抱着腰，坚持不睡。刚吆喝不多时，"扑通"摩托车倒了，把我摔到公路沟里。从沟里爬起来，听他俩大喊大叫，拽着一位骑自行车的小伙子。我觉得脸上湿漉漉的，一摸流血了，两人听我喊，流血了，放开骑自行车的小伙子，看我的脸，看伤口，叫骑自行车的家伙，陪着去包伤口，四叔喊着。他俩喊叫的一瞬间，骑自行车的跑了，撵他，看他上哪跑。两人同时骑上摩托车，追自行车去了。

我站在公路边，头脑清醒多了，回想刚才的撞车，从他仁人的叫喊声，琢磨。骑自行车的也是醉汉，骑着自行车晃晃悠悠地从对面来了，不知谁碰的谁。摩托车倒了，自行车摔出几米，我们人多，对方一个人。当然，理在我们这一边，抓住骑自行车的不依不饶。我想摩托车追自行车，几分钟时间，应该回来了，感觉等了好长时间，怎么不回来呢？

我忽然觉得他俩弃我，回家了，不等了，自己步行回家。六七里（华里）路，回家用不到一小时。于是朝回家的方向向前走，感觉路不宽，两边好像墙。周围漆黑一片，隐隐约约看到前面有亮光，加快脚步，走得挺快，不停地走，没见到车，没见到行人，没见到房子，没见到庄稼，当时路边的玉米抽穗了。只感觉走在回家的路上，一条路没有上坡，没有下坡，没拐弯转角，一直朝前疾行，不知走了多长时间。眼前忽然一闪，吊风扇厂的大门，大门两边有电灯，停下仔细看，不错，门卫老陈我认识。借我自行车骑骑，我要回家，老陈摆摆手，没骑来。第二天老陈对二弟讲，昨夜你大哥喝醉了，一只脚有鞋，一只脚只穿袜子，醉得东倒西歪，还要骑自行车，我没给他。

顺路向前走，不停琢磨，不应该从吊风扇厂方向过来。我摔下地方在北面，正北方向，吊风扇厂在南面，我的家离我摔的地方六七里，吊风扇厂离家三四里，绕了一个大圆圈，总路程十几里。怎么走大半夜了，没觉得停下，一直往前走，走得不慢，不觉得累，只有一个念想，赶快回家。看到吊风扇厂，再往前走，两条腿拖不动了，一直没有鞋的脚，疼得一瘸一瘸，头脑昏昏沉沉，脸上一阵阵疼，怎么回忆都想不起来走了哪条路。

好像有人说话，半夜听到说话声，挺高兴的。越向前走，声音越大。听清楚了，四叔和孙姑父两人。我快走几步，扯开嗓子："奀这俩家伙，摔下我跑了，还在这里拉呱！"看见我了，他俩从一座废弃的破石灰窑上跑过来："谢天谢地，可见着你了，急死俺了。"孙姑父一边跑一边还喊："找不着你，俺咋回家？"迎上我，两人一下子跳起来了。

从石灰窑到家，还有两里多路，三人慢慢走，回忆今夜的浪漫路程。孙姑父看了看手表，凌晨三点十分，摔下公路，大约晚上九点，走了六个多小时，到底走的哪条路？他俩讲述找我的过程。

"追上骑自行车的，拽着向回走，回到摔下来的地方，不到二十几分钟，不见人了。找人要紧，顾不上骑自行车的，骑上摩托车追到石牛村。短时间走不到，我俩返回，一人走公路一边，灯照着，估计趴在公路沟里睡着了，一直找回原地方，没见到人。我俩骑车顺小路向回走，你可能走小道，两边玉米刚抽穗，密密麻麻，单车也要慢走。灯一照看得清清楚楚，到了大百锡村头，又绕到去石牛村路上。从石牛回到刚才的路口，顺路向南，朝磁村方向找，到了丁字路口，两人分开。一人向西王村方向，一人向东昆仑方向，一人追到岭子矿路口，一人追到昆仑大桥，跑步也到不了这些地方。我俩又返回石牛，沿路找到我们村，在你的卧室窗外，敲了敲窗子，问：'国泰回来了吗？'屋里回答：'没有回来，去哪了？''在老孙家喝酒。'编了一句谎话，回到公路上，看看表十二点了，怎么办？再回原路，骑上车顺公路找到磁村，找到石牛，找到河洼！串大街小巷，还找到许家，实在没地方找了，坐在石灰窑上发愁。"

他俩问："你使劲想，走哪条路，还是在一个地方睡着了？"我完全清醒了，反复回忆，顺一条路，一直向前不停地走，没有拐弯，没有回头。忽然眼前一亮，好像重新睁开眼睛，吊风扇厂的大门在眼前，距离十几米，大门的灯很亮。按正常，一百米外能看到灯光，像睡梦中，大门出现了。"你招档了，一定是招档了。"孙姑父重复着。

很像传说中的鬼打墙，淄博地区土话，叫"招档"。当你喝了酒，头脑不清醒，好像有一个小鬼提一盏灯，在你面前引路，引你到一个不可告人的地方。中途遇到灯光遇到鸡鸣，小鬼跑掉了，你也清醒了，小时候听大人讲这些故事，今夜像是"招档"了。

在我"招档"的第二年，我的一个朋友，年龄比我小两岁。我的朋友在他朋友家喝酒，喝完酒，朋友回家，酒喝到六七分，不醉。朋友的家距离他喝酒的朋友家两华里，没骑车，步行回家，出门一直朝前走。酒友们看得清楚，向他家方向走的，夜里十二点钟，朋友的妻子，找到喝酒的朋友家。早回家了，怎么回事？没喝醉，亲朋好友出动，找了大半夜。吃早饭时辰，一个摩托车把我朋友送回来了。

我的朋友，讲了那夜的故事，出门一直朝前方走，漆黑的夜。迷糊中仿佛见到前面一盏小灯引路，跟着小灯，头不四顾，头不回，一直走下去。天还不亮，好像听到几声鸡叫，小灯灭了，没有路了。站住向前看，一片水，这是哪里？十几分钟后，天边微微放亮，看清了，是一个大水库。回头看见一个村子，走到村头，碰见一人，问这是啥地方？萌山水库。怎么来的这里？距离老家三十五华里，走了一夜。一个好心人用摩托车把朋友送回来。

　　传说这类小故事很多，自己亲身经历的有这一次。

五

涂料革命

一天收到济南刘工程师一封信，济南科协十月十日举办产品推介会，有兴趣的话来参观参观。

推介会是由政府牵头，各大院校参加的一项新产品推销会。改革开放第一次，新鲜事物。参观的人很多，科协小院有些拥挤，转了两圈，没有适合干的产品，涂料没新项目，十点到会场，十一点参观完了。

刘工安排中午的酒席，在大观园狗不理包子饭店。大观园离科协很近，二楼房间，八位客人。只认识刘工、张主任，席间和张主任谈得投机，谈涂料张主任感兴趣，他是山东大学化工系毕业的，对涂料油漆有研究。张主任谈到从去年，考虑在涂料这个产品上，搞一个大改革，迈出一大步。约定下星期二见面，探讨涂料的改革方案。

如约来到济南科协，张主任在办公室喝茶看报等我。科协的工作比较轻松。给我泡上一杯龙井茶，张主任将他的设想，分两步进行。第一步，研制香味涂料，苹果味橘子味香蕉味，等等。这种涂料刷房间，发的香味，半年以上，成本增加不大，估计每吨涂料50元左右。销售价格，可以提高200元。报上专利独家生产，市场前景非常好。我反问张主任，涂料刷到墙上，正常散发气味，最多十几天左右，怎么保持半年？"等会慢慢讲。"张主任打断了我的话。

第二步，研究灭蚊蝇涂料。刷上这种涂料，蚊子苍蝇，粘上几分钟死掉了。饭店学校宾馆最适合，这种涂料，灭蚊蝇时间，一年以上。"那不成了灭蚊蝇药？"我又急问。张主任不慌不忙地继续讲："灭蚊蝇药，不如我们的涂料效果好，喷到墙上的灭蚊蝇药水，一天时间就失效了。我们研究的涂料，最少一年有效期。""用啥办法？"我打破砂锅问到底。

张主任喝了一口龙井，有条不紊，继续侃侃而谈："我的同学研究生毕业，毕业后回到山大母校，研究的专业，药品缓释剂。超前的专业，现在服药，每天三次，以后服药，每天一次，药里加入缓释剂，服下的药在身体，慢慢向外释放药剂，一天用量一次吃完。我的设想是在涂料里加入缓释剂，香味的、灭蚊蝇的涂料，释放一年，这是涂料行业的一次革命性变革。"

张主任讲得头头是道，神乎其神，我听得津津有味。张主任同老同学，通过两次电话了，老同学答应帮忙研制。困难是有的，发扬愚公移山精神，一年不行，就两年、三年……涂料革命成功，扩大生产，全国销售。

灭蚊蝇涂料，我半信半疑。香味涂料，可以试制，同张主任商定，先研制香味涂料。成功了，再研制灭蚊蝇涂料。两人统一意见，先买香精，张主任帮找香精生产厂家。

打听到了，济南日用化工厂，生产牙膏、雪花糕，用工业香精。化工厂在黄台，卷烟厂北邻。先去试试能不能买到。进大门，找到供销科。两位科员回答得很干脆："不卖。我们从广州进香精，自己工厂用，不对外卖。"我求三遍，只买一斤，做实验用。好说歹说，不答应，没办法，去找张主任。

张主任是科协干部，能找到关系。国营厂，架子大，找小干部不行，找有实权的，买几斤香精，这点小事，用不到请客送礼。找不到关键人物，买不出来，等几天吧！三天后张主任找到供销科长，答应了。

第二次去日用化工厂，进供销科办公室，还是第一次见到的两位同志。对其中的一位，说明情况。科长批准了，买两斤香精。这位同志，嗯嗯了几声："跟我来。"随后拐两处车间，进了仓库。这位同志同保管员讲："郝科长的关系，买几斤香精。"保管员问："哪一种？""苹果味，橘子味，一样两斤。"保管员找出两只塑料桶，用手工抽油机，从大桶抽到小桶，放秤上一称，苹果味二斤三两，橘子味二斤半，开出库单。财务科交款，全过程半小时，顺利买到香精。

星期日，张主任来调制配方，武汉吴老师传授配方之后，实验器具买齐了。天平、烧杯、搅拌机等。张主任十点到我办公室，张主任实验两套工艺配方。第一种方案，酒精灯上放烧杯，把水烧到九十五摄氏度，加入聚乙烯醇、淀粉，调好黏合剂，加上香精，再加上轻钙、滑石粉，做出样品。第二种方案，做好的涂料，加上香精搅匀。一个生产中途放入香精，一个做好后加入，刷到两块木板上，看效果如何。我问张主任，怎么没加缓释剂？张主任讲，山大同学，最近很忙，这种缓释剂另搞研究，不能用药品的。

两块木板，放到太阳下面晒，十几分钟涂层干了，放到鼻子下反复闻，香味差不多。到底哪一种工艺好？张主任讲不出来，缓释剂啥时候造出来，张主任不知道。再继续研制，等待缓释剂，张主任没有主意。我主张，先刷一个房间，香气能释放多久，再说下一步，怎么干。

刷到房间里的涂料，没加缓释剂，十几天了，还能闻到香气，效果不错。同张主任商量，先按一吨涂料，加一公斤香精的比例，不加缓释剂，先投放市场，看市场反应如何。

生产一吨香味涂料，印好宣传画，分发到七八个销售点，等待市场的信息。半月后，博兴最大一家销售点，捎来口信，让我去一趟。这家店在县城中心，老板姓陆，年纪不大，四五年时间，发展成县城最大土杂五金商店。陆老板在店里等我，说几句客套话，转入正题。一客户买去三桶香味涂料，粉刷卧室，刷完后，满屋香气，睡一夜，早上起来，有些不舒服。四邻老乡们来看，七嘴八舌，香味几个月不散，对身体有害还是有益？涂料里含啥成分？没有说明，刷到墙上，不能退货，客户要求，白送三桶普通涂料，重新刷一遍，把香味盖住。陆老板解释，三桶涂料好解决，推广产品难度很大，很多客户对香味不感兴趣，而且每桶加价五元。陆老板用经销商的思维，从朋友的角度，谈了自己的看法。

陆老板的一席话，启发很大，抽出时间，到各销售点跑跑，了解了解新产品的市场反应情况。

每天送货，跟着送货车转转，益都四五家销售点，有两家放上香味涂料，一家只卖出一桶，一家一桶没卖出，没有反馈意见。王村五家销售点，放了一家，一桶没卖。章丘的明水放一家，绣惠放一家，一桶没卖。销售点老板们反映，客户对新产品不感兴趣，一问价格贵，摇头。再等一段时间，看市场情况。

进入冬季，一吨香味涂料，只卖出五桶，市场不销，不能生产。张主任催灭蚊蝇涂料，抓紧实验，工艺比较麻烦，不是三五次能实验成功的。

买到了灭蚊蝇原料，去济南找张主任，商量下一步，实验工作还做哪些准备。这次我带双排大头车去济南科协，拉上张主任，去山大找老同学。穿市中心，到山大已是十一点半，约上研究生同学，边吃边谈。张主任说了十几分钟，把构思远景、市场，介绍得非常详细。研究生同学，只听不回话。我介绍了涂料厂的设备，和市场经营涂料的经验，两人把想说的话说完了。研究生同学才开口，第一次见到研究生同学，说话节奏很慢："我校的研究专业，药品缓释剂，和你们介绍的墙体涂料，有些距离，张兄只在电话中说过两次，今天二位介绍得很全面、很详细，明白了。你们准备制造香味涂料、灭蚊蝇涂料，市场前景很好，搞一个产品，不是凭想象凭热情就能干出来，先把灭蚊蝇的原料拿过来，把涂料的几种原料拿几斤来，涂料的生产工艺写一份，不能心急，今年夏天搞不出来，明年搞。"研究生同学不表态，不确定能否完成张主任设想的新产品。

我不能经常催，张主任比我急，他的宏伟蓝图早绘好了，注册新商标，申报专利，设计新包装，展现高档涂料的风采。价格提高一倍，全省推开销售，继而推销全国。两三年内产值过亿，张主任任董事长，我当总经理，涂料的大梦，越做越大。

第二次见面，在张主任办公室。研究生同学预约的，我俩没问缓释剂的实验情况，研究生同学先讲："缓释作用，主客体结合一块，缓释剂没溶于香精、灭蚊蝇涂料之中，举例说吧，缓释剂分子，加进涂料分子里。灭蝇剂，目前做不出来，第一次见面，怕扫老同学的兴，没讲出来，药用缓释剂，欧美已经研究了十几年了，我们的研究是学人家的，你们俩想象的产品，做不出来。"

研究生同学的几句话，敲碎了老同学张主任的宏伟蓝图，敲得我脑袋清醒了许多。几个月来张主任带我，桃花源里走了一圈，今天回来了，又回到了我们的茅草小屋。

这套涂料设备，使用三年了，没出现机械故障，质量很好。一日上班，第一反应锅涂料没有放完，化工泵不抽了，卸下检查，阀门坏了。马上买阀门，这几天要货的很多，加班生产，博山是全国泵业生产基地，各种泵都有。我带上送涂料的破汽车，带上坏阀门，急速去博山。水泵商店转了一遍，没找到这种阀门，一家卖专用泵店的老板介绍，有一家化工泵专业生产厂家，不妨去看看。

这家厂在北博山乡邀兔村，乡办企业，距博山二十几公里，赶到厂里说明来意，销售部工作人员很热情，马上带我们去仓库，拿上坏阀门，反复比对，没有这种阀门，没有这种泵。张店是淄博市政府驻地，市场更大，机械设备更全，赶到张店化工机器市场，化工泵阀门还是找不到。一九八八年，信息闭塞，没有互联网，怎么办？去路旺生产厂家买。

涂料设备厂，在掖县路旺镇。厂址距离陆旺村三四华里，建在小山丘上。小潘介绍买的整套涂料生产设备，两只不锈钢反应锅，一个研磨机。锅里搅拌好的涂料，用化工泵抽到研磨机，在装有玻璃球的滚筒里，高速运转，研磨到200目，放出来装桶。在张店转一圈，已经下午三点，去潍坊的长途汽车，还有一班。赶到潍坊，去烟台方向没车了，还是住工农兵旅馆，每次在潍坊转车，必住工农兵旅馆，院子大，能停汽车，有饭店，有洗澡池，价格便宜，离长途车站近，过潍河大桥即到。

次日中午，在沙河镇下车，去路旺不通公共汽车，车站旁边有自行车联合社。门口卖票，路旺一元，十公里路，清一色大金鹿，驾车人多是中老年，稳当安全。坐在自行车后架上，晃晃悠悠，一个小时到目的地。

到化工机械厂，中午十二点多，下午两点上班，着急没用，坐在树荫下，等到上班。化工机械厂，批量生产涂料机械，专用阀门，仓库有备货。开票、交款、提货，三点钟办完。找王厂长说明急用，赶长途班车，王厂长派大头车送我到沙河路边。站在路边等车，能赶到潍坊住潍坊，赶到张店住张店，明早赶回家。等到四点多没车，过五点没车，只能住沙河。刚要走，来了一辆黄海大客，一招手停下，问去哪里。"淄博。""上车。"刚开通烟台通济南长途客车，服务员卖票问："到淄博哪站下？""张店。""不走张店，修路转道，从湖田走淄川。""正好，淄川去济南必经商家，我在商家下。""商家在哪？""淄川西十公里，到了我通知，路边一停，就可以了。"天助我也，今夜就能赶回家。

车在商家信用社门口停下，看手表，夜里一点。商家镇政府各部门，驻馆里村。距离我的涂料厂七华里，白天骑自行车走过多次，夜里步行头一回。

背着十几斤阀门，拐了两个弯，串了三条街，出馆里村，向南一条山路，没有山丘陵地，小山坡。出村路稍平一些，两旁玉米地，抽穗了，风一吹，沙沙地响，走黑路，有点怕，硬撑着向前奔。

走过一段爬坡路，坡不大，往前拐弯，碎石沙路，弯度不大，抬头向前一看，快到石浅沟。这段路当地老百姓叫石浅沟，一条小沟不深。路在沟边上，头轰一响，全身起鸡皮疙瘩。

进石浅沟了。这段路，一个弓字形大弯，路北面两米多高的石砌崖，崖下是路，路南边两米多深一个小湾，夏天下雨有水。这段路曲曲弯弯，拐三小处，路不平，有小陡坡，路上碎石子碎沙土，走路有些滑。生产队年代，一年修路两次。春天种庄稼，推小车，平整一次。秋前，雨水冲刷路段，平整一次。分地到户，这些山地，土层十几厘米，下雨涝，三天不下雨就旱，离村远，老百姓不愿种，没人修路。

背着十几斤阀门，脚下一蹭一滑，心怦怦直跳。

"咕咕喵，咕咕喵……"远处猫头鹰叫。叫得头皮炸，一哆嗦，脚下一滑，溜到沟里去了。两手伏地，趴在沟底，阀门扔出两米多远，站起来定定神，环顾四周，一阵不害怕了。找到阀门，从南边沟浅处上来，过一块地瓜地，找到原路，加快步子，犹如小跑，过了石浅沟。

　　有一条小路，直直向南，过小河，过一块名叫"家后"的地，就到小百锡村了。找了三块地，找不到小路，越急越找不到，全是地瓜地，不找了。顺路向西走吧，到了一处苹果园，周围有一条向南的路，顺路走下去，隐约看到一个村。明白了，大百锡村，到了这里。闭上眼睛，也能摸到家门，松了一口气，觉得阀门好重啊，身上汗消了，凉飕飕的。

　　回到家冲冲澡，小腿有块地方疼，划了一道口子。血凝固了，一路上没觉疼，静下心来，松一口气，睡觉。

第三章

饮料瓶的故事

一 遇见塑料瓶饮料

张店卫固卖涂料的刘老板，经营的土杂店在卫固大街中间。我两个月没去了，托送涂料的车传话，催我去喝酒，喜欢交酒友。一日无事，装满一车涂料，先在周围杂货店卸下大半，剩下十几桶，最后到刘老板土杂店。卸完涂料，四五个菜做好了，刘老板喜欢厨艺，有几个拿得出手的好菜，能喝半斤乌河大曲。

找来两个朋友作陪，每人喝了两杯，刚开始划拳，刘老板的儿子从门外进来，拿一只塑料瓶饮料喝。一位酒友指着小孩手里的饮料瓶说，这是我妹夫厂生产的。"卫固还有生产饮料的厂家？"一位酒友问。"有一家饮料厂，有一家塑料瓶厂。"酒友回答。"我妹夫只生产饮料瓶。""饮料厂哪里还有？"我接上话问。朋友答："听说临淄有一家。"

涂料投产两年多了，已经步入正轨，受地域运输制约，扩大规模很难。在一起的孙姑父，对机械模具很精通，有丰富的经验，我俩正考虑上个新产品。我追问了酒友一句："饮料销路好不好？""小孩子都喜欢喝，比吃冰棍强多了。""你妹夫的饮料瓶生产怎么样？"我继续问。"饮料厂跑来提货，干不出来，干三天歇两天，买不到塑料原料。"酒友回答。

加工废塑料，干过三年，到塑料厂见过生产塑料桶，工艺简单。听到这个信息，心动了，借着酒兴，我继续和酒友聊。"老弟，我想干饮料瓶，能抢你妹夫市场吗？""淄博市场这么大，谁有能力谁上，饮料瓶不是市场问题，谁能买到塑料原料谁就有市场，瓶子不愁卖，塑料原料难买。"酒友很直爽，说话痛快，我俩连碰两杯。一桌酒友年轻气盛，刘老板第一个喝得趴到桌子上，二位陪客刚进入状态，我不能再坚持，赶快退席。

四五天后，接到刘老板电报："速来我店，要事商谈，不要耽误，刘光亮。"一头雾水，卖涂料，有啥要事，挺急。

一九八七年，联系业务，坐公交车很麻烦。去卫固中间换三次车。坐送货车，不能开空车，去刘老板小店，催得再急，也要联系其他客户。装上一车涂料，送货谈要事，两不误。

老惯例，最后一站在刘老板小店卸涂料。刚卸完，上次陪酒客，骑自行车来了，后边还跟了一位。坐下几分钟，陪酒客话入正题。上次谈的饮料瓶，我同妹夫又扯上了，他早不想干了，怵头出门，拉不上社会关系，买不到塑料原料，不愿干了，想把机器模具全套设备卖出去，于老板愿干，咱们谈谈，双方都合适。有干饮料瓶的念头，没想到时机来得这么快，行，先看看机器，再谈正题。

　　饮料瓶厂在卫固村东，原来生产队的一个仓库，正常生产饮料瓶。三个工人，一台塑料挤出机，一台空压机，两套模具，一目了然。站在模具旁边看了几分钟，两套模具循环工作，一套模具合并后，压缩空气一吹，成型。十几秒，稍一冷却，开模取瓶，另一套模具已经吹出一只瓶。两套模具一分钟生产七八只饮料瓶，工艺很简单。

　　回到刘老板的土杂店，一边喝酒，一边谈饮料瓶设备转让。酒友一笔一笔算，塑料机一台多少钱，空压机，模具，合计六千八百元。卖家多少钱卖，买家多少钱买，刘老板酒友当中介人。今天到此为止，说成这笔买卖，再大喝一场。

　　回来同孙姑父介绍了，饮料瓶设备情况，很支持，有条件干。我同淄博塑料三厂、四厂有业务关系，同厂长们处得不错。有车间，涂料车间东边，有一家小厂刚搬走，空出五间厂房，是原来生产队的场园屋，挺宽敞。投资不大，有资金不用借贷，拿来就用。定下来，说干就干，给刘老板发电报。"六日去卫固，商谈设备转让，请候。"

　　经过三轮谈判，最后六千元成交。三日后，送涂料的泰山130小轻卡拉回了整套饮料瓶设备。

　　整理清扫车间，请瓦匠浇灌水泥地面，粉刷墙皮，扎上天棚，搞好卫生。生产饮料包装卫生放在第一位，经过半个月的紧张筹备，一个生产饮料瓶的小作坊建好了。

　　开工当日，早八点放鞭炮，中午试生产，做出了一千多只，顺利投产。

三　购塑料颗粒

二一

饮料瓶用的原料，高压聚乙烯颗粒。齐鲁石化生产，也有进口。一九八七年，原材料钢铁、汽柴油、塑料等，都是计划分配，市场上买不到。高压聚乙烯颗粒，每吨二千六百元，国家定价，市场上卖不上高价。塑料原料，由三五个部门分配，塑料工业局、物资局、化工局等。各局下属的国营工厂，集体制工厂，都能分配到塑料原料。乡镇个体企业，只能四处挖墙脚，八仙过海，各显其能，找朋友拉关系，想尽一切办法，买到原料，销售不愁，立马赚钱。这笔账很简单，过程复杂麻烦。绞尽脑汁，跑断腿，搞塑料颗粒。

去金岭送涂料，想起了齐鲁石化。金岭的回民大队，耕地被齐鲁石化占用了，村里五十岁以下的劳动力，转为齐鲁石化工人。卖涂料的马经理，他的儿子、女儿，左邻右舍，都在齐鲁石化上班，听老马讲过，也有当干部的，今天随车拜见老马，看看能否买到聚乙烯颗粒。

我的办公桌下面，有一套高档餐具，放到车上，送马经理。车到金岭，上午十点多钟，第一站先去老马的土杂店，还有三家卸涂料，卸完回来接我。我提着餐具，进老马办公室。"马经理，半年不见了，来看看你。""欢迎欢迎，来就来呗，还带礼物。""博山特产，拿不出手，家庭用盘碗。""谢谢，请坐。"老马招呼让座。

坐在沙发上，泡上茶，开始聊天。两年多业务关系，坐在一起闲聊，还是第一次。找话题："马经理，回民建村多少年了？""传说明朝，没有史书记载，金岭村分两个大队，汉民一个，回民一个。回民住公路南，汉民住公路北，这村是淄博市回民最集中的地方。金岭村的耕地，齐鲁石化全占用了，国家照顾回民，青壮劳力，全安排当工人，分配齐鲁石化下属厂子。汉民迁到张店郊区，划出一部分土地，还是种地当农民，俺村回民是国家职工。"马经理越说越有劲，我插不上话。

趁马经理喝水，我马上问："儿子女儿在哪个厂工作？""大儿子在电厂，小儿子化肥厂，女儿那厂叫啥聚乙烯厂，我听不懂，也不问，和年轻人话说不到一块，年轻人风俗都改了。回民家孩子结婚，亲朋好友来贺喜，不摆酒席，不喝酒，鸡鸭牛羊肉炖一大锅，中午吃饭每人一碗，吃完再加。没有炒菜，现在的年轻人，跟你们学，有喜庆大事，摆上一桌大吃大喝。"

马经理是回民，到我厂催货，碰到两次，请他到饭店吃饭，拒绝。我办公室的茶杯，开水煮过，倒上茶不喝，自带水杯。

聊到十一点，卸涂料的车回来了，话还没进入正题，快找机会。"马经理，女儿在聚乙烯厂干啥工作？""保管员，在仓库发货。""女婿呢？""小科长，采购科的。"我顺着话题，引上主题，快到吃饭时间，不能在回民家吃饭。"马经理，今天来托你办个事，我刚上个新产品，饮料瓶，原料用聚乙烯，齐鲁聚乙烯厂生产。太有缘分了，你女儿女婿在聚乙烯厂工作，能不能买几吨聚乙烯原料？多少都行。""行，我让他们想办法。"马经理答应得很痛快。

"拜托了，改日再来。"我起身要走，马经理猛推我一把，不防备坐回沙发上。"不能走，吃顿便饭，你大嫂做好了，统统回民菜。""马经理，这合适吗？""在家里，合适得很。"热情招待，不能推辞，进餐厅入座。

餐桌上摆好了四盘菜，红烧牛肉、清炖羊肉、炒西红柿、拌黄瓜，马大嫂在厨房继续做。桌上放一瓶牺尊酒。"于厂长，临淄酒厂刚出的酒，尝尝。"听说过，临淄出土一件战国时期齐国青铜器，叫牺尊，全国只有一件，国宝，以此物做商标，影响力非同一般。马经理不喝，我的业务员不喝，我一人独酌，一小时，半斤牺尊下肚，很快结束酒宴。

回来半月后，收到马经理口信，买到一吨聚乙烯颗粒，来提货。

塑料三厂的任厂长，答应买两吨聚乙烯颗粒。塑料公司每月分一次调拨计划，在每月的第一周。约定星期天下午去任厂长家，任厂长住塑料公司宿舍楼。

买了两份礼物，每份五粮液二瓶，牡丹烟二条，先去任厂长家放下一份。坐了几分钟，任厂长带路，去塑料公司管计划的王副经理家，任厂长领到门前，指指门，回去了，不能一块去。任厂长已经同王副经理沟通好，我去不用提买塑料颗粒的事。

敲开门问："是王经理家吗？""请进。"王经理端水。"我是任厂长朋友。""老任同我讲过。""多年老朋友，任厂长没调三厂前，在塑料公司，我们就认识，去三厂，走得更近了。""同三厂有业务，听任厂长说用几百公斤颗粒，三天就到货。""谢谢王经理。"不能坐太长时间，话说多了，三人之间，沟通会出纰漏，喝了一杯水，告辞。

星期一，到塑料公司计划科，找到明科长。递上塑料三厂介绍信，自报是塑料三厂业务员，拿高压聚乙烯调拨单。拿到调拨单，去长途汽车站对面五层大楼的一楼，交款开票，提货到中埠化工仓库。

拿到调拨单，急忙向开票大楼赶。坐在车上，打开叠成两层的单子，仔细看，两吨半。明白了前几天在王副经理家的对话，照顾我半吨，三厂两吨，不多想了，争取中午能提上货。

开票的窗口，四五个人排队，不挤，周围两三个人溜达。隔一个人就挨到窗口，感觉身后有人挤，回头看，一高个青年，紧贴我身后。挨到开票窗口，我右手把调拨单递进去，左手拎着手提包，旁边有一只空油桶，很自然地把手提包放到油桶上，准备右手放下调拨单，从手提包里取现金。手提包刚放到油桶上，开票员还没接过调拨单，一眨眼，噌一下，手提包没了。猛回头一看，身后的小青年，夹着我的提包，跑出四五米。我指着小青年大声呼："抢钱了！抢包了！"我刚跑出一步，一个人挡了一下，小青年跑到门外，骑上一辆自行车向南跑。随着我的大声喊叫，坐在一旁的司机，业务员，跑过来，三人直追那辆自行车。一边追一边喊："前面骑自行车的是小偷，截住他，截住他。"路上的行人，歪头的歪头，探身的探身，没有一位伸手一抓，或者路前一站，小偷立马就擒，还差两米，司机就伸手抓着小偷。自行车越蹬越快，跑步越跑越慢。抢包贼拐进一条胡同，追进胡同，分岔四五条小胡同，八卦阵了。我们三人串了几条胡同，左拐右拐，不见自行车影子。

三人坐在路边石头上，大口喘气，你看我我看你。塑料颗粒的钱被小蟊贼光天化日下抢走了，还好调拨单还攥在手心。明天吧！明天再来。塑料颗粒要买的，一定会买的。

中学老同学李银剑，低一级，在学校读书时候，教室一墙之隔，下课在一个院里玩，很熟的。老家昆仑，毕业后分配到周村丝织厂工作，想办法调到塑料四厂。四厂在昆仑张博路边，老同学调来四厂，在一块喝了一次酒。在四厂干销售科副科长，塑料公司下属小国营厂的干部，挺自豪的。回到老家工作，同学朋友多，经常接触，生产饮料瓶找老同学帮忙，想办法买塑料颗粒。

一日老同学来电话，买颗粒有路子。老同学在周村工作十年，厂矿企业、社会人士知道不少，不是等闲之辈。今天去四厂，老同学讲，认识一位朋友多年，能买到颗粒，另外加点报酬，辛苦费，直接给他，当面洽谈。具体怎么办，电话中未讲，见面谈。已约好下星期一中午会面，地址周村火车站东南角，小赵村。找邹四海。

一九八七年出差，从厂骑自行车到磁村，到邮电局找老相识小李。放下自行车，门口是汽车站，乘车到王村，换乘去周村汽车。顺利的话，十点左右能到周村。

在周村汽车站打听，去小赵村五华里，乘倒骑驴。周村出租三轮车，有特色，两个轮朝前，放一个座椅，一个轮在后，三轮车夫，两手扶着座椅，在乘客背后蹬车，美其名曰"倒骑驴"。坐上倒骑驴，很惬意，眼前开阔，不看三轮车师傅后背，晃晃悠悠，十几分钟到小赵村。

小赵村不大，三四条街，找一位老大爷打听，很热情带我找到邹四海家。农村小院，四间北屋，干净清爽，听到有客人进门，迎到天井，年龄同我差不多，高个，说话带笑，领我进屋。

邹很健谈，同老同学七八年朋友关系。老同学在周村上班的岁月，两人经常猜拳行令。调回昆仑，接触少一些，托办的事情，尽全力办，找关系，买到了两吨高压聚乙烯颗粒。

邹说话痛快，不拐弯抹角，找朋友买颗粒，请客送礼少不了，每次花五六百块，具体不细算，两吨颗粒，加一千块。能接受，算帮朋友忙，不接受，算没谈，还有两位朋友等着买呢。先给朋友的老同学，下月初五六号左右听消息，接到电话，直接带车来提货，邹一口气把颗粒说明白了。

我暗自高兴，两吨塑料颗粒，市场上明加价一千元买不到。事情定下来，告辞回车站。出村在路边站了几分钟，未见倒骑驴来，走回去，提着小黑包，顺公路，过铁道立交，四十分钟，回到了汽车站。当年的周村大小国营厂几十家，直快火车必停的车站。汽车站在站前广场上，人来车往，非常拥挤。几十家饭店，随意选择，找一家干净明亮的小饭店，要两个菜，冻猪蹄，周村炒锅，大白碗盛啤酒，喝了三碗，高高兴兴回厂了。

老同学来电话，明儿中午去周村汽车站，找邹提货。九点一刻，周村汽车站东南角，邹骑雅马哈摩托车来了，他带路，我的泰山小卡车随后。拐了两条马路，没走多远，邹把雅马哈放在一个大门旁边，对我讲，在门口等，他去拿提货单。

下汽车，感觉好像来过，看门牌，物资局。上个月，我来买颗粒，空手而归。一日去表哥家，表哥的表哥来走亲戚，我是去姑家，他是走舅家。以前见过面，喝酒间，他自我介绍在物资局工作，分管油类化工塑料等。我顺着他的话题向上爬，刚上饮料瓶，销路好，塑料颗粒难买。表哥的表哥不含糊，给我批几吨没问题，听到这么好的事情，高兴得同表哥的表哥多喝了三杯。按照约定的日期，找到物资局，表哥的表哥办公室门上的牌子，局长办公室，物资局一把手。进门坐下，工作人员递烟，冲水，表哥的表哥稳坐大办公桌前。我刚说完买颗粒，他站起来，拍手摸头："抱歉抱歉，晚来了一步，昨天高压聚乙烯、低压聚乙烯、聚乙烯二十几吨，批完了，无货了，对不住了老弟。改日吧！改日吧！"希望来，扫兴归。

在门前的路上踱步，反思，明白了。

　　邹从局长办公室出来，骑上雅马哈："跟我走，提货去。"

　　饮料瓶投产半年，生产不用管，销售顺利。我的任务，采购高压聚乙烯颗粒，有原料，工作完成百分之八十了。

三 生产出来的饮料是怎么

　　饮料瓶生产三个月了，没去过饮料厂，今日无事，随送货车去饮料厂参观参观。装了半车涂料，半车饮料瓶，送完涂料，最后一站去饮料厂，饮料厂在临淄大武镇刘家庄。

　　销售涂料的大武供销社商店，距离饮料厂不远，向北二十几米，拐进一条胡同，原来生产队的仓库。六间屋，小院不大，门大，能进汽车。饮料瓶卸进仓库，业务员结账，我去车间。

　　厂长带路，进饮料车间。生产饮料三间屋，屋中间，两台自制灌装机，同小台钻大小样式差不多。工人坐机子上，胸前是灌装机，一米高一个小台子，台子上一只小桶，小桶下面一个开关，一条塑料管。工人左边放着塑料编织袋装的饮料瓶，右边放一只柳条方筐，左手拿空瓶，右手对准塑料管接口，一拧开关，不到一秒钟，接满一瓶，排到筐里。工人没戴口罩，没戴手套，饮料向瓶里灌的时候，必须接得满满的，饮料顺着手淌出来，小台上，水泥地上，饮料满地流，工人上班穿胶鞋，胸前带皮肚袋。

装满一筐，搬运工人搬到屋西头，放到两台自制封口机旁，操作工封饮料瓶口。我站在一边看，土造封口机真好用。拿过一瓶饮料，朝地下轻轻一倒，倒出瓶口一厘米空间，倒得恰到长短数，不多不少。放到工作台上，台上有个模具，正好卡住，拿一把加热的钳子，两手用力一夹，少停一秒多钟，饮料瓶封得严丝合缝，烫不糊瓶口，饮料流不出来。

封口机旁，一个工人贴标牌，标牌上只写苹果汁、橘子汁、柠檬汁，无商标、无厂名、无厂址、无电话，四无产品。提货的三轮车在门口等，每天供不应求。

我问厂长："制作饮料在哪车间？""跟我来。"厂长回话。三间屋的东边，放着三只大瓮，农村盛粮食的大号瓮。厂长介绍，这只瓮生产苹果汁，这只做橘子汁，这只做柠檬汁，市场这三种卖得最好。天井有一口井，抽出井水，放到瓮里杀菌消毒，放入水果精，加糖精、防腐剂，木棍一搅，一瓮水果汁做好了，前后十几分钟。厂长讲，别看如此简单，我们严格按照配方生产，前后多少天生产的，口味不能有差别。花一万块钱买的配方，配方只有我一人知道，知道了配方，谁都会做，厂长讲得有道理。厂长继续介绍，一年生产七个月，从四月开始，十月结束，销售旺季四个月，七八月份，提货的排队，各厂的果汁配方不一样，不能省原料。小孩们能喝出来哪家好，哪家孬，投产一年多，牌子创出去了。

　　我打破砂锅问到底，生产淡季，停产后做啥产品？厂长领我到西厢房。厂长介绍，原来生产队的办公室，现在用来制作点心。两张桌子，放着两块面板，一块制作桃酥，一块制作蛋糕，两名工人正在和面。现在糕点是销售淡季，冬天是旺季，果汁和糕点互补。中秋节做月饼，忙一阵子，七八个工人天天加班。厂长越说越有劲，干小食品五年了，经营得很红火，果汁是去年上的。

　　参观完饮料食品厂，业务员已结好账，手续办完，告别厂长，去湖田化工厂装轻质碳酸钙。涂料用的原料，正常出车，上午送货，下午拉回原料，销售生产两不误。

饮料瓶事寝

生产饮料瓶第二年，改革开放向深层发展，计划经济逐步向市场经济过渡。原材料供应放开，自由买卖，塑料颗粒，不用找关系，不用调拨单、计划单，价格随市场起伏，能买到。饮料瓶生产这一小行业，一哄而上到处开花，周围几个乡镇七八家投产。饮料厂数不清多少家开业，饮料瓶从上门提货，到送货上门，到几家争着上门，一年时间东风变西风。

上一年有六家饮料厂，饮料瓶由我一家供，这一年成了两三家供货。上年货到付款不拖欠，这年春季刚开门生产，先讲价格，再论付款时间，拖一批货款，有的厂家拖两批，硬扛着干下去。

上年不愁销售，没出淄博市。这一年不行了，必须跑出去。我有汽车送货优势，不单送饮料瓶，同涂料混装，只算涂料运费，饮料瓶搭车，不计费。冲出淄博市场，在我的涂料市场周围找买家。

相距三华里的河夹村，三人合伙生产饮料瓶，没有运输优势，用汽车拖拉机送货，算上运费没有利润。一人在家搞生产，两人用自行车送货，我在汽车上碰见几次。自行车两边自制上一个铁架，两边各宽出一米半左右，向后拖出一米半多。车两边各放一袋，袋子前身和车把一样齐，骑车人在两只袋子中间，袋子比脑袋高出一截，后座上放上一只大袋，完全把骑车人包在里面，远远地看去，三只大编织袋匍匐前进，从汽车的驾驶室中看不见有骑车人。四五级风能把自行车吹倒，有一次，我停下车，问送哪，回答张店汽水。三十几公里，五小时送到，来回一天。

青州五里堂增加一家饮料厂，业务员联系的，送涂料顺路，押一批货款，送第二批，结清上一批的货款。听业务员讲，规模比淄博的几家大，不只生产一种饮料，还生产玻璃瓶装饮料，高一个档次。七月份生产旺季，五里堂饮料厂加倍生产，很想去看看，阴差阳错，没去成。七月末，业务员汇报，送第二批货没付款，答应送第三批时前两批结清。等了几天，按往常送货规律，第三批应该送了，一直接不到送货通知，业务员随车去，大门紧闭，停产了。看门的老头讲，停产四五天了，机器设备拉走了，不知啥原因，饮料厂是租的房，去何处，不知道。欠两批货款，六千多元。

这一年，工商、卫生部门联合执法，严查小食品厂，尤其饮料厂查得更严，对三无企业，加大检查力度。果汁、糕点、汽水更是重点，从七月份加大范围，同饮料厂的业务，一定谨慎。

从八月份，检查变形式了，在市场上查，查卖饮料的三轮车、自行车，查到三无饮料没收，固定的商店，查到罚款。社会上宣传，三无产品，对人有害，不合卫生标准，购买量下降，饮料厂的产量，急速下滑。抓紧收缩饮料瓶业务，业务员们结算货款，催收欠款。

一九八七年上马饮料瓶，八八年干了一年，业务正常一年，八九年结束了最后两家饮料厂的业务，这个小项目，关门停产。

第四章

追思祖父

1

早上起床，洗漱完，到祖父屋里看看，再吃早饭上班，十几年生活习惯。近三四年，祖父走路迟缓，迈步吃力，起床后在屋里走走。这一年春节后，正月初六，吃不下饭，躺在床上五十几天，靠葡萄糖等药物维持生命。早上，我在床前站了十几分钟，祖父精神比往日好，我叫了几声"爷爷"，他嘴动了几下，睁大眼，看看我，有高兴的表情，我已经十几天不出远门，非得办的事，当天赶回来。

这天骑摩托车去淄川，买了几条三角带、几样螺丝钉、两棵葡萄苗。十点钟，往回走，赶到五道岭下崖坡，本村的赵大叔推着自行车上崖，远远地和我招手，示意停下。我停稳车，赵大叔对我说："你爷爷老了，一个多小时了，快回吧。""嗯，嗯。"

脑袋轰轰响，定了定神，骑上摩托车，急匆匆往回赶。恨不得一步进家门，跑进屋里，祖父直直地躺在床上，脸蜡黄，紧闭双眼，合上了嘴。我跪在床前，"爷爷，爷爷……"泪流到地下，攥着爷爷干瘪的手，只有一层皮的手，骨头上一丝肉没有的手。五十几天了，一粒米没吃，只靠药物，身上的肉早熬干了。知道您今天走，天大的事，我不会离家，已经不说话、不睁眼十几天了，黑夜陪，白天陪，知道会有这么一天的，万万想不到是今天。可是，今早精神特别好，睁开眼，眼里像有泪花，嘴唇微微动了几动，叫几声"爷爷"，好像听明白，想不到是回光返照，忘了这个词，万万想不到，咽最后一口气时，孙子不在您身边。

跪在床前，过去的一幕幕，闪在眼前。五岁跟您翻过昆仑山，坐火车去博山，看京剧"十八罗汉斗悟空"，谢幕了，走台前，高高举起我，同"孙悟空"握手。聚乐村饭店，每次酒宴，有我的座椅，爱吃的硬炸肉，一次不少。有一年，我咳嗽得喘不上气，背我到前漆沟街，在日本人开的山下诊所打针吃药。十岁去上海，晚上在体育场，看杂技"空中飞人"，坐露天连椅，鞋子掉下去了，您钻到三米多深椅子下，给我摸鞋子。拉地排车，去上海火车站提货，您在前边拉，我在后边推。一九六六年大串联，同同学们住上海国棉二厂，厂在闸北的郊外，乘公共汽车两小时，晚上，您送去饼干，大白兔糖，我和同学们一起分享。

十九岁您离开这间房子，独自一人闯荡苏州上海。在苏州的马路上，挨过日本兵的巴掌。坐船过南四湖，遇到水匪，身上的钱物被抢得一干二净。在上海摆地摊，地痞你来我往，任遭他们敲诈勒索。解放后的上海，民族工业，私营商业，蒸蒸日上，您的永昇泰料货店，一年比一年强。您经历的四十五年，有风，也有雨，有阳光，也有千辛万苦。一九七四年回到老家，子孙满堂，无忧无虑，度过了快乐的晚年。离开这间屋，六十二年，您回来了，还是这间屋。安息吧！爷爷，静静地躺着，今夜陪您一宿，明天陪您一天，后天，您就恋恋不舍地去"天国"了。

2

一九八九年正月初六，吃过早饭，祖父让三弟去镇粮所，给他买一个月的供应粮，我们都不同意，粮所第一天上班，家里不缺粮。祖父不单独做饭，父亲退休在家，对祖父照顾十分周到，每顿饭，按时把汤菜送到房间，粮食菜蔬，不用操心。三弟不推辞，骑上自行车去买粮，粮所五华里，来回一小时。两个多小时，三弟回来了，说购粮证丢了，顺路步行找回来，没找到。我说，等几天补一本，现在的购粮证没多大用，粮票快取消了，我开导三弟。祖父没说话，中午饭，馒头没吃，只喝了几口稀饭。我以为祖父生气，劝来劝去，祖父摇头，不是为丢购粮证生气不吃饭，是因为咽馒头困难。下午咽水不顺畅，闭着眼躺在床上，说话不清楚，问哪地方疼，哪里不舒服，摇摇头，没有疼，没有不舒服的地方，晚饭没有吃。

大叔是医生，正好在家休息，马上过来，把了把脉，测了血压，判断是大脑毛病，不是中风，明天去区医院。大叔同区医院大夫们很熟，区医院的内科主任王医生，是大叔的校友，又找到两个有经验的老医生会诊，诊断轻微脑出血，压迫到神经，影响了咽东西，打几天针，不用住院，回来打吊瓶。

药从区医院带回来，滴了七天，不见效果，祖父只喝几口牛奶，牛奶放到嘴里，慢慢淌下去，不是咽下去。又去咨询王医生，七天内不见好转，没有好办法，加大药量，攻开攻不开，不好说，脑出血的部位，可能固化。二十世纪八十年代，没有先进的CT仪器，只能照医生的诊断医治。

祖父三个子女，一个儿子，两个女儿。父亲已退休，日夜照顾祖父，我和弟妹们抽时间替替。大姑家在济南，接到电报，初七就赶回来了。二姑家在兰州，两天后回来了，一大家兄弟姐妹伺候祖父。祖父躺在床上，一句话连不起来，断断续续，说不清楚，不糊涂，心里明白。

祖父病了一个多月，没有好转的迹象，找医生换了几个治疗方案，起不到作用。没有疼痛感觉，在床上别人给他翻身，扶起来坐一会，自己坐不住。我们说话，叫几声，嘴能动，大脑有反应。邻居的老太太老爷爷们，过来看望，唠叨。这辈子修得好，对老乡亲们修下福了，有病不受罪，老天爷有眼，看得清。

3

从我记事起，祖父很少在家，每年一次探亲假，回来住二十几天。一九七四年六月八日收到父亲的电报，祖父病重住院速来沪。当日下午乘博山到济南的长途汽车，赶到济南。大姑家住济南经一路东头，靠火车站近，姑父的朋友在火车站工作，能买到有座位的火车票。当晚乘到上海的23次特快火车，第一次坐中途对号入座的火车，第二天中午赶到上海。祖父在红光医院，人民广场东，西藏中路。

祖父躺在病床上，脸色蜡黄，精神不好，看到我，眼里闪着泪花，只说了一句话："这么快就来了，家里都好？""爷爷放心治病，家里都好，昨天中午接到电报，从济南坐特快车赶来的。"看着祖父的神态，不想多说话。今年春节回老家，身体挺好，说话有精神。走路不拖沓，只讲胃不舒服，过完春节，带祖母一块来上海。

祖母坐在病床前，父亲在旁边说："前天夜里，你爷爷躺下睡觉了，半夜胃疼，吐血，连水带血吐了一洗脸盆。邻居王叔听到你奶奶叫门，把你爷爷背到医院，安顿下，去延安路宿舍喊我。当夜输上止血药，血止住了，这两天好些了，医生嘱咐，不能下床，躺着养几天，再作胃部检查。"

一星期后，做胃部透视拍片，结果有肿瘤，不能确定良性恶性，还要继续检查确认，才能出治疗方案。

上海刚从日本购进胃镜仪，中国只有两台，北京上海各一台，胃部检查最先进的仪器。医院联系胃镜检查，等了几天，通知来了，排队四十天，等吧，没有十分把握，医院不做手术。

红光医院，"文革"前的"红十字医院"，属上海的区级医院。站在路边看，一整座楼，进大门，门诊部，取药处，向后走进一个小门，有一个不露天的天井，天井周围一圈三层楼，二、三楼是住院部。祖父住二楼，在病房护理持卡，只允许一人，看望病人领卡，一次只允许两人，如果一次去多人看望病人，两人出来，再进两人，当时觉得好神奇，进进出出很麻烦。二〇〇〇年后全国的大部分医院才实行这种制度，听上海人讲，解放前上海的医院探病人，就是这种方式。

病房是大房间，不是四四方方的，随楼有拐有弯，半弓形。祖父住这一间，十二张病床，洗手间、卫生间分开，卫生间不分男女，一个马桶一间，进去扣门。木地板，清洁工早晚擦两遍。夜里陪护，自带凉席，毛巾被，睡地板上，非常干净，用手摸，没有灰尘。陪护人进门换拖鞋，医院进大门，不露天，无风无雨，干净得不可思议。

祖父退休两年了，住龙门路三号，自己产权的一间房。二十世纪七十年代的上海，有一间房很不容易，年轻人有房很容易找对象。

在病房等胃镜检查，病情稳定，不痛不吐，每天吃三次药。祖母在家做饭，我每天三次送饭，龙门路靠人民广场武胜路，到医院大约五百米，顺武胜路走一段，拐进一条小弄堂，走到头，西藏路，右拐十几米，即红光医院。中午检查病房，我有两小时自由时间。下午，吃完中饭，祖父午睡，不用陪护，整个下午逛大街。

红光医院，沿西藏路向北，三角形大楼，"文革"前改为工人文化宫。不定期放电影，一个大厅，放两百多把椅子，像农村的露天电影，一毛钱一张票，电影院两毛。一九七四年上海已播放彩色电影，一个厅不定期放《红灯记》、《沙家浜》、纪录片，五分钱门票。彩电当时刚见到，"文革"大串联住上海国棉二厂，餐厅晚上放电视节目，非常奇怪，方方的匣子里，能放出电影，同学们听都没听说过，大开眼界。

去福州路不远，有时去逛逛书店。有《艳阳天》、刚出版的《沸腾的群山》、苏联的《钢铁是怎样炼成的》，第一次见到《死魂灵》，鲁迅翻译的，买一本。鲁迅的书很多，有《彷徨》《故事新编》；还有石一歌的《鲁迅的故事》，买了一本

《朝霞》，《学习与批判》买了几册。看的时间多，买的少。祖父住院，经济不宽裕，父亲的工资和祖父的退休费，只能维持生活费用，不能多买书。

大多数时间在人民广场、人民公园转转。周围电影院很多，大光明、大上海、战斗、和平，十几个电影院。大光明的票最贵，看过两次，当年看电影是最好的娱乐方式。

胃镜检查预约期到了，父亲叫了一辆出租车，去长宁医院做胃镜检查。在医院胃镜室门前，走廊的镜框中介绍，内科主任医师郭教授，去日本培训的胃镜透视技术。目前胃部检查，用的世界最先进的仪器。从进胃镜室，到出来一个小时，护士叮嘱，只能吃流质食物，静躺三天，当做一次小手术，诊断报告，一星期后来取。

诊断报告取回来了，恶性肿瘤，红光医院的医生们确信。红光医院的拍片已经定为恶性肿瘤，医生们在胃镜检查前，不同病人讲，只是含糊说可能。医生找父亲，唯一的治疗办法，手术切除，后果不敢说，可能根除，可能几年后再复发，别无选择，听医生的准备手术。

切除的肿瘤，到长征医院（"文革"时改的名，不知现在名称），做病理化验。一星期后化验结果，良性肿瘤，无癌细胞。马上告知所有亲属，放心后期治疗，很快康复出院。

国庆节后出院，医生嘱咐，在家静养两个月，才能出门，随便走走。虽然不是癌症，但做了一次大手术，胃部切除五分之四。祖父出院后，祖母总觉身体不舒服，急着回老家，正好陈爷爷回家探亲，把祖母带回老家。回家第二天，祖母中风不能起床了，父亲从上海赶回老家。我陪祖父在上海养病，父亲回老家陪祖母住院治病。一家两个病人，一南一北，相隔千里。十二月底我陪祖父回了老家。

祖父十九岁（虚岁）去苏州上海闯荡，离家那年实际年龄十七岁。回到老家六十四岁，在外四十五年，不情愿地回到老家。已经习惯了上海生活的祖父，如果不是生病，还会在上海住几年。

<h1 style="text-align:center">4</h1>

祖父回到老家，祖母躺在床上，神志不清，胡叫胡喊。一九四七年，父亲参加农救会，还乡团回来，没抓到父亲，把祖母绑起来，吊在树上打，吓得祖母神经错乱，疯疯癫癫一段时间。解放后二十几年身体、精神非常好，这次中风后，年纪大的邻居讲，祖母喊叫时乱动胳膊，很像还乡团吊打她的状态。母亲同姑姑们，日夜守护，祖父天天闷闷不乐。经过几个月的治疗，祖母病情好转了，精神稳定，能在屋里走走。吃饭正常，姑姑们走了，我们要正常工作。只有祖父日夜陪伴祖母，伺候照顾了三年，一九七七年祖母去世，祖父一人住北屋，不出院门，有时在院里散散步。

从小生长在此地，虽然在外四十几年，一家人还生活在这里，每年回来一趟，和家乡亲朋邻居没断往来。退休了，回归故里，应融入农村社会，慢慢适应周围的环境。回来几年，仍不带笑容，很少说话。二十世纪八十年代的农村，生活环境好了，生产队解散了，农闲时节，老头老太太们，聚在一起打扑克、下象棋，祖父不参加，同乡亲们没有共同语言，也不到街上溜达。

话能说到一块的，只有三五个人，二祖父，祖父的弟弟，隔三五天到祖父屋里说说话，聊聊亲戚朋友们的情况、村里村外的见闻，二祖父说得多，祖父说得少，以听为主。退休在家的三位陈爷爷，经常来看看祖父。一位陈爷爷同祖父一个单位，工作了近三十年，退休回老家，经常过来，说说上海的情况，二人能说到一块，聊的时间长。另一位陈爷爷，五十年代在上海工作，六十年代回山东，退休后，经常来看祖父，聊解放后五十年代上海的事情。还有一位陈爷爷，博山鞋厂退休，邻居，两家只隔一米多高的院墙，从上代人两家情如兄弟，隔三差五，这位陈爷爷来坐一会。他的社会新闻多，聊起来别人插不上话，村里村外的小新闻，知道得很多。

祖父很少谈他过去的经历。老年人，闲下来不工作了，谈话内容，多是年轻经历的事情，过五关斩六将，见过大风大浪。四十多年在苏州、上海一带，大半生经历的是动荡的岁月，不平凡的年代。从来不对子女们讲过去的事情，有时听他同别人讲解放前，坐火车，坐轮船，遇日本兵，遇土匪。解放后的经历，只字不提。

在上海工作的陈爷爷，解放前随祖父打工，解放后驻博山办事处，采购琉璃器皿。"文革"前，撤办事处，去上海工作。回来探亲，我去探望他，讲到祖父时，陈爷爷拍拍手，你爷爷，政府定的章程，完全照办。账目记得清清楚楚，一分税不少交。发展得慢，慢也好，一九五七年工商业改造，公私合营了。陈爷爷讲事情，讲不完整，一句话说一半，留下猜想的余地。他讲，当时物价稳定社会繁荣，炸花生五分钱一包，猪肉三毛一斤，两人喝半斤酒，花一块钱。讲到高兴处，跺脚拍手。你爷爷从上海回来，博山的小炉匠们抢着请客，提前好几天找我约时间，聚乐村天天去，吃海参、吃鱼翅。做琉璃工艺品的小老板们，博山人称小炉匠。在上海卖他们的产品，一年回来一两次，小炉匠们不敢怠慢，陈爷爷自然沾光。公私合营，小炉匠们合并组成国营工厂，实行工资制。一九六三年祖父替陈爷爷在博山工作了三个月，我随祖父去过博山几次，没人请客了。

父亲很少讲祖父退休前的事。有一次问父亲，祖父的退休费多少？差一块四十元，祖父回老家，退休费从单位领出，父亲寄回四十元。二十世纪七十年代，习惯了上海的生活，能维持基本生活水平，比淄博普通工人工资还高。断断续续分几次，听父亲讲过，祖父"文革"前的工资七十八块，"文革"开始，斗私批修，自己主动要求减去十块，退休费按这工资计算。公私合营后，还有点股金，"文革"时取消了。我一九六〇年随祖父去上海，住在商店，上海最小的商店，四个营业员，一大间店铺，五六十平方米，祖父当年的料货店。

一九七二年，祖父从上海回来，探亲假，比往年住时间长，同亲戚们交谈，好像退休了。退休了不回老家，子女们不便问，一九七四年春节回来，带祖母回上海。听母亲讲，住一年，不提退休，不提回老家定居，祖父留恋上海。

5

　　祖父八岁进私塾，学习用功，记忆力强。私塾先生教学生传统的礼节，叩头跪拜作揖几十个节目，繁杂冗长，小孩们记不全。祖父十一岁结婚，生日农历腊月二十八，两天算一年，实际结婚年龄不到九岁。祖母十七岁，大祖父六岁。当年有一百多亩地，开酒厂。结婚大典隆重气派，亲戚朋友很多，祖父母的婚礼，按传统大婚礼节。大婚指大户人家最隆重最繁冗的程序，小婚指普通人家简单便捷办婚事。十一岁的小孩，在婚礼上，按大婚礼节，大拜二十四拜。磕多少头，作多少揖，向前走几步，拜几拜。向后退几步，作几揖，一步不能走错，头不能多磕，拜不能少拜，进行了大半个时辰，一个多小时，不到九周岁小孩，面对几十个观众，不卑不亢，行大人礼，作大人揖，自始至终，一点差错不出。参加婚礼的亲朋好友，左邻右舍，全场叫好。周围四邻八村，传诵了若干年，我在村里听老人们讲述过几次。

　　祖父大婚拜得好，学习很优秀，在私塾当大学长，就是现在的班长。读四书五经，没进城市大学堂。帮大人开酒店，下地种庄稼，样样活会干。十九岁去赌场输了大钱，酒店倒闭，卖地还债，一气之下离家出走，到南方闯世界，不干出名堂不回老家。先去苏州，跟老乡当小伙计，后来自己闯上海，这段经历祖父不讲，我知道的不多。

　　从我记事起，祖父在农忙季节回来探亲。一九五八年前，我家还种着十三亩地，上学填表，解放前多少亩地，人民公社化前多少亩地，我填的是十三亩半。麦秋两季，找帮工，找短工种地，祖父回来，样样农活都会干，春季回来收完麦子，种上玉米回上海。父亲的探亲假是春节。

记得一九六三年，祖父在博山替陈爷爷工作了几个月。秋天种自留地，我家在村南头有两分玉米地，祖父掰玉米，捆玉米秸，我十三岁，帮着干，祖父教我怎么捆玉米秸，怎么刨地。祖父干农活，同庄稼老把式没有区别。我跟在后面拿镢拿耙子当下手，种小麦先刨出沟，撒上肥，撒上麦种，耙子耙平，祖父种上的小麦，同左邻右舍种的小麦一个样，农忙外，家里修房，祖父也是利用探亲假。

民国时期，曾祖父开酒店、开酒厂，前店后厂。靠街道一个四合院，四间北屋，东西南屋各三间，正正方方的院子。从南屋和西屋中间向后，有一个大后院。东西六间大敞棚，三面有墙，前面柱子，全敞开的酿酒车间，还有几间小屋。从我记事起，祖父、父亲在上海，两位姑姑已出嫁，家里只有祖母和母亲，以及我和弟弟四口人。前后两个大院，老屋老墙年年维修。每年祖父探亲，哪间屋漏雨，哪块墙被雨水浸坏了，小修小补，亲朋们帮忙，祖父张罗。大修房子，提前做好准备，占用祖父一个假期。

大概一九六四年春天，祖父回来修北屋东头的一间半套屋。北部是堂房，屋顶用小瓦，古时的青泥瓦，解放后不用了，失传了。这间屋子漏雨三四年了，一年比一年漏得厉害。计划还用屋顶的小瓦，重新挂一次，节省钱，保留原貌。若换上新钢瓦，要花一大笔钱；若换上麦秸，变成草屋，与下面的墙不搭配。本村的匠工不会挂小瓦，邻村的匠工，十里八村没有。祖父徒步二十里去苏王村，请来郇师傅，解放前学的匠工手艺，当年郇师傅五十多岁，带了两位徒弟，住在我家。从屋顶拾下小瓦，清理小瓦上泥灰，用瓦刀刮干净，我从学校请了两天假。回来刮瓦，刮完瓦，分大中小三个尺寸，一行一行排整齐。屋顶上要大号上大号，要小号上小号。屋顶的旧箔已经烂掉，换上二条檩，用上新苇箔、高粱秸箔，抹上黄泥、石灰泥，开始挂瓦，一天挂五六行，用五天挂完瓦，小瓦排列整整齐齐，同新建房屋差不多，修完屋，祖父放心回上海。

这年夏天，几十年一遇大雨，洪水泛滥水库决堤，一次大雨连下三天。刚修好的北套屋，往年滴滴答答地漏水，今年屋外大雨，屋内小雨。祖母和母亲，用洗脸盆，用水桶，向外刮水，祖父的辛劳白费了，祖母找本村匠工，拾下小瓦，插拍上麦秸，瓦房变成草屋。

第二年北屋屋顶断了两根檩条，要翻修，大工程，祖父回来掌管。当年修套屋，计划省钱，用原屋顶小瓦，完工后，支付的匠工钱，比买大钢瓦多出不少，弄巧成拙。祖父照旧春天回来，托博山工作的陈爷爷，从水河瓦厂买大钢瓦。当年国营瓦厂，买瓦找熟人、找朋友。用本村匠工，三大间屋，拆除小瓦，挂上大钢瓦。四个匠工，七八个小工，两天利利索索完工，省工省时省操心，祖父很高兴，从一九六五年修好，这三间北屋，一直到一九八九年拆除，屋顶没漏一滴水。

一九六八年我毕业回家，修房，改造屋内地面，整院墙，建猪栏，建筑大小工程，我能办，家里修建的事情，写信时不告知祖父了。祖父年龄大了，不用操劳了，每次回家看看，修建的地方，很满意，很称心。

6

我十岁（虚岁），开始给祖父写信。这一年放暑假，随祖父去上海住了三个月，晚上住商店的阁楼，不到街上玩的时间，祖父教我写信。这年升三年级，认的字能写成句子。祖父讲，写信有啥事情写明白，和平常说话差不多，能写几句就写几句。十月份回家，学着给祖父写信。祖母说的事情，我原原本本写上，句子写不通顺，祖父能看明白，回信夸奖我。祖父在外多年，向家里写信，父亲能写回信。一九四八年父亲去上海，祖母、姑姑、母亲都不认字，祖父向家写信，祖母找人读信，代笔写回信，有时找我二祖父，有时找对门的赵爷爷。虽然是简单的事情，拿信让别人念完，祖母说说家里的大小事情，代笔回信，总觉麻烦，盼我快上学，认字写信。

三年级没学应用文，开始写信，不知道怎么写。开头称呼，写"爷爷"，再写十句八句的话。祖父的来信，我有很多字不认识，尽管写得很工整，但信中很多繁体字，还有行书。祖父回来，教我他信中我不认识的字，终于能看懂祖父的信了。到四年级，语文课有应用文。教怎么写信，老师讲，写信开头的称呼，爷爷称祖父，文字和口语有区别，文字表达，不能完全口语化。现在回想，二十世纪六十年代的应用文，或多或少受解放前的文化影响。课堂上学习了写信，给祖父的信，开头称呼，爷爷改为祖父，老师教写"祖父您好"。我看过父亲写给祖父的信，开头称呼"父亲大人"，姑父写给祖父的信"岳父大人"，我也学着写"祖父大人"。父亲写给祖父信的结尾"跪请金安"。我已经五年级，不能写祝身体健康，结尾改为"敬祝安康"，写到祖父退休。

　　钢笔字，我写得还可以，不成体。受祖父影响很大，毕业回农村当了两年民办教师，抽空练练钢笔字，"文革"期间，没有钢笔字帖，祖父写的信，有行书，还有行草。祖父对我讲过，他毛笔字练习柳体，钢笔字也是柳体。信中用得最多的"我"字，祖父的写法，"家"字去宝盖头，上面加一撇一横。"老"字，祖父写的像"式"字连笔，很多字一笔写成，龙飞凤舞。抽空拿出祖父的信，照着练字，有些字，模仿得很逼真，有些字，学不到祖父字体的华丽。受影响，慢慢喜欢写行书，个别字写成行草。

　　"文革"初期，祖父回来休探亲假，带回一本《草字汇》，二十世纪五十年代出版。我第一次见，祖父让我照书练字。祖父讲，他看过很多遍，学着练过书上的字。祖父讲，不是每个字都学，自己喜欢，能写顺手的字，跟着学学，能让别人看懂，很怪僻、很别扭的字，不要跟着学。先练楷书，钢笔字也要先一笔一画练，楷书写好再写行书，草书不能多写，写多了别人看不懂。祖父写的信，以行书为主，行草只加几个字。这本书我翻看了几遍，跟着练了很长时间。全书五言诗体，有些句子朗朗上口，印象深的一句，"六手宜为禀，七红即是袁"。上面"六"字，下面"手"字，合成草书"禀"，上面"七"字，下面"红"字，合成草书"袁"。这本书保存五十年了，现在还放在我书架上。八十年代以后，书店到处有出售的。

祖父带回好多本字帖，柳公权、颜真卿、欧阳询，十几本。祖父喜欢书法，毛笔字写得好。一生没有写字机会，前半生为生计奔波，晚年退休生病。我只见过祖父写的对联，没见过整篇毛笔字文章。

7

祖父离开老家，在外四十九年，祖母一人在家操劳。解放前，守着地，带几个孩子，天天提心吊胆。村里地痞敲诈，社会上杂牌军要粮。解放后，日子安稳了。从我记事起，祖父非常关心祖母的生活，从穿衣到吃饭，让祖母春秋穿毛衣、毛裤。那年代的衣服纯羊毛，没有化纤制品，冬天的棉袄，驼绒衬里。小时候印象，跟祖母去过博山、张店、济南，见到穿毛衣的，很少有人穿毛裤。

我从五岁跟着祖母睡觉。早上起来，祖母冲两碗藕粉，放上几块方糖，每人一碗。上学后，认得藕粉是"西湖牌"，方糖"玉柱牌"。祖母还冲一杯葡萄糖水，粉状葡萄糖营养价值高，每天冲两杯，一天不落下。三年困难时期，为吃饱肚子，祖父往家里寄饼干，葡萄糖中断了两年。一九六二年，恢复正常生活，祖母每日冲藕粉、葡萄糖，一直喝到一九七四年，其间祖父定期按时寄来藕粉和葡萄糖粉。

祖母身体好的年月，祖父回来，一大家七八口人，方桌上一起吃饭。祖父不喝酒，饭吃得少，一块坐下一块吃完。吃饭的时候，大家坐得规规矩矩，吃菜不能在盘子里乱挑，靠谁边谁吃，吃剩的菜，祖父不吃。祖母生病后，吃饭分开，祖父和祖母单独吃。母亲做饭，菜和馒头端到房间。从年轻到退休前，祖父没有自己喝酒的习惯，有酒宴，喝二三小盅，三两酒喝醉。祖母去世后，祖父一人单独吃饭，中晚两餐，倒一杯酒，半两多，一天两杯。父亲退休回来，喜欢做菜，一日三餐精心制作。有时做南方菜，端到祖父桌上，吃完收拾完碗筷，自己再吃。父亲从年轻就喜欢喝酒，上班中午不喝，晚上必须喝，退休在家，中晚两餐喝。祖父和父亲，二人吃饭习惯一样，上海化了，每顿三个小碟。加到一块不足一盘，有时还吃不完。

退休回家，祖父没有几件新衣服，从我记事起，他一直穿中山装，曾带回来一件呢料大衣，一件半身呢外套，很旧了，二十世纪五十年代买的。听父亲说过，五十年代祖父从上海回家，济南下车，在大姑家住一夜，穿呢子大衣。在街上走很显眼，出济南火车站，同上海比，像回到乡下。呢子大衣穿了两次，放到济南大姑家，回老家不穿。穿上逛街，乡亲们指脊梁骨。探亲回来，穿衣朴素，说话口音没变，家乡土话，没有上海口音，没有荣归故里的感觉。

祖父胃部手术后，两三年时间恢复得很好，吃饭正常，走路说话有力气。一天早上，刚起床，祖父喊我，进屋看到祖父一步一步挪动。祖父说，左边胳膊腿有些麻木，走路腿不听使唤，左手举不起来，半身出毛病，像中风。祖母中风，我用小木车推祖母去四维村，找乡村医生针灸，针了两个月，由不能下床，到下床走路，效果很好。老医生当年七十多岁了，出身地主，"文革"前从县医院撵回家。村里偷偷安排他到村卫生室，针灸一次一元钱。我再用小木车推祖父去针灸，针了七八次痊愈了，没吃药，没打吊瓶。

祖父中风痊愈后，身体很好，没有后遗症。去济南大姑家两次，去兰州二姑家一次，住了一个多月。回上海一趟，住了两个多月，三五年时间身体还好。大概从一九八四年，走路感觉吃力，到医院检查，没有查出毛病，打针吃药，没有明显好转。

我家大叔，二祖父的儿子，"文革"前医校毕业，医术很好。祖父有病，不出家门，出方打针，方便及时，药费报销百分之百，上海对退休工人医药报销，及时、方便、全额。从村卫生室，到镇医院、区医院，开出的报销单，一元钱不打折扣，祖父一月一次，报销单寄到上海工作单位，不出十天，药费从邮局寄回来，看病吃药，同上海工作时一样便利。

祖父从上海回来，走路吃力，再不出远门，一年比一年严重。到区医院，找专家会诊，打吊瓶，效果不明显，不痛，没有不舒服感觉，只是走路吃力。去世前两年，不出院门，在院里走走。

一九八九年，祖父虚岁八十，同龄人算高寿。一生在中国经济中心地带闯荡，四十多年没有大起大落，没有大富大贵，平淡平凡，普普通通生活。晚年退休还乡，默默生活，最后几年，有病不缠身，不痛苦，生活无忧，子孙满堂，心情舒畅。

　　大人物有大命运，小人物有小命运，大人物去世惊天动地，小人物不知不觉。正月初六开始，祖父不吃饭，米菜不进五十几天，走的时候安详泰然。

第五章

汽车咏叹调

这辆泰山小轻卡

涂料厂投产，必须买汽车，每天生产两三吨涂料，天天送市场。一九八五年，没有个体汽车运输市场，国营集体运输公司雇车很难。买新汽车很难，也买不起。没有旧汽车市场，买旧汽车更不容易。正犯愁，村办橡胶厂，一辆旧汽车要卖，泰山轻卡，五千元，正合适，买过来。

这辆汽车，车龄八年，驾驶室锈蚀一小半，货厢四面透风。第一天出车，坏在半道，启动机不工作，手摇启动打火，开回厂。车上的手摇把，是重要工具，时刻不能离，手摇启动车，家常便饭。

涂料销售没有大客户，销售网点分散，每个区县城区设七八个，每个乡镇一两个，大镇三四个。北面有南定、张店、桓台、博兴、滨州。东面有淄川、益都、昌乐、潍坊、昌邑、掖县。西面有王村、周村、普集、青城、明水、绣慧、刁镇、平陵城。南面设的销售点，博山、莱芜、泰安、和庄、范镇，先后夭折。客观和主观原因都有，销售员跑得不勤，业务做得不周到，去莱芜工地，卸完货，找不到工地经理，只好装车拉回来。

销售网点一百多个，分布周围城镇，每天送货，还要拉回原料，多亏买了这辆全身毛病的老泰山车。早上出车，启动机启动不了车，正常，推着启动了，一天正常跑，摇把必备，一天摇三五次也正常。冬季发动车用开水烫，每早，看大门的陈大爷，必备两壶热开水，司机浇到发动机上，才能启动车。有一次去沙河送涂料，我跟在车上，两百多公里路，下午到，三个销售点，每次卸完涂料，发动不了车。业务员摇十几下，半个下午，摇了四次，在最后一个销售点卸完货，业务员和司机交换摇十几次，汽车无动于衷，销售点同志帮忙，我们一块推车到旅馆。第二天早上，业务员请来修车师傅，说了说昨天情况，师傅撼动了几下电瓶上的螺丝，拧了几钳子，司机上车，拧二把钥匙，车启动了。

车上的火花塞，经常坏，买不到大厂产品，多是冒牌货，刚换上新的，跑不到一百公里就坏，趷钢垫，断皮带，经常发生。还有更想不到的，有一次去益都送涂料，回来下牛角岭，下到平路上，没踩刹车，车慢慢不走了，踩油门加油，还是不走。司机感觉加不上油，停下车，回头一看，车上的油箱没了，顺着公路找油箱，找出五华里，在公路沟里找到了。老病车，百病皆有，修几十年车师傅见不到的毛病，老泰山车照样会出。

涂料销售，淡旺季明显。旺季在春节后的三、四、五月，下半年十、十一、十二月。春节前一个月，汽车不够用，还找拖拉机送货。淡季农忙的六、七、八月，业务员随车送货，结货款，卖完的结账，刚送来的打收条，回收空桶。余下的时间跑市场，随时淘汰不良客户，随时寻找新客户。

当年的电话，用三位数，百溪涂料厂电话号码140。一九八五年装半程控，一个乡镇一个电话号码，六位数。从外地打电话，先拨乡里的程控号码，通话了，再讲请拨140。淄博先行一步，大多数乡镇、县城，这种半程控也没有。习惯了，联系业务不用电话。

发电报有电报号码，百溪涂料厂，2016，四个字码，代表淄川区磁村乡百溪涂料厂，节增十个字。业务联系，靠电报，每天收到要货电报，旺季一天四五封。一九八五年前，电报同报纸一块送，有时电报同信件一样，三天才能收到，只有发加急电报，当日能收到。八五年后，乡镇、个体、工业发展很快，电报是业务交流重要工具，每个乡镇邮电局，派专人送电报，上午一趟，下午一趟，没有普通和加急之分，送一次电报支付五角钱报酬。涂料厂收到电报，都是老顾客要货，内容简明扼要："2016，送白20，绿10，兰5，卫固张××。"急用的："速送白15，兰5，赵××。"一眼看明白，挂到墙上，按早晚顺序，安排车送货，有时不按先后，急用的先送。顺路送一车，向西，王村、普集，向北，南定、张店、桓台。博兴县城，七八个销售点，单送一车，益都单送一车。先送发电报的客户，剩下分散小客户，每户放下几桶。

尽管这辆旧泰山小卡车，百病皆有，两天不出毛病，感觉不正常。但要是离开它，涂料这产品，还真不好干。

二 汽车年审

泰山轻卡车，送货两年了，修修补补，比拖拉机强，交完养路费，政府部门没有过问。这天，收到拖拉机管理站书面通知，汽车要年审，有汽车单位，做好准备，具体时间另行通知。

通知来了，明天去拖拉机站交司机驾驶证、汽车行驶证。提前十天，不能上路，修车，发动机大修，线路大修，全车喷漆，年审不通过，扣驾驶证、行驶证。

联系汽车修理厂，邻居赵大叔在矿务局小车队修理厂工作，他找修理厂，厂长同意加班修车，争取六天修完，两天喷漆。小车队修车技术很棒，专修矿务局几十辆轿车，不对外接活。这次是私活，计划八天修完，争取七天。

修好车了，开回来，用一天时间自己检查。车身下面的泥巴、油灰，擦干净，六个车轮，用刷子，洗得一尘不染。重点车灯仔细查，平时送货，车灯全亮的时候不多，有时小灯两个一个亮，转弯灯不亮也正常，年审查灯光是一大项。检查完，上路跑几公里，有毛病，再去修理厂。

汽车年审，在磁村北打麦场上，全乡四十二辆汽车，两天审完。工厂的车，厂长必须来，个体户车，小老板要来，以示重视。

四十几辆车分两排，整整齐齐在麦场上列队，等候年审大员们。九点钟，一辆吉普车来了，车上下来四个人，不用问，年审工作人员。乡拖拉机站年审组同志迎上去，寒暄几句，在组长的带领下，开始审车。

第一项查灯光。司机上车，审车员指挥，开大灯，司机开大灯，好。开小灯，转向灯，雨刮器，查后面小灯，转向灯，雾灯，不合格记录在册。下一项，查发动机，打开前盖，启动发动机，"嘭，嘭，嘭……"发动一二分钟，停。检查发动机外观，喷漆合格不合格，凭年审员印象，记上不合格，要重新喷漆。再查水箱，变速箱，整个汽车内脏部分，有无油污、泥巴，上上下下，看得仔细。凭年审员直观感受，怎么记都有理由，或合格或不合格。

中午，审到十一点一刻，审了六辆车，下午两点继续。

听审车员们讲，下午审完灯光，车内部卫生。明天中午审车外观，下午上公路，审行驶、刹车。

审车况外观，两人观察，一人记录，分底盘，驾驶室，货厢，一项不合格，重修，重新喷漆。审车外观，审车员权力更大，更有随意性，一个车看完，不当场公布合格不合格，全部审完才公布。

这次审车，我的泰山130老旧车，前几关顺利通过。矿务局小车队修理厂，六名工人，一名厂长，厂长解放前在煤矿上开车，开了三十多年，发动机响几下，有啥毛病，能判断得八九不离十。汽车电路，修轿车的手艺，能修不好？审车现场，大小灯一个没出问题。整车外观，喷漆用轿车漆，在被审汽车当中，分外显眼，审车员走到我车旁边，二话没说，全通过。其他部位，精心修整。我支付的修理费，每人有份，厂长不多拿，修我的车，修车员们能不卖力？比个体修车厂修的车，质量好太多了。今天上路，验汽车行驶，验刹车，更没问题。

审完车况车貌，上公路跑几公里，验发动机行驶情况，验刹车。四十多辆车，两个审车员，每辆车都跑，三天审不完。这一项抽检，抽到谁的车，谁上路，抽不到车，算审完合格。四十多辆车，排成两排，队长随意抽，从前排数第五辆汽车到第九辆，这五辆车出列上路，从后排倒数第几辆，正数第几辆抽出五辆车。队长宣布完毕，其他车合格。抽不到的汽车司机们，一阵嗷嗷大叫，欢天呼地，跳着唱着，开车回家了。年审通过了，过关了！

我的老泰山130车，没有被抽到跑路，年审全部通过。

审查不过的项目，抓紧修车，随下个乡镇审，全部审完，五天以后，发放驾驶证、行驶证。没有五天按时发放的，拖到七八天，拿不到证，汽车不能上路。

小潘的销售业务，益都、昌乐、昌邑、掖县的沙河和路旺，共二十几个销售点。涂料送到沙河、路旺，两百多公里，算上运费，没有利润。涂料有一种原料填充剂，滑石粉，在沙河东十公里的地方。一九八五年，没有配货车，只能找单车送货，运费不少。送涂料到沙河、路旺，运回滑石粉，细算账，能节省滑石粉的运费。小潘业务做得不错，价格比淄博每桶涂料多出两元钱，平均每月去两三次，滑石粉能供上涂料用，不另找车。

去沙河、路旺，一车装七十桶，不能少装，路途远。在淄博，可以装四五十桶。早上发车，下午到，当日卸完涂料，第二天装滑石粉回厂。这次送货，孙姑父陪司机去，小潘在沙河等。

下午一点，打来紧急电话，汽车翻到公路沟里，人没受伤，车损坏不大，涂料全倒沟里。我有事不在厂里，下午回来，四点又接到电话，车被拖到公路站。损坏了几块路牙石，公路站要罚款，要我明天带车带款，去昌邑公路站交钱拖车。

从吊风扇厂，借来一辆双排大头车，上午十点赶到昌邑公路站，罚了三百元钱，拖车回厂。

司机刚学会开车一年多，经验不足，为躲一辆大挂车，自己开到路牙石上，翻到沟里。是一条土沟，三米多深，汽车慢慢翻下去，挡风玻璃掉下来，没有碰坏，七十桶涂料，滚到沟里，一桶没剩。驾驶室有点轻微变形，周边几处生锈的铁板，碰开了裂缝，整个驾驶室下部位，要焊接一遍。还能发动车，车灯还亮，车能行驶，要整修驾驶室。

到乡驻地修理厂，让修车师傅看看，焊接驾驶室喷漆，要价一千二百元。五千元买的这辆车，开了三年，现在卖，市场价不值两千元。三年时间，市场变化很大，新汽车能买到，旧车替下很多。只是焊接，不修其他地方，琢磨来琢磨去，自己动手，顶多花五百元。

孙姑父懂机械，愿动脑，会钻研。我俩商量，抬下驾驶室，找电焊工，一天时间焊完。喷漆自己能干，不去汽车修理厂，自力更生，渡过难关。

先从汽车线路开始，孙姑父主刀，我和司机当帮手，不懂汽车线路，照葫芦画瓢，拆一个接线头，做一标记，1号、2号、3号、4号、5号，记准确，安装时候，对号接头，不会出错。线路拆完，拆方向盘，照此办法，拆座椅，拆车门，笨人笨办法，三个小时拆完了。借来手拉葫芦，轻轻松松把驾驶室，挪到地上。

从吊风扇厂请来气焊师傅，带全套工具，氧气瓶、电石，技术高，吃苦能干，一个驾驶室，半天焊完。从下午一点到五点半，利索，比汽车修理厂焊得漂亮。不收工时费，晚上陪一场酒。

第二天，清刷油污，喷漆，用一天时间。第三天安装，有拆的经验，安装不费力，1对1，2对2，轻松自如。安挡风玻璃，费了一番功夫，安上挺牢固。启动试车，比想象的还好。最后结算了一下，花了不到三百块钱，穷日子穷过，破车破修。

修好车，几日后下午送涂料。场内无涂料可送，放单车去罗村锦川化工厂拉一车轻钙。距离罗村二十几公里，来回两个多小时，一个下午时间充裕。司机一人在厂，学员有事回家了。当年开破旧车出车两人，学员装车，卸车，帮修车，看车。今天下午我无事，陪司机去锦川化工厂拉轻钙。

这年轻钙生产紧张，经常缺货，送完涂料顺路从罗村锦川化工厂，湖田轻质碳酸钙厂，拉回轻质碳酸钙。轻钙是涂料的主要填充剂，两三天用一车，一车拉两吨。这几天连续向西，明水，普集送货，没顺路拉回轻钙。今天下午，放单车去罗村。

罗村锦川化工厂，刚投产不到一年，业务关系少。去厂里装车，不用排队，两点多到厂，开票装车，三点钟装完一车，两吨半。我俩上车向外开，坐在驾驶室，"嘎嘎吱吱"响，驾驶室这次焊得非常结实，不晃荡，感觉很好，响声从底盘传过来。出厂十几米，上公路，拐个弯，上个小坡，"吱吱"响了几声，上来坡，在公路上走了三四分钟，司机自言自语，水温高，水温突然高。停到路边，司机打开车前盖，水箱冒热气，水箱没水了。司机弯下腰仔细观察，水箱散热铜管开了两道缝。上坡弯拐得大，扇叶比铜管硬，刮开口子，几分钟水漏光了。

等了一会，降温，车开到罗村街上，找了一家汽车修理厂。拆下水箱，修车师傅左看右看，刮开两片，这边四五片，磨得很薄，一碰就开，要不一块焊焊。焊吧，拆一次水箱挺麻烦，司机答。师傅去拿铜焊条，在一只木箱翻来翻去，找到一根铜焊条，一根只能焊一道缝，买焊条。"附近有没有卖？"司机问。"只能去淄川买。"师傅答。已经四点半，骑摩托车，一个多小时，今天焊不完了，四十多华里路，回不了厂了。

当年没有程控电话，没有手机，汽车送货，应该当天回来的路程，当天回不来，一定是车坏了。回不到厂的时候很多，不着急，家常便饭，习惯成自然。没有这次机会，还住不上罗村供销社旅馆，这几十年，只住过一次。

四

新车常回娘家

　　破汽车开四年了，修车的钱，能买一辆新车。再说，没法修了，缸盖缸体都老化了，变速箱挂挡，三下两下挂不上，驾驶室，补丁摞补丁，借钱买新车，绝不买旧车了。

　　买一辆淄博汽车厂的小轻卡，厂在淄川，买新车托朋友能省钱。厂长的老家，磁村乡刘瓦庄，找熟人很容易。很快找到生产科长，科长找到滨州片销售经理，从滨州买一辆比从厂里买能省一千二百多块，还能给销售经理顶任务，两合算。装涂料桶，货箱要加长型，等半月时间，滨州开发票，从淄川厂内提汽车。

　　提车时间到了，带上司机，找朋友开大头车，送我们去汽车厂，办完提车手续，高高兴兴开新车回厂。

　　回厂的路走了一半，过五道岭，这条小山路，上下走五条小山岭，老百姓叫"五道岭"。开到四道岭，准备上三道岭，换挡，拉挂挡提杆，塑料架子断了。挂挡拉杆靠着方向盘，拉杆的把手在方向盘下面，连接方向盘和挂挡拉杆的，是一个塑料架子，环状的塑料件。架子断了，挂挡拉杆左右乱动。我坐在副驾驶位，左手抓着拉杆，挂挡的时候，摆弄直，歪了挂不上挡，我侧身，左手紧握拉杆，终于进厂了。

下车开门，我坐的副驾驶车门打不开，司机下车从外边拉还是打不开。新车不能硬拽，这点毛病，原来的破车，司机拿锤子三下五除二早敲开了，新车不能动。

第二天去汽车厂售后服务部，刚讲完汽车毛病，工作人员哈哈大笑。自言自语："昨天刚走，立马回来走娘家，真亲。"摆弄了一个多小时，修好了。

新车行驶，需要磨合发动机，每小时行驶不能超过四十公里，跑两千公里路的磨合期。以后加足马力跑，当年没有超速违章的说法。跑了几天，司机讲，车行驶到每小时五十公里，方向盘抖，跑到每小时六七十公里抖得厉害。新车还在保修期，再回汽车厂，汽车厂师傅分析，前束没调好，调好前束，来回跑跑，试试方向盘还抖不抖。

送了几天涂料，方向盘抖的幅度小一些，还是抖，跑到每小时六七十公里，没之前那么抖了。三"进宫"，再求"老皇舅"处置。

方向盘抖动没解决好，发动机有嘭嘭嘭的声音，刚开始声音小，没太在意。一个星期后，和拖拉机一样响声。

回到汽车厂售后服务部，启动汽车，售后服务员们一听声音，有漏气的地方。经查，发动机排气管裂开一条小口子，服务部没法修，发函长春一汽发动机厂，派人来处置。服务员用玻璃丝布，缠上几层，嘭嘭嘭的声音小了，不影响汽车正常行驶。

一汽发动机厂来了两名工作人员，打开汽车前盖，两人对话。"这么明显的排气管缺陷，装车未发现，装配车间的人，闭着眼睛干活。""试车也能听到排气管声音不正常，拿着工资，瞎混日子，回去找厂部汇报，明知故犯。排气管事故，今年第四次了。"

两人看完发动机，来到我办公室。很客气地讲，排气管坏了，不能修，要换新的。我们回单位，把排气管邮寄到淄博汽车厂。汽车厂工作人员来换，大约半个月时间，先跑着，影响不大。

这辆淄博泰山轻卡，先天不足，小毛病不断，大毛病不多。送涂料，拉原料，跑了十年，寿终正寝。为我的涂料厂，出了大力，立了大功。

几年后淄博汽车厂，抓住机遇迅速转型，由汽油发动机，改为柴油发动机，美其名曰"轻骑农用车"。火速发展，由汽油车年产两千辆，攀升到三万辆。又几年后，甩掉农用轻骑牌，改为唐骏欧铃轻卡汽车，生产大发展。两三年六万辆、七万辆，淄博汽车的骄傲，这是后话。

五 夜宿孟良崮

　　淄博矿务局租赁站，同我厂抹账，给了一辆金杯双排汽车。国营厂的车，行驶了五年，刚年审完，从外观看七八成新。同站长关系好，年审前定的价格，抹账五千，年审花了两千多元。一九九三年，双排顶轿车用，到单位联系业务，接送客人，在乡镇小企业，挺撑门面的。

　　从临沂生建厂，买了一台16型车床。我带上金杯车，带上现金，去临沂拉车床，第一次坐双排大头车。到临沂两百多公里，山路，计划两天，当天回来非常紧张。

　　上班发动车，我站在车旁十几分钟，启动机不启动，招呼几个人来，推到门口，启动了。发动不了车，习以为常，小毛病不影响赶路。

　　到莱芜城区，找修理厂修车。中午吃饭，发动不了车，路还远呢。修理厂的师傅们，查了线路，换了火花塞，一个小时修好了，抓紧赶路，今天一定赶到临沂。

出莱芜走省道，路不宽，车不多。过新泰上坡司机换挡，当当响，挂了两三次，才挂上挡。"什么情况？"我问司机。"拉杆下的横杆好像有东西挡着，不碍事，跑跑看。"汽车跑山路，换挡次数多，响声越来越大，有两次几乎换不上挡，停车看看。

停下车，司机爬到车下检查。横拉杆连接的地方变形，有断的可能。怎么办？这地方，县与县之间没有工厂，工业落后，没有修理厂。回新泰走回头路，不合算，前面是蒙阴县城，车到山前必有路，继续前进。

发动了车，挂不上挡，怎么摆弄也挂不上，熄火，司机爬到车下，学员坐到司机位上，拿挂挡手把，司机在车下拿着横拉杆，慢慢挂上挡。司机懂车的一些常识，司机上来，慢慢启动，慢慢行车。

离蒙阴城还有三十几公里，可不要把拉杆弄断。路上没有修理厂，小心加小心。换挡轻轻的，挂不上停车，车下人工换挡，又摆弄了一次。车速每小时二十几公里，到蒙阴。找到修理厂，已经准备下班，明天来吧。

八点上班。修理厂师傅到车下看了看，说，拉杆快断了，先焊焊，这里没有新的，回去换一套。修完继续赶路，问师傅，临沂还有八十几公里。中午能赶到，装上车床，下午和晚上赶回来。

出蒙阴，山路虽然不陡峭，上下坡频繁，换挡的毛病没有修好。焊拉杆的师傅，看样子技术不咋地。换不上挡的时候，还要车下工作，到青驼镇已经中午了。吃过午饭，出青驼镇，跑了五公里路，换挡，"咔嚓"，拉杆终于断了。车猫在路边，三人发呆，担心的事来了，蒙阴修理厂骗人，怎么拖车。

路边见到行人问，有没有拖车的拖拉机。好心人讲，找拖车得先讲好价钱，坑人、骗人的太多了。青驼有拖车的，你们去找找。司机步行去青驼，一个多小时，司机站在拖拉机上，找来了拖车的专业户。有挂钩，有拖绳，不坑不骗，拖到青驼修理厂，五十块，不贵。

这家修理厂，修拖拉机，不修汽车。说完汽车要修的部位，修车师傅为难了，看面孔很实在，不说大话。再三央求，我们司机能帮着干，指点着干，能赶到临沂就有办法了。最后表态，尽力修好。

两间小屋，一个小院，修理工是小老板，一个人的修理厂。小院放上一辆汽车，放不下拖拉机，没有修汽车的地沟。拆底盘上的部件，简单的活，在这复杂了。

在青驼供销社旅馆住了一夜。第二天，司机帮修理工，两人爬到车底下，用了一个多小时，卸下两根拉杆。焊拉杆，修理工犯愁了，焊拖拉机是粗活。汽车拉杆小拇指粗，焊接口不能有疙瘩，要光滑。几分钟的活，焊了一个多小时，修完，快吃中午饭了。

赶到临沂，找到生建机械厂，下午三点多了。生建机械厂是一家监狱工厂，三点后，不办业务了。

在临沂住了一夜。明早八点上班，办完手续，交上现金，进车间，装车床。开车间门，犯人们瞪着眼，看外地的车，跑到车前小心翼翼，开厢板，扫车上尘土，准备装车床。

装车床前，找到车间主任，这里称中队长，送上两包烟，说说汽车拉杆焊接情况。青驼拖拉机厂，技术不好，装上车床，车负载，恐怕回去路上，拉杆再断。生建机械厂是个大厂，技术人才多，让司机卸下拉杆，请中队长帮忙，重新焊接一遍。中队长是监狱干部，买他们车间车床，很高兴，监狱工厂也讲效益，车床卖不出去，扣奖金。中队长答应得很爽快，找了技术最好的焊工，把在青驼焊的地方，搞断，重新焊一遍，保证同新拉杆一个样。

车床装完，焊完拉杆。十点钟出生建机械厂，赶路。

回厂的路，汽车不折腾了，一路顺风。两天的路途，跑了四天，回到厂，天没黑。

第六章

液压支柱交响曲

一

进大门

经常从市政府门前走，进去找市级领导，第一次，为了联系矿务局的业务，硬着头皮，进市政府大门。先见门卫，说明找哪位领导，门卫拿起电话拨号，只听"嗯，嗯"几声，"进吧，二楼东头第二个门"。我要找的是市政府办公室副主任，陪我一块来的是表叔家的表哥。

二楼东头第二个门，推门进去，副主任刚上班。寒暄了几句，我说明来意，矿务局机械厂有一个加工业务，我有能力、有机器，能干，必须经过局分管领导批准，市里派下去的宁副区长，同分管的孙处长关系很好，宁副区长打招呼，能办这个业务。我说完，副主任笑了笑："小宁是我的部下，跟着我干了七八年。"说着，拿过桌子上的信笺，"唰唰"几分钟，写了几行字，递给我。我看了看，大意是，表弟到矿务局联系加工业务，请帮忙。拿到信，心里一块大石头落地。琢磨了一个多月，东找西问，想不出好办法，这下几分钟办妥。副主任没有架子，热情，办事利落，送我俩到门口。

这几年涂料业务很正常，销售半径在100公里之内，一辆汽车送货，业务员结账，步入正轨。再扩展业务，运费增加，回收空桶费用增加，利润压得更低了。跳出百公里经营圈，找新产品也不容易。一次同学聚会，刘老同学介绍，井下采煤，这几年用一种新支护装备，液压支柱。这种支柱在井下循环使用，定期维修，国营单位嫌麻烦，煤矿不干这些小维修活，找外单位加工，去年刚开始，新行业，投资少，利润高，维修不复杂。但是联系业务很难，煤矿是大单位，这种简单的机械加工，找的人很多，靠关系，找后台，虽然业务小，但很难进入。

同学聚会后，刘老同学问我能不能干液压支柱维修，我有厂房，投几万元买机器能办到，正愁找不到产品，老同学愿帮我上这项维修活。老同学夸海口能办到，认识矿务局管理液压支柱的租赁站站长，维修液压支柱的加工活，归租赁站。老同学的家离租赁站一华里路，同站长不是好朋友，但是很熟悉，经常在一块猜拳行令，自以为能办到。一日中午，我同刘老同学，刚到站长办公室门前，站长向外走，三言两语，说到维修液压支柱，站长摇头摆手，不让我俩进办公室，老同学半开玩笑半骂，不欢而散。

两个月后，老同学告诉我，站长换人了，新站长从西山矿调来，抓紧联系，好机会。我小学同学，发小，世交，是西山矿的区队书记，新站长曾任西山井长，是他的部下、酒友。

一个星期六的晚上，小学同学带我去见新站长，每人三杯，酒逢知己，相见恨晚。新站长刚上任一星期，业务不熟，不能贸然行动。原来的站长是代理站长，现在是副站长，主管业务的"地头蛇"。我们三人说来说去，既得办好这项业务，又得让副站长口服心服，不做拦路虎。新站长想出主意了，租赁站的直接领导是生产处孙处长，只要通过孙处长，副站长不敢拦挡。市里新派来的宁副区长是孙处长的好朋友，想办法找到宁副区长，保准水到渠成。定好方案，实施行动，一步一方案，环环相扣，只要找到宁副区长，大功告成。

不拉扯关系，直接去见副区长，把握不大，必须找他的领导或朋友引见，才能顺理成章。于是打听到一位表叔家的表哥，在市政府工作，找表哥，联系下派干部。

拿到表哥的信，第二天去区政府联系，宁副区长出差了，三天后回来，回来不在区政府上班，到东高镇蹲点，常驻东高，有事到镇上找。

三日后，坐着我的金杯双排，一个多小时到了东高镇政府，两层办公室，进楼一层第三个门，宁副区长在办公室，一个人看文件。三言两语说明来意，不能实话实说，得来点艺术加工。前几天我到表哥家闲聊，说到矿务局的一个小业务，请表哥帮忙，表哥说和矿务局不熟，宁副区长下派在淄川，他能帮上忙。宁副区长待人很好，即使和矿务局不熟，也能找到关系。说完呈上信函，宁副区长看罢，笑着问："矿务局谁分管这块业务？""生产处孙处长。"我马上回答。"哦哦，我们是老朋友，没问题。"说完，直接在表哥的信笺下面，写上几行字，给我，又说："见到孙处长，代我问好。"宁副区长干脆利落，说话麻利。我把信装进口袋，从包里拿出两条烟，放到宁副区长桌上，宁副区长推让，"不必客气"，边说边送我到门口。从进门到事情办妥，前后不到十分钟。

坐上车，拿出信，仔细看信尾上的几行字。"市政府办公室张主任，是我的老上级，关系非同一般，主任的表弟，联系你处下属工厂的加工维修业务，请帮忙办妥，改日登门拜谢。"

淄博矿务局办公区真漂亮，德国人建的小洋房，别墅群，一幢一个模样。生产处在中间位置，拐进拐出，孙处长在最后一间。孙处长看完信，我讲完要维修液压支柱的业务，孙处长讲："可以考虑，我对租赁站工作不太清楚，明天我去一趟，定好后，到你厂看看。这些过场要走，第一步现场考察，第二步开会研究，第三步批准，有个准备吧。"

虽然处长同意，但想要万无一失，还要包装一下。我的工厂，不像工厂，和农村普通住房一般大的小车间，七间，院子一亩多一点，小作坊。来考察的人员，处长、总工程师、机械厂厂长、租赁站长、国营企业的头头们，看了我的厂，当面不讲，背后偷着乐，同意了心里不痛快。本村的电瓷配件厂，十亩地，四个二十多米的宽大车间，在农村算得上像模像样的机械厂，借厂行事。找到电瓷配件厂赵厂长，开门见山，借你厂用用，赵厂长应道："好啊，马上借给你。""我要上一个小项目，矿务局头头们来考察，领到你这里，你扮演百溪机械总厂厂长，我是分厂厂长，排练排练接待场面，戏词。"赵厂长见过世面，见过国营大厂头头们，很会表演。定下来，等通知。

接到了通知，某日下午来考察，大约要来的时间，我在厂门口的公路上等候，来了两辆车，一辆轿车，一辆黄面包车，下来七八个人。进厂门，赵厂长领孙处长走在前面，走进车床、冲床车间，一边走赵厂长一边介绍，村办企业，要带领村民致富，上项目，国营大厂要支持，说得孙处长和其他领导直点头，看表情，满意。不用多问，下午来，安排酒席。本村有一家饭店，干净，实实在在的农家菜，孙处长答应，就吃农家菜。

我同赵厂长作陪，孙处长坐上首客人位，其他领导依次坐。千年风俗习惯，对门的座椅，客人坐，背对门，主人坐。一九九〇年，没有圆桌的主宾之分，主人坐中，宾客两旁。第一次坐到一块，客套话说完了，每人两杯酒，酒席上的气氛活跃不起来，孙处长提议，再每人一杯，讲讲宴席上主客座位的故事。

"大概一九八七年，来了一个苏联代表团，考察矿务局煤矿。第一站先来王寨煤矿，当年我是书记兼矿长，考察完了，晚上招待，不能在矿招待所，接待外宾，去局宾馆，最好的房间。我把他们团长让到我现在坐的位置上，团长不坐，我猛推猛让，团长不坐，我们怎么坐。我同翻译讲，客人远道而来，必须坐上席，翻译讲完，团长急得哇哩哇啦讲了一大串，翻译接着讲，团长说，这个座位是谁付钱谁坐，是主人的座位，难道今晚让我们请客付钱。大家哄堂大笑，东西方酒宴差别很大，我只好坐到中间的座椅上。今晚我可不付钱。"孙处长调侃了一句，接着讲。

"那晚喝茅台酒，菜是矿务局招待所最高标配，苏联人怎么劝，怎么喝，一口一杯。吃菜不用劝，勺子刀子一起用，一边吃一边伸大拇指，翻译不停说，太美味了，太好吃了，酒没喝到尽兴，菜吃光了，继续加菜。苏联老大哥们高兴，反客为主，劝我们酒。我们不能认怂，劝来劝去，老大哥们喝醉了，他们自以为比中国人酒量大，想看我们笑话。我选的陪客，是矿上一斤酒不倒的酒星，四个苏联人被架回房间。日后才知道，当年苏联的物资非常紧张，肉类蔬菜买不到，比我们七十年代还差。"孙处长越说越有劲。

喝酒气氛起来了，孙处长同我和赵厂长对干两杯，赵厂长当场趴在桌子上，我还能站稳，喝到这份上，考察顺利，全票通过。

考察后两天，新站长打来电话，约我去租赁站，谈维修液压支柱的事情。如约赶到，新站长讲，站上开会，对你的事情，孙处长亲自布置，讲得非常明确，市政府领导的亲戚，安排好，把业务做起来，任何人不能插手，会上王副站长消极，不表态，被孙处长批了一顿。明天来拉油缸，先从修油缸做起。

从找到孙处长，到考察、开会，共七天时间，业务办妥了。

煤矿用的液压支柱，几个月一次轮换，从井下拆下来，全部维修，没坏的部件，清洗一遍，坏的部件维修，我的业务是维修液压支柱中的油缸。我来接业务之前，有泰安两家厂修油缸，王副站长同泰安有老关系，所以他不同意我进来，这次拦不住，我顺利进租赁站大门了。

王副站长是关键人物，新站长未来之前，是代理站长，懂技术，熟悉业务。原来站长是孙处长兼职，每星期来一两次，实际管理者是王副站长。矿务局调整，处长不再兼职，另派新站长，新站长是外行，工作上还得依靠王副站长。我业务进来了，王副站长没拦住，还要搞好关系，上月在他办公室碰壁，硬着头皮也要拜访拜访。

我老同学搞清楚了，王副站长家的地址，颜山城前沟街A号。这条街我熟，小时候，祖父的办公处在后沟街，两街相连，几十米的小街，好找。平时王副站长住厂里，星期六回家。

找到了前沟街A号，五层台阶，进门小四合院，两间东屋是王副站长的住房。轻轻敲门，问："王站长在家吗？""噢，于厂长，请进。"

屋内两张床，一张小桌，两个杌子，挤得满满的，大约二十几平方米。我坐在床沿上，站长夫人倒上一杯水，端到我手上，知道谈业务，即刻出门了。我刚扯上修油缸的话题，王副站长就谈别的，东扯西拉，话不投机，我要赶快退场。刚起身，王副站长把我带去的手提袋，往我手里塞。带去了四瓶酒，四条烟，图个吉利。那年代，酒没有成箱的礼盒，用编织袋提，王副站长坚决不收，把酒硬放到我胳膊上，烟我已经扔到床上，酒不能扔，只好提着，王副站长回头去床上拿烟，我出门十几米了。

业务开始，拉回旧油缸，补、焊、磨、镀铜，多道工序，达到新油缸的标准，送回租赁站。

经朋友介绍，去泰安学习过修油缸，虽然工艺简单，但指标要求都有差异，必须请到租赁站的技术人员，才放心干。

租赁站有两位技术人员，管验收。不请，不拜访，质量不合格的地方，拿放大镜，肯定能找到。

老同学有办法，找到技术员，商量利用星期日，休息时间，来厂指导维修油缸，帮助检验，当然不能白干，付点报酬，合情合理。两位技术员老弟，爽快答应，"周瑜"和"黄盖"，合作很愉快。

星期一送货，卸下油缸，两位技术员，摆摆小架子，冷冷淡淡，挑出几项不影响验收的小毛病，磨蹭了一个多小时，递了我几个诡异的眼色。向王副站长报告，百溪矿山机修厂，送第一批油缸，符合国家标准，全部合格。王副站长点头同意，不情愿地看了我一眼，这批油缸，两位技术员，星期天已经瞅了三遍，还能不合格？第一批送货，开门红，就这么顺。

王副站长对新进的业务单位，很重视，几次亲自验收，一是对工作认真负责，二是摆摆领导架子，挑毛病，找问题。但是两位技术员，应对得天衣无缝，把毛病问题，清得无影无踪，"县官不如现管"，王副站长只好听两位部下的。

我的业务是修油缸，不是生产油缸。第一步从租赁站拉回油缸，拉回的数量多，才能多挣钱。

租赁站原有两家修油缸的小厂，添上我三家。原有两家都是泰安的，亲戚关系，拉油缸不争不抢，分到多少，拉多少。我一进来，地头蛇，还有大后台，两家害怕了，对各部门负责人，加大公关力度。发放油缸的保管员，和泰安两家老关系，这里面的猫腻，心知肚明。站长关照过，三家分油缸，三碗水端平。但是保管员明显偏向泰安两家，想出很多鬼点子，多发给那两家油缸。刚进来新业务，抓不到证据，不能乱讲，告发保管员，弄僵了以后的工作更难办。哑巴吃黄连。

保管员家住租赁站旁边，独院，农村的房子，两次去他家送礼，坚决不收。找朋友通融，作用不大，阴干了的兔子——难扒。朋友回话，保管员一切按站长指示办，油缸分发，三家公平、公正，小难题，难解决。

旧油缸维修，先磨光，焊麻点，再磨光，抛光，最后一道工序，去泰安镀铜，每月一次。某日，去泰安送镀铜的油缸，业务员随车，刚上青石关，看见一辆双排汽车，掉到公路沟里，路窄，转弯，爬坡，车速很慢，远远地就看见车上装着油缸，几个人站在路边。看清楚了，是泰安修油缸的司机和业务员，都是熟人，停车，帮忙拖车。那年代，都带拖车绳，拉好绳子，前边拖，后边推。刚拉上车，租赁站的保管员跑过来，握住业务员手，拉到一边，悄悄地说，明天星期天，一家人跟车逛逛泰山，你到租赁站，对谁也不能说，我跟小马的车来泰安，站长知道，砸饭碗。小马是泰安修油缸单位业务员，来逛泰山，不用明说，吃、住、玩都是业务单位买单，如果在租赁站传开，保管员工作要免，保管员这工作，不肥不瘦，很多只眼睛瞅着想干。

我的业务员回来讲给我听，咱们打断腿，一个字不能吐露。

巧遇青石关事件，到租赁站领油缸，保管员笑脸迎，笑脸送，很明显，分到油缸比以前多。

我明智决定，去送礼，去请客，让保管员吃定心丸。这次去他家，痛快收下小礼品。去饭店，小宴，四人，保管员抢着去买单，我的业务员能让他买？吃饭绝不提青石关一个字，这一页翻过去了，另敲锣鼓，另开戏吧。

太原新工艺

　　修油缸有新工艺。孙处长到太原参加鉴定会刚回来，在一次酒席上详细介绍了这项新工艺。油缸喷上一层耐磨涂料，经过加工，光滑度比镀铜好，耐酸碱，比镀铜使用时间长两三倍，节约成本。专家组已经鉴定，准备推广这项新技术，全国各矿务局收到资料了，抽时间到太原了解了解。

　　随孙处长参加鉴定人员当中，技术员小A，这两年我们结交成朋友，他请假带我去太原。

　　一九九二年，淄博太原每天一趟火车，晚上九点上车，第二天早上六点到太原，提前五天托人买卧铺票，只买到一张，两人轮流睡。

　　这家搞油缸新工艺单位，是山西水力磨蚀研究院的下属部门，院子很大，办公室只有三间房。负责人详细介绍了新工艺，旧油缸经过车床粗加工，喷上耐磨防腐蚀涂料，比新油缸使用时间长两到三倍。逐步淘汰镀铜工艺，说前景很光明，介绍完，参观加工车间，新喷涂的油缸。

我们乘一辆面包车，来到太原市外一家兵工厂，进一个小车间。兵工厂不景气，干民品，干私活，研究所出技术，兵工厂干产品，两家合作。加工完的油缸，十几条，内孔黑油油的，很光亮。今天停工休息，工作人员介绍了喷涂方法，研磨工艺。三台专用设备，兵工厂技术员研制，一台喷涂机，一台加热保温炉，一台磨光机，专用工装三套。在车间，我和小A跟兵工厂技术员，仔细地把专用设备看了一遍。

返回研究所，负责人亮出价格。机械设备，工装一整套五万元，技术转让费五万元，共十万元。签协议，交两万定金，两个月交设备，没有商量的余地。

我俩从办公室出来，在院里溜达，计算他们的设备价值，喷涂机，工装，加热炉，值一万多元。专用设备，其他工艺产品不能通用，如果下马，废铁处理，能卖两三千元，风险九万。我俩来的时候，全国没有一家签协议，煤矿能否接受，也是未知数，协议不能签，打道回府。

第一次来太原，火车站前的迎泽大道，比北京的长安大街还宽，真气派，五一广场更热闹，人山人海。明早七点回淄博，有时间逛。

从太原回来，这套新工艺，没人再提起，渐渐忘了。

半年后，五月的一天中午，孙处长来电话，喷涂新工艺的事情，太原来电话，设备、技术费降下来了，马上来生产处一趟，说说干不干。

骑上嘉陵摩托，半小时赶到生产处。孙处长详细介绍太原的情况，两次来电话，让矿务局抓紧时间上，设备费五万元不降，技术转让费去掉了，帮安装调试，包教包会，拿出合格产品，没有技术费，只收五万设备费，有一个条件，喷涂的粉末，须用他们的，五万一吨。

孙处长是产品鉴定组成员，对这个产品有话语权，矿务局租赁站用不用，孙处长一人说了算。租赁站上不上这个产品，也是孙处长一人说了算。我问孙处长，租赁站上不上这个产品。孙处长诚恳地说："让你来我办公室，还用明说吗，你抓紧时间上，先占领市场，一年后再上，错过好时机了。"

六月二号早六点，太原火车站下车，研究所派人在站前接，安排好宾馆住宿，去研究所。谈协议内容，同孙处长讲的条款，大致相同，签完协议，三个月交付机械设备，九月投产。设备我看过，没去兵工厂，我是第三家签协议的单位。

九月安装，三个月准备工作，够紧张。回来整理车间，车床占三间，喷涂油缸三间，喷砂三间，磨油缸三间。签协议前一个月，南邻居，镀锌厂搬到村东新厂房，留下十几间破厂房，一九六九年前后建的，不能叫厂房，全是破敞棚，有三间好房子，生产队的打麦场仓库。巧合得很，一个月之前不搬走，没有这小破厂，定了设备，急着找厂房，难找。拆除十几米院墙，同我的涂料厂合成一个大院，天赐良地。原来的镀锌厂，在我的南边，东西长，南北短，我的涂料厂，平行东西厂，两厂合一，东西南北一样长，四四方方了。

找到村支部赵书记，说要占用他的镀锌厂，赵书记说了三个字："太好了。"三天内把厂内的破铜烂铁清理干净，马上整理喷涂车间。

落实了车间，还需添三台车床，一台镗油缸，车身两米半，太原机床厂生产，六万一台，没钱买。用旧车床，完全能用，只镗油缸内径，粗加工，公差很大。一九九二年，没有旧设备市场，没有旧设备二道贩子，买的买不到，卖的卖不出。两台小车床，也不需要买新的。小车床好买，镀锌厂废弃一台，五百元买到，从邻村花两千买了一台。大车床难买，去一趟济南，两趟潍坊，有一台车身不够长，有一台太大。见到朋友熟人先谈车床，功夫不负有心人，一位刚认识的朋友，介绍新汶矿务局机厂，有一台旧车床，去机厂一看，太合适了，德国进口货，三千元，废铁价格。一个月买齐了三台车床。

喷油缸需用一台加温炉，油缸镗完，加温到一百八十摄氏度，才能喷涂粉末。太原研究所出售，每台五千元，我的技术员仔细观察，测量太原的加热炉，胸有成竹，建议自己做，只花两千元。技术员讲，用耐火砖砌一台，里面安上钢架，加热棒，同太原的一个样。我同意，技术员带领两名工人两天砌了一只加热炉。外形砖墙，内部构造仿太原的。制作完，技术员试了两次，提温太慢，保温时间达不到要求，又加上两条电热棒，改制了两次，效果不好，等太原技术员来解决。

太原订的设备，二十号提货，签协议当天，研究所负责人保证，能提前半月，留出空间，只能提前，不能拖后。电话催几次，还是拖到三十号，造完最后一台设备。

泰山小轻卡，送涂料的专车，第一次出远门，去太原接设备。九月三日，顺利提回设备，半吨喷涂粉末。

四号两位技术员赶来，一位是兵工厂的侯师傅，一位是研究所的莫师傅。侯师傅传授镗油缸工艺，莫师傅教喷涂技术，计划一星期，拿出合格产品，教会这套产品全部工艺。二位师傅很朴实，让他们住宾馆，不同意，说浪费，执意住我家南厢房，清刷一遍，干干净净，九月，不冷不热。从我家到厂，五分钟路程，二位师傅很满意。

第二天上班，侯师傅去车床车间，房子是老旧房，清理得干干净净，车床、开关、通风设备，按太原要求，布置得一样不缺。车床的地面螺丝已固定一个月了，等侯师傅指导安装。兵工厂的老工人，干了三十几年，对机械加工，非常精通，安装车床，侯师傅必须亲自干，按照加工炮弹壳的要求操作。我观察了两次，侯师傅蹲下来，左看右看，工装抬上抬下，一上午没有装好，下午四点，才把车床、工装全部安装完。

工装在车床上固定，还要加工一次，因为各厂家的车床不同，兵工厂出来的工装，统一尺寸，再加工，工作量不大，加工难度大。联系昆仑几家区属小工厂，没有加工能力。朋友介绍，博山电机厂，大型国营企业，加工能力不比兵工厂差。朋友领进加工车间，找到主任，主任答应了，思量了几分钟说："按厂部规定，对外加工件，先到调度室开派工单，加工完，去财务付款，开出门证。这点小活，计算工时，支七八百块钱，不通过调度室，不开发票，可以吗？给工人开个加班费，收你三百，明天把工装送过来，后天下午提。"

向厂内送钢件、铁件，门卫不管，出厂门卫查得严，货箱、驾驶室仔细看一遍。我来提工装，主任安排得严丝合缝。把车停到厂门北面拐弯处，在门卫视线外。我提前出车间，随后，车间班长用小推车，推着我的工装，到门卫，递上内部派工单，门卫看派工单，二分厂的加工件，点头放行。

加工车间安装就绪，加工的油缸，符合标准，完成第一步。

莫师傅传授喷涂技术，进车间第一眼，看见加温炉，技术员马上汇报，升温太慢，三小时升到一百八十摄氏度。莫师傅马上讲，不能用砖砌，耐火砖吸热散热，隔温差。研究所的保温炉，两层铁板，中间保温棉，升温快，保温时间长，马上改。

买铁板，拆开耐火砖，取出炉内的钢架，加热棒，按照太原研究所的标准，重新做，两层铁板，中间保温棉，加班加点，两天完成了，效果达到要求，升温到一百八十摄氏度，一个半小时。二十五年后体会更深，建了两个车间，钢架结构，用七厘米保温棉铁板夹层做墙体。七月的一天，气温三十七摄氏度，我到砖墙车间走了一趟，闷热得很，走到新建车间，以为会更热，反而凉爽得很，冬天零下十摄氏度，我又去体验，铁皮车间比砖墙车间暖和。

改造完保温炉，教喷涂技术。第一步油缸喷砂，清除镗油缸内径上的油污，喷涂这道工序，年轻人不愿干，又脏又累。找了三位五十多岁的庄稼汉，种地几十年，拿锹拿锄头灵活自如，拿喷枪笨手笨脚。莫师傅示范了两遍，手把手教，看似简单的操作，整整一上午，才教会一位心灵手巧的种地老把式。

喷砂完的油缸，称重量，用粉笔记油缸上，然后放到保温炉里加热。每条油缸的钢管有区别，或多二两或少三两。喷完粉末要称，要求喷上的粉末，每条油缸一样多，才能均匀附着在油缸的内壁上。比如A油缸16.3公斤，B油缸16.5公斤，各喷上三两粉末，喷完A油缸16.6公斤，B油缸16.8公斤，喷枪来回喷四遍，喷不上三两，再一遍，才能保证粉末的厚度。厚度不够，磨出的油缸有缺的地方，厚度大，成本高，一两粉末五块钱。喷涂这道工艺不复杂，操作不难，只要认真做，能保证质量，出合格产品。莫师傅教了两天，三位工人终于学会了喷涂油缸。

最后一道工序，研磨内径。研磨好的油缸光滑，尺寸，同镀铜的油缸一个标准。研磨机，技术员土造的，太原研究所给图纸。买一台百年前生产的皮带车床，花五百块钱，只用传动功能，两头夹上油缸，自造磨头，塞上磨条，来回磨七八趟，磨一条油缸。莫师傅亲自示范，一位木工出身的小伙子，干活仔细，对尺寸，一丝不差，两天学会了，要熟练需要十几天时间，莫师傅很满意。

生产出了合格的喷涂油缸，汇报给孙处长，孙处长带领租赁站长、厂长、技术员来现场观摩，在喷涂车间驻足了半小时，在磨床旁边站了十几分钟，最后结论，土工厂干出高质量产品。指示站长、厂长马上试装，尽快批量投放到煤矿井下。

在淄博矿务局租赁站，几个月的试装，效果很好，但是数量有限，每月一千多条，这套设备有加工两千条的能力。扩大业务，走向全省煤矿。租赁站刘副站长退休，身体很好，业务很熟，同意帮我跑跑煤矿业务。我们俩先去了龙口矿，又去了山家林煤矿，每月增加五百条，平顶山有个矿务局，去了一次车拉回四百条，业务量慢慢增加到每月喷涂两千多条油缸。

三 游三峡

接到太原研究所的通知，在三峡召开业务洽谈会。另外收到大Ａ技术员的一封信，内容三言两语，一定来三峡，业务外有事商量，我去信不必告诉他人，面晤再谈。会议集合地点，葛洲坝红星宾馆。

乘火车到武汉，乘长途汽车去葛洲坝。一九九六年，淄博到武汉三十八小时，武汉到葛洲坝六小时，第三天到达红星宾馆。

参加会议的全国各地皆有，舒兰、赤峰、乌海、平顶山矿、淮北矿务局，金星液压支柱维修厂。中午半天会，总结两年来这项新技术在全国的发展状况，以后的前景如何光明。下午登船游三峡。

葛洲坝上船，豪华游轮，上下两层，四人一房间，第一次乘坐。船行进十几分钟，停下准备进船闸舱，等了一小时，船闸开仓，闸内水汹汹流出，二十几条大船从闸舱爬出来。我乘坐游轮进入闸舱，闸门关闭，仰头望天，像一只大烟筒，九十多米高，二十几只大船排得整整齐齐，好壮观。前面的两扇闸门开动，留出一道大缝，水位开始上升，我们慢慢升起，二十几分钟，闸门全开，闸内水升到江面水位，仓内的大船，驶进长江。

不知不觉，游船到三峡大坝位置，江面突然宽了许多，转一个大弯，江中间出现一个小岛，岛上挖掘机，汽车正在施工。导游介绍，三峡大坝刚开工，堤坝建在小岛的下面，小岛全部清除。这段江面，三峡最宽的地方，建大坝的最佳位置。改革开放后，国力大增，大坝开工了，就建在眼前的大江上。导游滔滔不绝，讲得精彩，大家瞪着眼，看着大江，专心听。

十年后，大坝建成，水面高出一百八十几米，烟波浩渺的大湖，横卧在三峡群山之中，闭着眼睛想吧，大坝建成再来。先记牢眼前的光景，二十年后写回忆录。结果等了二十五年，想写点东西，还没来看三峡雄姿。

从小岛，转过弯，江面直起来，导游招呼："大家向前看，左前方的山，有什么特征、什么景象？"大家站在甲板上，顺着导游指的方向看，一座平平的山，没有山峰，看不出啥风景。等几分钟，再看，导游还是指着那座山："大家注意了，神奇的景象，马上看见。"瞪大眼睛，眺望，船继续行驶。"毛主席，毛主席！"有人惊呼，呼叫的游客，手指那山，大家都看清楚了，前面的大山，平平的，像是毛主席逝世后，安放在人民大会堂的遗容。尤其是头型，仰脸朝天，船慢下来，越看越像。

船到白帝城，千年的古城，必看的一个景点。白帝城是一个小岛，从长江向里一个分岔，像个小湖，城在湖中央。

当年，刘备为给二弟报仇，攻打东吴，仇未报，败退到白帝城。故事传了一千多年，深入人心，不知白帝城的国人，不多。

下船上岛，小岛不大，没有城墙，只有一座大庙，刘备托孤的庙。

进庙，对面一座大殿，刘备躺在床上，刘禅跪在床前，孔明低头坐在椅子上，听刘备交代后事。蜡像做得很逼真，想当年，刘备就是这般托孤，桃园三结义，东跑西颠，投靠曹操，诈取荆州，联吴战赤壁，最后逃到巴蜀，站稳了脚，刚当了三年皇帝，大业未成，就走了。

走出大庙，自由活动，只有这处景点，没有其他可逛的，站在大树下，远望长江。几年后，这小岛水位上涨，江面扩大三倍，白帝城在水中，不知住几千年，几万年。

没注意到，太原研究所的技术员大A站在我旁边，我们认识几年了，去太原看机器，讲喷粉技术，见过三次面，去太原办业务，见面打过招呼。"于厂长，这几年干得不错，每年用七八吨粉末，大客户。"大A先同我打招呼。"还能行，四五处煤矿用我修的油缸。"三句话不离本行，我介绍了几家煤矿的业务状况，厂里生产情况。大A讲，他们所去年生产了一百吨粉末，全国二十多家厂使用他们的粉末，前景非常好。粉末的利润高得想象不到，能达到1:4，一千成本，四千利润，去年一年挣的钱，在开发区建了一座六层大楼。

尽管大A说得津津有味，我没用心听，出来游玩，工作放到一边，不能满脑子工作、工作。

话题一转，大A谈起家庭，父母健在，父亲一人有退休费，母亲家庭主妇，孩子上学，城市普通工人家庭，日子过得挺紧巴，挣工资没有其他收入，咱们能不能合作合作？

听到此处，心怦地一跳，"合作生产喷涂油缸的粉末吗？"我打断大A的话。提几个问题，全国几家生产这种粉末？有无专利？如果查到此事，对你有多少影响？会不会被开除？

大A回答，全国两家粉末生产厂，天津有一家。研究所的粉末有无专利不知道，咱们合作，配方我可以修改，不影响质量，同研究所专利无关系。天津那家厂，配方同研究所大同小异，互不影响。我同经理关系好，即使怀疑，单位七八个人知道配方，有人问，我们说从天津搞来的。

不对外卖，自己用，一年节省几十万，挺诱惑人的，大A要求不高，少分点，贴补家庭。

事情很大，考虑后，再决定。

游轮行驶到小三峡江口，我们下游艇，上小船，十几人一船，游小三峡。大三峡的水和小三峡的水，对比非常明显，长江三峡，水混浊得泛黄，比黄河水稍稍清一些。小三峡像一把绿箭，直插长江，水清澈，一眼望到水底，两边的山，更青更秀，别有洞天，向里进，气爽天高，冷飕飕的。

小三峡，名气最大的看点，悬棺。到了悬棺的江面，下船，江边一片空地上停留，只看到山的上半腰，有几处黑点。有两台高倍望远镜，供游客看悬棺，排队，每人看一分钟。看清楚了，一个小山洞，放一口棺材，没有其他物件，还有一洞，没有棺材，空空的。关于悬棺，书刊、电视节目介绍过多次，到现在还有好多谜团解不开。

两千多年前，这里的人，不知啥原因，在山上凿洞，把棺材放到山洞里。山洞在江河峡谷最险的地段，最高的山，还是山的上半部，山的一面，像刀切一般，其洞在水流湍急的地方。他们生活的年代，考证是原始部落时代，怎么搞上去的棺材。

小三峡放棺的洞，离地面估计三百多米高，在山的上半部，洞在山的截面上，而截面的山，向里凹进。猜测，打山洞，从山顶放下吊篮，吊篮还靠不到山的截面上，靠不到山。从地面一层一层支架上去，现在技术要靠直升机、吊车帮忙，科学家们分析来分析去，洞是怎么开的，棺材怎么放进去，这谜团到现在也没有解开。

看悬棺的这块平地，很大，自由活动，在船上东张西望，很累，休息半小时。溜达了几步，大A过来了，我俩开始聊天。"昨天我说的事，怎么样？你不干，我找别的单位，了解你，相信你，先找你，定下干的话，找个借口去太原一趟，看看生产工艺，很简单。"大A很着急，借这次游三峡，找个合作伙伴。"行，试试，干吧。"我一天没想这件事，不急于定。大A催得急，定下来，到太原研究所摸摸底。

四 东北行

　　三峡游，结识了吉林舒兰矿务局机械总厂的小吴，同游五天，同船吃住，小吴爱交朋友，爱唱歌，性情温和，我俩很对脾气，合得来。喷油缸的粉末，投产后自用一段时间，质量可靠，计划每月卖出两三吨，小吴工作的车间，有喷涂油缸工艺，答应用我的粉末。上个月给小吴发去两袋样品，先试用。

　　小吴是机械厂支护维修车间工会主席，前天来电话，经过几次试验，粉末的质量没问题，我去一趟，把业务定下来。

　　乘火车到吉林市，换乘汽车去舒兰矿务局，到舒兰县城，下车问矿务局地址，乘务员笑了："你早问嘛，坐过头了，坐回程车，到吉舒镇下车。"以舒兰命名的矿务局，不在县城，在吉舒镇，还乘这班车去吉舒。

　　我同小吴，一块拜见厂长，厂长是他二哥，在办公室说话很随便。我来机械厂之前，小吴早把我的单位，我俩的朋友关系，详细介绍给了二哥。厂长同意用我的粉末，价格、结算方式、具体业务车间自己定，厂部只负责结账、付款。

来到车间办公室，同车间领导一一见面，周主任，刘副主任，张书记……一个车间，四位干部，两个主任，一个支部书记，一个工会主席。周主任和小吴带我进车间参观，车间内，冲床、车床、压力机，机械设备二十几台，修液压支柱，支护的撑杆、架梁，总称支护车间，按顺序排，叫三车间。喷涂油缸，在车间的西头，今年刚开始，从车间半腰，加上一道铁皮，挡挡粉尘，喷涂设备，全套从太原研究所买来，同我的工艺完全一样。周主任指指放在地面上的十几根油缸："这是用你的粉末喷出来的油缸，质量很好。""今天没修油缸？"喷涂机械旁边没有工人，我随便一问。周主任说："煤矿半停产，煤卖不出去，干两天休一天。"三四十米长的大车间，进进出出二十几个工人，冷清得很。

中午招待，在厂门口大街的定点饭店。国营企业招待客人，等级分得很清，厂部领导陪客，在矿务局宾馆，中层各科室、车间，在定点饭店。

第二天中午，周主任来宾馆，聊聊家常，我下午去吉林，晚上去沈阳。中午还要安排酒宴，昨天是接风酒，今天是送行酒。同周主任再三讲，中午的酒宴简单化，不搞形式，自由无束，畅所欲言。正同周主任定中午的酒宴，小吴来了，又把业务谈了一遍，每月半吨粉末，收到货，付上一批的款。

中午的送行酒，简单化了，去了一家小饭店，特色菜，东北老烧酒，三杯后不劝，不碰杯，一边聊天，一边慢慢喝。周主任介绍，机械厂是矿务局直属厂，县级单位，生产矿车、送煤机、风钻等煤矿用设备，没有煤矿以外的产品，没有销售这个大难题。全厂六百多职工，产值五千多万元，去年亏损五百多万元，职工三个月没发工资了。方圆百公里，没有其他工厂，都是煤矿，工人想跳槽另找工作，没地方，只能混下去。很多小青年，到关内找工作了。

东北人好客，爱酒。机械厂文件规定，车间四位干部，能签字招待客人吃饭，全厂共七个车间，八个科室，加厂部，能签字招待客人，六十几人。饭店定点四家。签字后到厂部结算，结账有规定，一个月内付款，价格不变，两个月后付款，加20%，三个月加30%。厂里领导们招待客人不小气，中午陪，晚上陪，明天不走明天陪，客人住几天陪几天。东北待客太热情了，我去过的山东厂，只招待一次；江南的厂，不是特殊业务，不招待，谈完业务，各吃各的。

多丰盛的酒席，不多住一天，自己的厂，千头百绪，下午去吉林，晚上夜车赶到沈阳。

舒兰矿务局机械总厂的业务，一九九六年开始，第一年正常，每月半吨，货款正常付。第二年减少，小赵去一次，没用别的厂家，维修支柱数量减少了，煤矿产量下降，支柱用得少，货款不能正常支付。小赵这次去，住了六天，拿回两万，还欠货款十三万，不能继续增加了，得想办法追款。

五

铁法矿务局

　　去铁法的途中，看了一场"小品剧"，不亚于赵本山。从磁村乘去济南的长途汽车，上车后，座位很多，两人座椅一人坐，车过普集，上来五位小伙子，分前后中坐下。挨着我坐上一个，看模样二十几岁，民工衣着，背个学生包。

　　晃晃荡荡，车行驶不快，我在座位上睡着了。"哇，啊！"几声吼叫，把我吵醒了，同座位的小伙子，双手捧一桶可乐，用嘴啃。前面的一位小伙子嘲笑道："没喝过？"说着小伙子过来，"给我。"抢过可乐桶，手一拉，递过去。"喝吧，去哪打工？""济南，你这熊样，还能找到地方？"喝可乐的小伙子说："汽车站上有人接俺。"小伙子喝了一口，自言自语："真好喝。"仰头一口气喝光了，心神不定，看着可乐桶，摇一摇，晃一晃。"里头有个东西？"瞪着眼向里瞅，"有个小珠子。"

"胡说八道,我看看,啥玩意儿？"开可乐桶的小伙子,抢过可乐桶,看了看,晃了几下,"里面有个小金豆,打开看看,行不？"啃可乐的小伙子,无可奈何的样子:"看吧。"开桶的小伙子,拿着可乐桶,三晃两晃,从里面倒出一个东西,一颗豆粒大小的琉璃珠,自言自语:"还以为小金豆,烂琉璃珠。"又对着可乐桶的口向里瞅。"哎呀,还有一行小字,打开看看。"啃桶的小伙子点点头。开桶的小伙子,从包里拿出一把水果刀,从盖子上割上一道口子,掀起盖子。"中大奖了,一等奖,联系电话,0532……""啥大奖？"啃桶的小伙子问。"打个电话问问？""俺没电话。""我替你打,领到钱分一半。"开桶的小伙子,一本正经,从包里拿出手机,麻利地按完数码,通话了。"什么？青岛……拿着可乐桶,领奖,多少？再说一遍,两万元,确定两万,好的,好的。"

开桶的小伙子,拍了啃桶小伙子一巴掌。"交大运了,两万元,去青岛领奖。""青岛在哪？俺又不知道。""鼻子底下有嘴,问着去呗。""俺不敢去,未出过远门。"啃桶小伙子,两手狠狠地攥着可乐桶。开桶的小伙子接着说:"我替你在车上卖了,贱卖,行吗？"啃桶小伙子不出声。"行不行？快放声屁。""卖吧,行。"

我睡意全消,看他们演"小品剧",穿打工衣啃桶的小伙子,手掌白白的,脸上没有风吹雨打的痕迹,呆傻的样子。"俺娘说了,俺叫……"仿宋丹丹的表演。

开桶的小伙子,站在车座椅中间,高举着可乐桶:"我替他做主了，谁愿去青岛领奖，一万块卖这个领奖桶，半价。"后排座位上，油头粉面一个小伙子站起来，指着啃桶的小伙子说："我带你去青岛领奖，一人一半，行不行？""俺不去，你半道上跑了，俺找谁。""咋办，再降。""俺要现钱。""去三千，七千总可以吧。"前边座位上站起来一个，"没带这么多现金，我这手表瑞士的，值五千，给你二千现金，可以吗？""俺不认手表。"

中间站起一个小伙子，拿过可乐桶看了看："这么好的事，可惜没带这么多现金，再降点？""再降你也买不起，啥玩意儿？"开桶小伙子，凑到啃桶小伙子旁边问："五千吧，行不行？"啃桶小伙子点头。

"最后报价，五千了！现金，不顶东西，千万不能错过。"吆喝了几分钟，没有其他乘客搭话。

车过龙山，五个小伙子下车，白白表演了一个多小时，车上没一人上当。

这次来铁法机械厂，孙厂长催促的，准备转产，结清账目，业务停止。铁法机械厂的粉末业务，是舒兰机械厂的周主任介绍过来的。铁法的孙厂长，同周主任是好朋友，这套喷涂油缸项目，是周主任引进的。孙厂长同矿务局某副局长是亲戚关系，只要能喷出合格油缸，修出合格液压支柱，铁法煤矿的维修液压支柱业务，孙厂长就全包了。

我一九九六年来的时候，刚刚投产，周主任车间的维修工艺照搬过来，工艺简单，技术要求差，几个月正常投入生产。我供应的粉末，价格低，质量有保障，销售业务不复杂。孙厂长对外，戴一顶铁法矿务局机械总厂分厂的"红帽子"，实则自己的厂，私营，采购、销售、生产、付货款一人说了算，不用请客，不用送礼，不用拜销售、质检、财务的门子，清清爽爽，痛痛快快，一年零八个月的交往，很顺利，货款付得很及时，说到做到，从不拖欠。

两年业务，我只来过一次，路能记得，孙厂长还有个印象。

第一次来，自作聪明，进铁岭汽车站，找铁法的站牌，转了一圈没找到。问服务员，向左一指："那边。"那边走到头，没见到"铁法"二字，又问一位服务员，向右一指："那边，不远。"又走到头，还是找不到。再问，一位好心人说，"调兵山"站就是铁法，铁法县城驻地调兵山。问当地人铁法，他会嘲笑你的，铁法不指一城一镇，是全县的总称，铁岭和法库中间的一个县城，取两市一字，组成一县。问铁法在哪，是外地人，本地人叫"调兵山"。

同业务员小赵，来铁法机械厂结账，电话定好的日期，孙厂长在厂等候。孙厂长解释，矿务局技术处，准备油缸上镶套新工艺，喷油缸可能一两年淘汰，要早做准备，维修液压支柱不干了，清理完关门停产，搞煤炭运输。债权、债务不留后患，该收款收款，该还欠款还欠款。总债务40万，机械总厂欠孙厂长120万，已经同总厂达成协议，40万货款，转到总厂，总厂负责支付孙厂长这笔货款，手续已经办完，业务不留尾巴，朋友的朋友的货款，一定还清。

既然已定，只好办理交接手续。孙厂长很讲信用，有的小工厂关门，手机换号，一走了之，路途遥远，何处找人要货款，无话可辩。

孙厂长同我一块去机械总厂，在财务处，互相介绍，认定这笔五万元货款由总厂支付。早有写好的转款协议书，三方签字盖章，我没带公章，只好签字，按手印。办完交接手续，我问财务处长，啥时间能支付，处长说，没有具体时间，明天中午来一趟。

翌日八点，赶到总厂财务处，刚上班，处长很忙，等到九点，见有空，问处长，这笔款何时能支付，分期支，还是一次支。处长的回答同昨天无区别，时间不定，可能一年，可能两年，现在困难很大，工人三个月没发工资，煤炭销售形势好转，尽快支付。遥遥无期，等着吧。

从办公室走廊向外走，后面追来一个小伙子，同我并肩走了几步，开口说话了："老师傅，哪地方的？""山东的。""我也是山东，咱是老乡，啥业务？"小伙子一句接一句，紧追不放。"没业务，要账。"我不理他，继续向前走。小伙子继续和我搭话："这厂三五年垮不了，账难要，没了业务，老账更难要，一两年要不了，甭想。""自认倒霉呗。"我不理他。

"我帮你想办法，都是山东老乡，把钱要出来，行吗？""那当然好。"我停住脚步，观察小伙子。虽然不会巫术，不会相面，看人五官也能定个差不多，小伙子眉清目秀，和气大方，正面人物形象，直觉不是骗子。

"找个地方聊聊。"我应声，有小赵陪同，我二人，不怕上当受骗。小伙子自我介绍，爷爷闯关东，老家山东临沂，全家都在煤矿工作，这地区只有煤矿，这几年煤矿亏损，机械总厂的日子不好过。到总厂要款，厂长批条子，副厂长批，财务处长批，都能批条子，跑几趟，甭想痛快要出来。小伙子认识厂长的一位亲戚，能转成煤炭，再到煤矿卖煤，这办法能把货款尽快要出来，不过回扣大一些，百分之三十。我答应考虑，商量一下，明天回话。各自记下手机号码。

回到宾馆，同小赵琢磨，掂量，五万元，路这么远，跑上两三趟，差旅费花七八千元，送礼请客七八千元，花去百分之三十，能要回款，还没有把握，只要不是骗子，能收百分之七十，很合算的。两个人，把握稳，赌一把。

同小伙子通了两次电话，商定第二天中午，机械总厂办公楼走廊见面，先到财务处确认货款，办理收款收据，然后去银行提款。

在办公楼见到小伙子，来了两人，我同小赵，四人一块去财务处。财务处确认我的货款五万元，小伙子同财务会计讲，用煤炭抹账，财务处同意办理。我方要写收款收据，小赵挎包里准备了收款收据，拿出来翻了几页，盖了财务章的用完了，没有财务章，不能办理。约定明天再同小伙子通电话。

车到山前必有路，下午去了小市场，花五十元，刻自己公司的财务章，自己用不犯法，邮局寄，最快三天时间，不能等。

第二天，财务处收下收据，给了一张收到收据的单子。小伙子同小赵去银行提款，记牢小伙子小车号码，万一拿收据溜掉，马上报警，我同小赵定得很周密，一九九八年，骗子防不胜防。

"嘭嘭嘭"敲门，小赵回来了，一个小时，特顺利。小赵讲述，坐在小伙子的车上，心怦怦跳，半路扔下车，半路揍一顿，他们是本地人，你报警，不可能马上找到。到银行门口，紧跟其后，没等十分钟，小伙子，拿到现金，"啪啪啪"点出三万五给了我，还握了握手，分头离开银行。

拿回钱，醒悟了，第一天去财务处，含含糊糊答复，明天再来。第二天来了，得到的还是不明不白的回复，出办公大楼，"邂逅"帮要货款的小伙子，邂逅得不差一分一秒。小品导演得合情合理。

六 两法院断一案

昨天夏至，今早飘起了淅淅小雨，气温25℃，空气清爽，办公室窗外的玉兰，滴着清脆的大雨点。电话响了，李老同学要过来借雨谈心，欢迎。

又邀约了四五位老同学，凑合一桌小酒宴，两个多月未聚了。三台山，新开业大酒家，野外凉亭，听雨观山，天南海北。你这几天去了齐山，他这几天去了鲁山，你讲奇闻，他谈趣事，好不快活。近日，我没去大江大山游玩，没有故事叙说，不知不觉，说起了前天去滕州的经历，越说越来气。滕州一家煤矿机械小厂，业务不做了，欠六万多元钱，厂长推书记，书记推厂长，转过来，转过去，不还款，一句话，没有钱，这个账怎么要。李老同学接上话题，怎么要，有要钱地方怎么忘了，去法院打官司。老同学这几年学了不少法律知识，帮朋友办了几笔要款的案子，干得挺漂亮，几个老同学听他讲得有声有色，几日不见刮目相看。老同学愿帮我去滕州打官司，要货款。

说定了，明日写诉状，整理材料，三五日去滕州法院，状告这家小厂。

到这家厂办公楼二楼谈业务。我维修的是液压支柱的底座，小部件，利润很低，厂长、书记扯来扯去，一年半业务，算了算账，亏损了两万多，找个借口，业务不做了，越久越亏，是个无底洞。结算完欠维修费六万五千元，找厂长定个还款计划，要找书记拍板，找到书记，业务是厂长负责，找了三次，没有结果。逼出办法，通过法院讨债。

老同学真卖力，两天把诉状和证明材料整理得有条有序，叙述得清清爽爽。某年某月开始业务，开增值税发票几张，合计维修费多少元，收到款多少，还欠六万五千元，双方账目为凭据。我俩去滕州县法院立案，等候开庭审理。

一个月后收到开庭通知书，我同老同学乘长途汽车，按日按时去滕州法院开庭。

八点二十分，站在法院第二审判庭门口等候，八点三十分，两位法官开门进庭。"淄博来的。""是，是。""坐吧。"法官坐正面大堂，我俩坐原告席，法官翻阅卷宗，室内鸦雀无声。

大约等了十几分钟，进来一位女士，提一绿色挎包，面带笑容，朝大堂上法官点点头，笑笑，坐在了被告席上。

法官和蔼地说，淄博原告陈述案情。老同学打开卷宗，站起来一本正经，读写好的材料。淄博百锡矿山机修厂，从一九九五年五月，为该厂维修液压支柱的手把、底座，两种配件，共发生业务十六次，开具增值税发票十二份，合计金额十六万七千元，红叶厂分五次支付维修费十万两千元，还欠百锡矿山机修厂六万五千元，多次催要，该厂以种种借口不还。老同学还未读完，法官打断问："你是律师吗？"老同学回答："不是。"法官点点头，老同学读完申诉材料，法官指指女士，被告说说。

比约定时间晚十分钟进来的女律师，仰头看天，慢半拍，开口讲话了。"自我介绍一下，我是律师赵某某，受该厂的委托，来应诉，两年前，两厂有业务关系，加工费已全部结清，业务早已中断，不欠淄博百锡矿山机修厂六万五千元，我的话完了。"

"耍赖皮，账上的钱一分不差。"我加了一句。女士反驳："说话讲文明噢。"

法官讲，请原告出示欠款证明材料。

老同学拿出几张纸："我这里有复印件，矿山机修厂的账目，一笔一笔清清楚楚。"

女律师拿出几张纸："该厂的账上已付清，不欠维修费。"女律师反驳。

法官："原告还有证明材料吗？"老同学回答："这就足够了，拿他们厂的账来核对，不就清楚了吗。"

法官说："没有时间去拿该厂的账。"老同学说话有些急："这是啥道理，你们法官不可以去查账吗？""没有这个义务，不在工作范围之内。"我加了一句："岂有此理。"法官站起来："休庭。"

对方律师笑着，提起挎包，第一个走出第二审判庭。

坐在回淄博的汽车上，我俩憋了一肚子气，不能白来一趟，继续斗下去。我忽然想起来，听一位同行厂长讲过，如果是来料加工，可以在本地法院申诉，我们是来料维修，能否在我地法院告，淄川有没有管辖权，中途想出办法了，回来了解了解。

李老同学的同班同学，我的校友，现在是法院党组成员，去咨询他，就非常清楚了。法院老同学讲，你的零部件，材料制成的产品，供到对方企业，必须在对方法院起诉审理，我方没有管辖权。对方来料，零部件，我方加工，制成产品，可以在我方法院起诉，有管辖权。我是给该厂维修支柱上的部件，从他工厂拉来，修好送回去，欠我的修理费，账目清清楚楚。老同学讲，完全可以在淄川法院起诉，百分之百有管辖权。法院老同学一席话，茅塞顿开，早来谈谈，何必去滕州。

诉状交到法院，老同学安排一位女法官审理此案。

开庭日期安排得很快，四个星期，不到一个月。滕州法院从送诉状到开庭，两个半月。开庭的这天，我和李老同学，提前十分钟到审判庭，门口站着三个人，不认识，可能是滕州厂的。八点半，女法官和书记员准时到庭，大家对席入座，女法官打开卷宗讲：被告先陈述，你们先说。一个瘦中年人，从座位上站起来，我是被告律师胡某，百锡矿山机修厂，在诉状中的陈述，符合事实，欠款金额一元不差，账我拿来了，我们应该支付百锡矿山机修厂六万五千元维修费。不过现在生产不正常，资金紧张，能否分期还款，以物顶一部分现金……

我俩一言未发，胡律师，竹筒倒豆子，哗哗哗，完事了。

女法官笑笑："你们两家协商，达成还款协议，到庭上签字，如果协议达不成，第二次开庭，宣判，执行。今天到这里吧，休庭。"

走出法院大门，滕州厂的张书记站在门口，两步并作一步，跑过来同我握手："于厂长，不好意思，对不起了，上次在滕州，听信一些人的意见，对不住，太对不住了，请一定原谅，咱们多年业务关系，没有友情，也有交情。""上次在滕州法院，你们做得太不讲人情，做得太绝情，几万块钱，怎么能那样去处理。""你们走了，我后悔了。""接到淄川法院传票，后悔了吧？""哪能哪能，真后悔。"张书记心里想啥我不知道，当面说得挺诚恳。

同张书记交往两年，我们两人能谈得来，交情不错，最后达成协议，付现款三万五，三万元用钢材、酒等抵账。一场小闹剧，在欢快气氛中结束。

七 买机器

维修液压支柱，不能单修油缸，增加修手把、底座业务。在龙口的北皂矿，新汶机厂，肥城矿务局机械分厂，枣庄山家林矿，都联系了修手把、底座的业务。维修的部件不断增加，机械设备要添置。修底座用通用的机床，费工费时，听朋友介绍，兖州有一家小厂，土法上马，研制专修底座用的小机器。一个退休技术工人，闭门造车搞出来，比原来的老工艺节省一半的人工费，已小批量生产。计划买一套。

负责联系煤矿维修旧件，是我的堂叔姑父，我称小姑父，业务能力很强，已经打听清楚了制造土设备的地方，我俩准备去订一套。

知道在兖州，我没有细问具体地址，随小姑父到了兖州煤机厂门口。兖州煤机厂直属煤炭部管辖，大国有企业，厂门很大。站在大门的左边，小姑父自言自语："去哪找？这搞的。"我说："路对面有出租三轮，给他地址，远近不管，拉到地方省事。"小姑父摇头："一阵迷糊，只问这技术工人姓徐，没问啥名，没问工厂在哪地方。"几千人大厂的宿舍区，周围是农村，到哪找呢?

一九九三年，没有手机，不知道详细地址，到一地区找人，不是大海捞针，也是小河摸鱼。不知厂名，不知人名，不知土机械厂叫啥名，只知道造机械的人姓徐，荒唐不荒唐。

到厂传达室问问，三位门卫，一问三不知。两千多人工厂，门卫只认得厂长、副厂长、部门领导、特殊人物，称工程师、技术员的有几百人，不知徐技术员何人。

找到居委会，说明找一位去年退休的工人，姓徐，在厂附近办了一个小加工厂，制造机械设备。居委会的几位女同志很热情，讨论了几分钟，一位五十多岁的女同志想起来，"哦哦"了两声。"退休住了几个月，现在不住这里，听说到处跑，帮这家搞产品，帮那家技术改造，没有自己的工厂，见不到他，老婆在济南给儿子看小孩，家里锁门了。"小姑父继续问："同他一块搞机械的厂，在啥地方?"女同志说："不知道。"

走出居委会，在街上晃荡，不知不觉，小街到头了。这是条商业街，商店、影院、学校，集中在这条街上，两边是居民区。对面大公路，那边煤机厂，两边玉米地，没见到小工厂。旅馆只有一家，煤机厂招待所，住下，明天另谋良策。

晚上两人苦思冥想，一个好办法想不出来。这消息是从太原听到的，打电话，不是程控，去邮局一天不可能接上，明天星期天，找不上太原研究所的人。一瓶二锅头喝完了，急得小姑父唱起来了："下定决心，排除万难……"一唱下定决心，我想起了愚公移山，良策有了。明天学愚公，一步一步来，一尺一寸不放过，一条街一条街找，不信找不到小工厂，明天找不到，后天，后天找不到，大后天，找不到不罢休。

工厂宿舍区很集中，不像农村民居那样分散，横竖四五条街，工厂不可能在居民区，从宿舍外围开始找。走了大半圈，没有一家工厂，宿舍外是玉米地，离农村很远。向前走了几百米，一条土公路，有一家工厂，生产纸箱，问门卫，有没有机械厂，门卫摇头摆手，不知道。靠近大公路，一家规模较大的厂，化纤厂，镇办企业，门卫们一个表情，不知道。

从早上八点，围着居民区徒步找机械厂，太阳当头了，看看表十点钟，不远是终点，煤机厂招待所。愚公移山刚开始，回招待所，下午扩大范围。

公路旁，有一辆小百货车，小姑父问："有云门烟吗？""云门没有，有大鸡。""来包大鸡。"递过大鸡烟，售货的老太太，看着我俩笑。"听口音，老乡，淄博哪里的？""淄川。"小姑父回话。"淄川哪个镇？""磁村镇。""我老家是洪山，见到老乡了。出差？办事？"小姑父摇摇头："甭提了，来找人，不知道人名，来找工厂，不知道厂名。只知道煤机厂退休徐技术员，造土设备，开个小工厂，从昨天下午，找到现在，一点音信没有。"

老太太哈哈大笑："关门掖着鼻子——巧了，俺俩家住一幢楼上，老徐同俺老头是同事，又是好朋友，经常在一块儿，等一会老头就来，让他带你们去。"老天有眼，小姑父高兴得差一点跳起来："谢谢你老乡，真有缘分，昨天买你一包烟，今天少跑二十里路。"

等了十几分钟，老头来了，二话没说，叫了一辆三轮车，老头前面带路，我俩紧跟。出宿舍区，上土公路，大约走了十几里，进一农村，小工厂在村头。二亩多地一个小厂，徐技术员在厂，说明来意，进办公室一边喝茶，一边谈机械设备。

不是徐技术员的工厂，徐技术员拿出图纸，委托机械厂造土设备，徐技术员自己出售，"借鸡下蛋"。这家小厂，没有厂名，没有电话，老头子不带来，三天找不到。

修底座的土机械，有一台样机，徐技术员详细介绍了操作方法，签完合同，交下定金，五天后来取货。邀请徐技术员，来淄博百锡矿山机械厂指导。

修油缸，改喷涂新技术，要增加一台30加长型车床。喷涂前油缸镗缸径，没有车床，不能喷油缸。太原机械厂生产这样的车床，一台六万多元，当年的全部家当不值六万，购买喷涂设备的五万元，全部借的。没有必要买新车床，旧车床完全能用，只有一道工序，加工尺寸公差很大，10丝20丝都可以，必须尽快买到一台旧车床。

一九九二年，国营企业没改造，乡镇企业发展势头很猛，私营企业起步几年，没有买卖旧车床的市场，想买旧机械找不到，信息不畅，卖旧机械的卖不掉，一九九五年后才形成旧机械买卖市场。

太原的喷涂设备，八月底安装，必须两个月内买到车床，没有车床，喷涂项目，没法上马。托朋友、找关系、打招呼，拉网式搜寻。第一个消息传来了，经销涂料的惠民客户孙老板昨天来信，在他邻村有一台车床，约我去看看。

收到信，翌日赶往惠民李庄镇孙家庄，淄川没有直达车，换乘三次车，下午三点到了李庄镇。到孙老板在的孙家庄，还有五里路，没有出租三轮车，没有出租自行车，只能乘"11号"，同小姑父两人，一边天南海北聊，不知不觉，找到了孙家庄。

孙老板从粉刷队长升为孙家庄村主任，到他家下午四点多钟，有时间去看车床，孙老板不同意，第一次来，老业务关系，老朋友，盛情招待。

孙老板招呼老婆，买酒买菜，不一会工夫，老婆提一捆啤酒，一包菜回来了，看了看，走出四五米，低声对老婆说，去借几个鸡蛋，孙老板以为我听不见。

老婆择菜，孙老板开罐头，七八岁的儿子拉风箱，不一会一桌菜做好了。一盘韭菜炒鸡蛋，一盘苹果罐头，一盘梨罐头，一盆拌黄瓜，拌黄瓜不是一盘，是一盆，顶三盘。孙老板实在，热情，一口气开了五瓶啤酒，每人倒了一大碗，坐汽车颠簸了一天，又饥又渴，不用孙老板劝，每人两碗啤酒下肚了。韭菜炒鸡蛋，农家菜，吃得顺口，盘子太小，顶多炒三个鸡蛋，不好多吃。两个水果罐头，盛小盘，每盘六七块苹果梨子，每人吃两块，剩下两三块，不能再吃了。拌黄瓜盛在一个小盆里，量大，多吃，吃第一口，有股子怪味，说不出啥腥味，听孙老板说，加了清酱，不知啥佐料，再吃一口慢慢品，夹到一块鸡蛋清，明白了，煮鸡蛋拌黄瓜，蛋黄碎了，拌在黄瓜里，怪怪的腥味。

菜吃不下，喝啤酒的速度慢下来，孙老板不罢休，来到惠民，有惠民的酒风俗，先喝三碗，顶六六大顺，再喝两碗，顶四杯，全家福。一捆啤酒喝光了，老板的老婆，又出门提来一捆。

喝酒时间，四五个老太太，围着桌子包水饺，孙老板解释说，当地风俗，有客人，左邻右舍都来帮忙包水饺，这是对客人最尊重的礼节。不一会儿包了三箅子水饺，他们用的箅子，比我们家用的大两倍。煮水饺用大锅，一家人做菜做饭，只用这口大锅，旁边有风箱，拉风箱烧锅，一锅煮一箅子水饺，盛水饺的盘，直径一尺半，一锅能盛两盘。

喝完酒吃水饺，水饺煮好一个多小时，不热不凉正好吃。吃一个，满口韭菜，吃第二个，细嚼没有肉，吃第三个，水饺里面没有鸡蛋，没有豆腐，清一色的韭菜水饺。四十多岁，第一次吃，挺清口，挺好吃，吃了十几个。

今晚住孙老板家，一排大通铺，没有蚊帐，没有电风扇。孙老板的老婆和孩子，到邻居家借宿。三个醉汉睡大通铺，四十多岁，第一次，今晚创两个第一次。

幸亏喝多了，睡得真香，不喝酒，今夜难以入睡，两觉醒来，天已大亮，在小院散散步，呼吸新鲜空气。

孙老板招呼吃早饭，一大盘水饺从大桌端到小桌，放三个小碟，加上醋，昨天晚上的水饺，放在桌子上，不盖任何东西，同苍蝇蚊子共过一夜，不用多想，吃不下。孙老板说个不停，当地习惯，晚上水饺早上吃。我找借口推，早上没有吃饭习惯，中午一块，只喝一杯水，再热情，不吃。没有别的早餐可食，孙老板和小姑父每人吃了十几个。

孙老板一辆自行车，找来一个兄弟骑一辆自行车，两人骑车，我俩坐后架，平原上的土路，不颠不晃，无上下坡，十几里路，半小时到卖旧车床的张家庄。村委会从镇办企业买来这台车床，计划办工厂，没办成，闲置两年了，七八成新。我量了一下车床，床身的长度只有两米，很合适的车床，差半米，可惜。白跑一趟。

孙老板有些内疚，不让走，中午喝酒，八点多钟，心再诚，不能中午赴宴了。再辛苦二位半小时，送我俩到李庄镇，回淄博，谢谢孙老板。

从李庄回来，去济南看了一台，不合适，买不到车床，太原的设备不能安装，第一道工序车缸内径，也叫镗缸，第二道工序，喷涂。

在一次酒席上，遇到淄川一家螺帽厂的刘业务员，交谈中，他讲前天去新汶煤机厂，见到车间外有两台旧车床，不知道卖不卖，太好了，麻烦刘老弟问一下，后天有业务去办，一定问清楚。消息三天来了，刘业务员专程来告诉我，两台旧车床都卖，一台车身二米七，进口的，价格三千左右。

带上汽车，请刘老弟陪同，早上四点出发，争取八点到新汶煤机厂。淄川到新汶，一百多公里路，弯弯曲曲，一半省道，一半乡间土路，八点半到达新汶煤机厂。

旧车床放在厂内路边，先量车床，床身二米七，正合适，主要部件还有，能运转。刘老弟领来一位车间主任，介绍车床东德产，一九五六年苏联专家支援建厂，车床从东德运来，质量很好，使用三十多年，比我们的新车床质量好。进口来两台，前几年零件坏了，国内买不到，配不上合适的，从一台拆零件用，两台合一台。这台还能转，齿轮拆去几个，还剩两个挡位，粗车件还能干。我加工的油缸，只用两个挡位。

看完车床，到财务处交款，刘老弟在前，我随后，到办公楼门前，刘老弟让我稍等，他去找熟人。等了大约半小时，刘回来了，价格三千五百元，国营大厂，不讨价还价。价格便宜，比买废铁稍贵些，行，交钱去。到财务处门口，刘停住脚步讲，把钱给我，你不用去了。我带去五千，顺手点出一千五，余款交给刘。刘把黄皮筋缠得很紧的这摞钱，放进提包。

我站在财务处门口，来回踱步，无意中看到刘站在财务处的桌子前，从提包中拿出皮筋缠得很紧的那摞钱，点了一半多，大约三分之二，剩下的放回提包，三分之二的钱，递给财务人员。不一会，财务人员递给刘一张收条，刘顺手一揉搓，放到旁边的纸篓里去了。

回到旧车床旁，准备装车，泰山轻卡拉二吨，这大家伙，估计三吨多，能拉不能拉，还是大问题。刘是煤机厂老业务关系，上下都熟，用铲车，我包里准备了一条大鸡香烟，刘拿上，中午下班前装上车。

铲车来了，车间主任跟着，司机问车床多重，主任讲，说明书标四吨二，去了几样零件，最少四吨。可不行，不能拉，车坏到半路，难看了，司机摇头，说了三次，拉不了。还得回去找解放车来拉，我顿了几分钟，决定装车，车坏到哪地方，另想办法。装完，看看小泰山汽车，弹簧板弓字朝下了，心情好，车到山前必有路，回厂。

上坡慢行，下坡慢行，拐弯更慢行，天助我也，弹簧板没断，车没坏，下午七点，顺利回厂。

液压支柱的手把，需要加一台车床，在厂里上班的磁窑小张讲，磁窑附近有一台旧车床要卖，他表哥知道地方，到磁窑看看。

磁窑是京沪线上的大站，乘青岛去南京的火车，下午三点到。住大众旅馆，馆内有自行车出租，同业务员小赵，每人租一辆自行车，按图找人，在站外一家农机厂，找到小张的表哥，正在车间焊工件，三言两语，约定晚上在大众旅馆见面细谈。

晚上等到九点没来，这家伙失约了。九点半，小张表哥，还有一位小伙子急匆匆来了，像跑了很多路的样子，进门没拉家常，直接谈车床价格，大约三千元，先付五百定金，明天下午领我们去看车床。一听这话离谱了，没见到车床，合适不合适，买不买不一定，见面先要钱。不给定金可以，先订车床价格，三千五百元，更荒唐，没见到车床，是块废铁，还是件烂铜，两个家伙从中赚钱，既不懂商业规则，又不知人情世故。既然来买车床，不能同两个家伙弄僵，话又不能继续讲，先稳住，顺水推舟，约定明天下午，一块去看车床，看他俩还有啥办法。

　　两个家伙走后，我俩合计，明天先来个主动出击，到磁窑周边找找，一台车床，在农村镇乡，当年大设备，很多人知道。昨天晚上，两个家伙九点多来旅馆，卖车床地方不在磁窑附近，最少十几里外地方，慢慢找，中午向南方向，下午去北，今天找不到，再找他俩，外快钱还没拿到手。

　　早餐油条豆浆，吃饱喝足，租两辆自行车，七点出发，先顺104国道向南，沿途打探。

　　见村庄，先问年龄大的人，开小商店的，修车铺的，这些人能知道。一台车床，一九九二年，在农村是大机器。只要在104国道能看见村，沿小路进去，见到开拖拉机的，厚脸招手，停车问车床，见大爷大叔，屈膝弯腰，问车床。转了五个村子，离磁窑向南大约十几里路，十点一刻，又累又渴，休息一刻钟，再向前找一个村，问不到车床，今天中午结束，下午向东方向。

　　刚喝几口水，一辆三轮车开过来，开车的接触人多，摆了摆手，车停下。"师傅麻烦问一下，打听个事，附近有车床要卖吗？工厂用的车床。""有，三里河村，昨天还找我，帮着打听卖车床呢。"司机指左边的一个村，"那个庄，离这二里地，村长叫孙晓云，我们挺熟的，进村问村委会，都知道，我不陪你们去了。""谢谢大哥。"

　　三里河孙村长带我俩去看车床，一边走一边介绍："这台车床没出力，村里搞副业，托人买来，用了三年，搁下不用三四年了，七八成新。"一边说话，几分钟进了一个小院，孙厂长打开车间门，不用细看，挺满意，问村长价格。

"一千五百元，不是一个人说了算，村委会定的，少了不卖。昨天晚上来了两个小伙子，出一千二，没定，今天下午还要来。"马上成交，孙村长没提交定金，我主动交二百定金，明天早上八点来提车床。孙村长很高兴，答应找几个人帮忙，把车床从车间移到大街上。

回到旅馆，收拾行李退房，另找了个工农兵旅馆，下午让两个家伙扑空，找不到我们。耍花招，骗钱，注定竹篮子打水一场空。

下午去邮局向厂里打电话，明天来拉车床，早启程，带上两名体力棒的工人，带上三撑、葫芦、铁棍、铁丝、大绳，装车工具一样不能少，七点钟赶到工农兵旅馆。八点前赶到三里河，十点装上车床。

第二天，顺风顺路，七点不到，汽车赶到工农兵旅馆，八点赶到三里河。村长已带三个人，把车床上的固定螺丝拧下来，铺上了木板，我们的两位工人，装机器设备是内行。计划一小时把车床挪到大街上，最后用了四十多分钟，妥妥当当，挪到大街上，半小时装上汽车，九点一刻，把车床固定牢靠。

孙村长送到街头，招手道别。赶回厂，天不黑。

八 三建厂房

一九八二年，塑料厂在村中间，生产队的三间仓库，五间挂面作坊，一个小院，不拥挤，独院，上下班方便。不方便的地方是，大拖拉机、汽车开不进来，装货用小推车运到村头，装两吨塑料条，汽车开到胡同口，四个人用小车推，两个小时才能装完车。塑料加工两年，市场下滑，很难干下去，准备改产考虑上新产品。

文登泽头公社塑料厂，送货一年多，住供销社旅馆，认识了掖县徐家公社（路旺）潘家村的业务员小潘。我俩话能聊到一块，挺对脾气，有时等业务结算，拿货款，一住两三天，天南海北，东扯西拉，一块聊天。那年头没有电视，人民公社驻地没有电影院。扯上改产，小潘说，未婚妻大哥在徐家化工厂工作，推销一种化工设备，回去找他了解了解。

专程去了一趟路旺，见到小潘大舅哥，化工机械厂王科长。介绍去年刚上墙体涂料生产设备，全国刚推广，旅馆、办公室、学校、医院粉刷墙壁用，以后老百姓家庭要用，国外生产十几年了，发展前景很好。

定下生产墙体涂料，找厂房，厂房不需要太大，院子要大，每天进出几吨，盛材料盛产品，进出车辆要方便，选厂址。

找来找去，找到生产队的五间驴棚，能放上涂料设备，前面一块空地，汽车进出拐三个弯，勉强能用。在这地方干了一年多，东边要建复合肥厂，把通向村头的路截断了，汽车进出得再拐两个弯，很不方便，随着生产扩大，原来的厂房不能用，急需选地方建厂房。

村东有一处空闲地，镀锌厂的北面，生产队的半边打麦场，向北拓展二十几米，向东三十多米，一亩多地，能建九间小厂房，靠村东土公路，汽车进出非常方便。找书记协商建厂房。

村两委当年刚定的章程，鼓励村民建厂，发展民营经济。章程规定，在村土地上建厂，个人投资，自建厂房，五年不向村交土地租赁费。五年后，建的厂房、办公室、仓库等一切地面上的建筑，归村所有，如继续使用，另同村两委签协议。

既然有村规，照章办，同两委签协议，准备建厂。前两年亏损，欠债七万多元，建厂房，一切从简，节约支出。

本村的建筑队，支付匠工费，材料自己购买。建九间房，虽然称厂房，同简易工棚相似，比老百姓住房简陋。门窗到集市上买杂木，找木工加工，大梁、叉手用三角铁焊起来，檩条从博兴买来竹竿，八米长，一通两间半，两条竹竿，五间屋通起来，顶五条檩用，比木头的节约三分之二，比水泥檩条省一半。建一间门卫房，五间敞棚。

涂料生产用三间，五间准备增加新产品，半年后，加上维修液压支柱，一间做办公室。涂料厂迁来当日，前后厂的厂长经理、亲朋好友来祝贺，办了两桌酒席，新厂区建好了，开工了。

维修液压支柱油缸，改新工艺，喷涂技术，没有厂房，计算一下，十几间才能安下设备。定好设备，五天后，我厂南边，一墙之隔的镀锌厂搬走了，正合适，拆开一堵墙，不用改大门，两厂合一厂。找到村党支部赵书记，几句话没说完，当场拍板，正愁这地方没人用，合适。

电镀厂是村办企业，电瓷配件厂的一个车间，六十年代只搞电镀，称电镀厂，二十年前改名电瓷配件厂，村里人习惯称电镀厂。以前去过几次，没仔细观察，要接过来，好好看看。三间北屋，一九六八年建的，两米半高，四米宽，不像厂房，保留木板门，木棂窗，南边四间敞棚，三边有墙，前面三根砖柱子撑着大梁，东边三间，生产队打麦场的仓库，现在做仓库。这些破屋漏棚都用上，还差五间。

油缸喷涂前，先喷砂清除油污锈渍，需用两间小屋，接在仓库的南墙上。仓库安车床，第一工序镗油缸，第二道工序清砂，清砂房接在安车床的地方，搬运方便。仓库的南边一个大坑，镀锌厂处理污水用，放上八块水泥楼板，既是水泥地面，又是房子的地基。比用土埋坑砌地基，省工省时间，不找匠工，自己动手，几个小伙子工人还能干。没用石灰，没用水泥，黄土合成泥，砌红砖，用六条竹竿，四个苇席，三天时间，两间工房盖好了。没安窗子，没装门，门从仓库南墙开。

仓库房开了个东门，这房当年建得好，三米半高，六米宽，大窗户，大门，能放两台车床。

磨油缸，单独建两间房。磨油缸用煤油降温，溢到地上的油很脏，要防火，必须远离其他厂房。在东边有一小片空地，能盖两间厂房。有前面自己建房的例子，还是自力更生。原来的地面很硬，不用挖地基，建两米高，三米宽，五米长。从淄川西关大集，买四个旧窗，一个旧门，三天时间，又建了两间厂房。墙面黄泥一抹，刷上白涂料，地面红砖一铺，小车间蛮漂亮。

南边的敞棚改造是大工程，要请建筑队。这房子有倒的危险，南头的山墙，原来是土坯，二十多年修修补补，半是土坯半是砖，要重新垒墙。后墙补得像地图，青砖砌一块，红砖补一处，还有原来的土坯，四个窗，不一样大，檩条多年烟熏火烤，有一半要断。几年前村委会计划搬厂，将就一天算一天。改造南敞棚，比新建厂房，费工费力。

南边的敞棚，改造成正规厂房，前墙红砖水泥，重新砌，水泥浆抹平，刷上外墙涂料，门窗买新的，房顶、大梁、檩条全部换新，地面混凝土磨平，全新的一个车间。准备扩大生产，把液压支柱的手把、底座、火塞，这些小部件的维修活，接过来。煤矿是国营大单位，工人干这些小维修活，比买新的还贵，放到小厂修，工人省事。这南敞棚，必须建得像模像样。

一个月时间，厂房改建完成。原来的三角形小作坊，加上个三角形小厂，建成四四方方的小工厂。准备安装车床，喷涂设备，再有一个月，新项目正式投产。

液压支柱维修，两年时间，业务扩大到外省，平顶山，淮北，徐州，大屯。车间比较拥挤，再建一个大车间。在厂西北角，墙外边有一块空地，两百多平方米，是老百姓倒垃圾的地方，场内北面三间小屋，又短又窄，机器设备安装不上，拆除它，加上西北角空地，能建十间厂房。这几年业务扩大了，外债还完了，必须增加厂房，扩大生产。

找到村两委，书记和主任都在办公室，两人刚上任不到两个月。我说完建车间的情况，本以为两位新领导，不仅不会反对，而且还会支持。空闲废弃地，又脏又乱，建上厂房，村容干净整洁，增加上交村租地费，支持企业发展，赚好名声，应当同上届书记、主任一样，不犹豫，无条件答应。恰恰相反，十几分钟，书记、主任不哼声，不支持，不同意，理由讲不出，推到上级部门。现在批地很难，办手续很难，土矿局办好手续，才能动工，问能多长时间办妥批地手续。主任慢慢吞吞答，半年，可能一年。说完我回厂了。

上星期三，我参加了镇政府召开的经济工作会议，镇委王书记，在大会上表态，有项目，有资金，尽管上，有啥困难，政府全方位支持帮忙。占几亩地没问题，先占后批，政府义不容辞，帮你们办批地手续。有书记的讲话，我壮胆了，不理村领导，开工建车间。

刚挖完地基，主任摇摇晃晃来了："没批手续之前不能建，怎么动工了？""挖好地基了，砖瓦石块都拉来了，你说怎么办？"我对村主任气不打一处来，狠狠地回了他一句。主任下不了台，凑到我身边，低声说："三两天请镇土矿所孙所长吃个饭，好说话。"

请土矿所长酒宴，定在三台山饭店。镇上最好的饭店，请土矿所所长，不能去小饭店，镇长书记的规格。我十一点赶到饭店，已定好房间，村书记、村主任随后赶到。站在厨房门口，准备点菜，来了一辆面包车，从车上下来三人，走在前面的是我表弟，堂舅家的。"表哥，你来吃饭，好长时间没见面了。"我还没搭话，表弟先开口了。"表弟最近很忙，调到哪部门工作了？""在政府工作，等一会到你酒席上，兄弟俩喝两杯。""我先点上菜，喝两杯。"我去厨房点菜，表弟上楼进房间，半年多不见面了，串串席，同表弟喝两杯。

点完菜，进房间，表弟坐在里面，马上站起来，村主任不失时机指着表弟："我介绍一下，这是咱镇土矿所孙所长。"指指我："于厂长，于老板。"表弟哈哈大笑："原来是表哥请客。"村主任愣住了，说："你们认识，还是表兄弟，不早说呢。""想串串席，喝两杯，不用串了，祝贺表弟高升，孙所长请上座。""让表哥见笑了，兄弟俩好好喝两杯。"

分宾主坐定，叙完家常，每人两杯喝完，所长表弟表态了。表哥占用两百多平方米空闲地，所里有决定权，可以直接去土矿局审批，现在可以建厂房，边建边批手续，土矿所全力支持，希望表哥的企业发展壮大。村书记、村主任无话可讲，前边的说辞，不攻自破。

　　这车间长三十米，宽十米，按正规厂房布局建的，有工厂车间的样子。不像以前建的，农村住宅样式的土车间。煤矿维修液压支柱业务，继续扩大，持续到九十年代末，全国煤炭行业不景气，液压支柱维修停产，这间车间生产汽车发电机，又几年生产医用输液瓶盖，这是后话。

皆大欢喜之官司

　　我的办公桌上放着一封济南中级人民法院的信函，拆开，内有几页打印纸，太原水利研究所状告百锡矿山机修厂，侵犯知识产权，生产油缸涂料粉末，有一页中院开庭通知书。事发突然，思考对策。

　　研究所的大Ａ师傅，传授粉末配方，我反复询问，不能按研究所的配方。如果有专利，打起官司来，可了不起，赔钱丢人，大Ａ师傅保证，不完全用研究所的配方，已经修改，大Ａ同所长关系很好，没人追究。不出所料，不到一年，官司来了。第一次遇到，不能乱了方寸。

　　呆坐在桌前，千头万绪，一团乱麻。车间主任小陈进来了，我没吱声，小陈站在桌前，还没汇报厂内事情，先看诉状。"在中院，麻烦不小。"我叹了一口气。"没问题。"小陈抬起头，十分自信地说。"啥高招？""以前我说过，你可能忘了，我二叔在济南中院当法官。""亲叔，还是堂叔？""亲叔，我爸是老大，二叔部队转业分配到法院，现在是审判庭长。"我松了一口气："太好了，天无绝人之路，明天去济南。""晚上我给二叔打电话，如果不出差，在济南，咱们明天去。"

翌日，中午十点赶到济南中院，门卫通报，电话通了，门卫告知，二楼第三办公室。小陈第一次来法院。

陈庭长的办公室不大，一张桌子，两把椅子，一个三人沙发。小陈介绍，工作单位的厂长，有个案子，需要二叔帮忙。陈庭长认老乡，倒水递烟，很热情。先不拉家常，说说案子。

我仔细讲述了同太原研究所的关系，粉末的配方情况，这件事的经过，不明白侵权，专利保护，怎么来界定。

陈庭长边听边点头，等我说完，接上我的话："遇到这种事，沉住气，侵权官司很复杂，程序麻烦，不同一般债务、债权官司。第一步，先核定侵不侵权，专利在这个产品，有哪些保护范围，有些化工产品的配方，不是每种材料都保护，比如普通添加剂、淀粉钙粉，这些不受专利保护。十种材料，可能只保护两种、三种，这两三种改动哪一个，产品生产不出来。你改动材料，在不在他们专利保护范围之内，先搞清楚。"

"改的是添加剂，主要二种没法改。"我说话时，陈庭长在拨电话，接了几个电话，陈庭长指着小陈说："你弟弟认识几个律师，他们有办法，下午找找你弟弟，先了解了解案情，慢慢来吧。"

吃了定心丸，走出法院，一身轻松。一年多不来济南了，趵突泉散啤酒好喝，把子肉香，草包包子更好吃。去喝个痛快，吃个舒服。下午去找陈小弟，商量对策。

从济南回来，半月后，这日午饭在三台山饭店，朋友聚会，喝了半斤多白酒，回到办公室，坐在沙发上，正打瞌睡，进来两人，五十岁左右，卡可装，一人一个手提包，不像业务人员，不像政府官员。

"你是于厂长吧？"身材胖点的一位说，我点头。"听说过你的大名，第一次见面。"另一位瘦的来客接上话说，"我们是太原研究所派来的，来谈谈咱们的涂料粉末侵权的事情。"我不吭声，胖的又说："喝得不少，于厂长。"

"没有什么好谈的，我没有侵犯你们的知识产权，我没有搞你们的技术，中国懂技术的人太多了，就你们有，别人不会做？我从北京、天津学来的，与你们无关。"借着酒，越说越有劲，酒是好东西，八九分醉，状态更佳，平日说不流利的话，喝了酒能朗朗上口，有条有理，滔滔不绝。

两位太原人，看我醉酒的样子，一会激动，一会气愤，还说个没完没了，没有再说侵权的事，在我办公室，慢慢转。找到一个停顿的机会，一位说："于厂长，到你府上参观参观，可以吗？"

"很好，很好，走。"

我的家在村子中间，离厂不远，大约三百米，经过一家结婚的门口，挂着两只灯笼，还插着两面红旗。"结婚的红旗飘飘……"太原来人自言自语。

"红旗卷起农奴戟，黑手高悬霸王鞭。""哟，于厂长还能背毛主席的诗。"

"北国风光,万里雪飘,望长城内外……""真行,看不出,背得很流利。"胖太原人边走边说。

背诵完《沁园春·雪》,进家了。我住西厢房,卧室和书房在南头,一间小客厅,十几平方米,请太原客人坐下,我还在半醉状态,客人不谈正题,扯起了诗。"于厂长,毛主席的诗背得很熟。""'文革'年代过来的人,能背几首,不是吹牛,毛主席的三十几首诗,当年都能背诵,这几年忘了,二位见笑了。""唐诗能背多少首?"太原的胖子,还很感兴趣,继续同我谈诗,我借酒壮胆,来一首李白的。

"花间一壶酒,独酌无相亲,举杯邀明月,对影成三人。"背几句李白的饮酒诗,"好,好。"太原客人连连喝彩。隔壁的房间门没关,有四五柜书,是我的小书房,太原客人走进去,"看看于厂长的藏书。""请吧,藏书谈不到,业余爱好,晚上回来,看书方便。"

两位太原客人在书柜前,走来走去,不停地摸摸这本,看看那本,两人对话,于厂长不是土财主,不是暴发户,还是儒商,文化人,读的书不少。

我站在一旁,忽然想起来,问二位的姓名。"二位老兄尊姓大名?""我姓郑,名作良,郑作良。"年龄稍大些,胖胖的,文静大方,知识分子模样的回话。"我叫吴正春。"瘦一些,工人模样的回话。

两位太原客人,没坐,没喝水,围房内来回走了一圈,回淄川宾馆。约定明天中午,到淄川宾馆见面谈。

第二天去淄川宾馆，见到太原客人，表示歉意，昨日醉酒，狂言狂语，二位见笑了。二位当面吹捧一番，以为厂长是土包子，没想到学问不浅，儒商，毛诗唐诗背得精彩，藏书不少，博览群书。酒壮胆，我解释说，不喝上几杯，还真背不出来，天天为生计奔波，哪有时间读书。拉了一会家常，话入正题，谈喷涂粉末的事。

郑作良拿出名片，自我介绍工作单位，工程师，业余律师，同研究所是邻居，不收律师费，帮忙打官司。吴正春是水利研究所办公室主任，代表研究所，是这宗官司的原告。两位很诚恳，实话实说，从济南中院来的，见到了办案的法官，法官劝两位，开庭前，双方协商处理，协商下来，达成协议最好，协商不了再开庭。来的目的，希望协商办好，多年业务关系，合作得很愉快，关系不错，尽最大努力，不到法庭上见面。诉状上，赔款五十万元，我们反复研究，能赔二十万元，我们回济南撤诉，不接受，等济南开庭判决。

来宾馆前，回忆昨天下午的情景。二人去厂里前后看了一遍，还来家看住宅，看家当，估摸家底，双方打官司，登门拜访，不是常理。去了济南中院，见了法官，谈话，可能碰了不软不硬的钉子，先周游一圈，再看动向。

郑律师讲完了，我说没有侵权，没用你们的配方，不能赔款，更不用说二十万元了，不能说软话，软下来，证明侵权了，侵权是问题关键，只要沾上专利权，赔款是肯定的，只是多少而已，不能承认。

郑微微一笑，不急不慌，慢慢地叙说："证据我们是有的，没有确切的证据，我们不会来济南。你们用的材料，我们专利保护的氢二氧，从昆山化工厂购进，我们的老关系。其他材料，全是从我们的进货厂家购买，而进材料的比例，同我们的配方比例完全一样。购了多少次、多少吨，我们了解得清清楚楚。你们的产品，卖到舒兰、铁法、乌海，我们取来了样品，经化验分析，同我们的配方完全相同。咱们还是商量商量赔多少钱，我们不做得太绝，毕竟是多年业务关系，朋友关系。"

我把准备好的辩词讲了一遍。我们是通过朋友关系，从天津液压支柱测试中心，下属研究院买来的配方，研究院在天津沈阳大道，他们搞油缸喷涂比你们所早半年，现在供货郑州矿务局、七台河、双鸭山，十几个单位，配方嘛，大同小异，到底是天津学你们太原的配方，还是你们学的天津，我们不知道。几种主要材料肯定是一样的，都是防腐耐磨，其他不能代替。证据我们有，不过买谁的配方，不能说。官司打到哪一步，再说吧。我还不能服软，继续撑下去，打官司，奉陪。

谈不下去了，僵持了一会儿，郑周二人到门外，窃窃私语了几分钟，回到房间。郑律师说，我们先回太原，把情况向研究所经理们汇报，下一步如何进行，咱们再谈。郑律师收场，我们下台阶。欢迎再见，我们走出房间。

第一回合，不分胜负，还得继续打下去。对方来头不小，若我这鸡蛋碰不过石头，败下阵来，不只是赔款的问题，业务还受牵连。办法还得从济南中院想，断太原的后路，尽量不开庭，争取第二次见面解决。

同小陈再去济南，找到他堂弟，把太原来人的前后经过，谈话内容，叙述一遍，分析对方的态度，下一步如何应对。堂弟说，太原的二位原告，到中院找过张法官，谈话内容，不了解。

这次来见小陈堂弟，把律师费支付了。

离济南中院开庭，还有七天，接到太原郑律师电话，明天到淄川，约我到淄川宾馆见面。

开庭前来，主动要求协商，很明确让步了，比第一次见面谈的条件，退让不少，不然的话，不可能主动来谈。

去淄川宾馆前，我同小陈堂弟商量，争取这次定下来，他们让步，我们也让步，见好就收，不能得寸进尺，我们理亏嘛。赔几万元可以，统一思想，见面时谈。

见面，郑律师阐明了研究所观点。不管你们承不承认是我们研究所的配方，我们认定百分之百，这是事实。生产的粉末，自己用可以，不能抢占我们的市场，不能出售。讲出研究所谁来传授的配方，我们有数，不能确认，讲出来，所里不处分他，警示别人，不再扩散。至于赔款多少，我们两家协商。

我答应第一条，粉末自己用。不同你们争市场，占有市场退出来。至于天津的市场，我们占一部分，两家合力，攻占天津粉末市场。谁来指导的生产，我不能说，这是人品问题，多花几万元钱，也不能出卖朋友，请两位理解。

"不说我们能猜出八九分，知道配方的三个人，不能猜不到，想证实一下嘛。"周主任搭话。"上次来先去你们厂，又去你家，说实话，看看你卖粉末挣多少钱，摸摸家底，估估价，能不能赔得起我们列的数目。如果家底厚，一定打，来打官司，不是没有后台。经理是通情达理的人，你们二位合作得很好，有情有义，出现了不愉快事情，大家相互谅解，建一个厂不容易，搞垮一个厂容易，不希望两败俱伤，能商量过得去，就商量着办。"郑律师是大知识分子，讲了一席推心置腹的话。听他讲，研究所经理听他的，和我挺投缘，不像研究所的律师，倒是为我说话。

"二位是老干部，知书达理，能两次来同我谈这件事，我也不争理了，我愿意尽快处理好，把主要精力用到事业上，你们是大单位，我是自己干的小企业，能让的尽力让步，处理好，解决好。"不讲关系，讲人情，我边说边想，今天的事情，比上一次好办。

我有意扯开话题，谈了淄川的历史，古城，蒲松龄，蒲松龄的手稿，从沈阳发现的，现在的故居，建了狐仙园，二位听得挺入神，我谈完蒲松龄，刚说古城历史，郑律师插话了。

"于厂长说得挺精彩，咱们再谈正题。今天说到这份上，我亮亮底，来之前，我们商量了一下，看在前两年双方业务合作融洽，人与人之间处得和谐，我们大让步，不追究赔款，了结官司。把欠研究所的九万元货款还清，这条件，于厂长能接受吧。"

出乎预料。来宾馆前估计赔七八万元，不超十万元，就答应，了结这场官司，不再拖了，拖上几年，不知几万元的损失。赔款变成还货款，完全接受，哪有不接受的道理。货款早晚要还，不然是赖账，不讲职业道德，这场小官司没打，戏剧般地结束。

签协议，货款分三次付，年底十二月三十一日付清，共计九万一千元，附加一条十二月三十一日付不清，加倍还款，计十八万二千元。

签完协议，隆重宴请两位太原客人，去淄川顶级饭店，蒲泉大酒店。点品牌菜，佛跳墙，油焖大虾，清蒸虹鳟鱼，淄博名吃，酥锅，豆腐箱。淄博酒文化，先陪客人两杯，再敬客人两杯，三下，四下，客人不醉，自己先醉。坐沈阳金杯大头车（双排客货两用），同太原两位客人回厂，不知几点几分。加盖公章，一式三份，带回太原，盖好公章，寄回一份。他俩明天去济南中院撤诉，一场小官司，皆大欢喜。

盖公章的空隙，郑律师单独同我讲了几句话。他明天从济南去青岛，周主任自己回太原。去青岛住两天，回太原途中，来淄川住一天，有一件事同我谈，切记不能出差，在厂等。看我酒醉，写了一张纸条，压在我的桌上。好生纳闷。

十 组装液压支柱

1

拉着一车修好的手把、底座过微山湖。"微山湖上静悄悄，弹起我心爱的土琵琶"，一望无边的芦苇荡，一片片渔船。电影电视见过多少回，微山湖，神仙住的地方，江南水乡。今日来到微山湖，过了二座桥，进湖了，桥两边，大片的荒滩，水一洼一洼，一块青黑，一块泛黄，偶尔见到一群鸭子跳来跑去。唉，哪里是传说中的微山湖。

给大屯煤矿送手把、底座，我随车第一次来。大屯煤矿煤机厂，支护车间郝主任，特意叮嘱业务员，让我来一趟。

大屯煤矿是上海人建的煤矿，挖出的煤，送上海电厂，不隶属煤炭部管辖。业务往来半年多了，送了几趟支柱配件，我乘火车从徐州转汽车，来过一次，同支护车间郝主任能聊到一块。郝主任上海人，家在黄陂路，我谈到祖父在连云路工作，住龙门路。郝主任讲离他家很近，似乎是第二故乡的老乡，拉近了关系，第一次见面，亲切热情，业务很顺利。业务员随车送货，我一直没有来过。

过微山湖，进江苏地界，车行半小时，到大屯煤机厂，车到门口，一看表，到下班时间，住招待所。

第二天去车间卸下修好的手把、底座，再装旧件。我在办公室同郝主任聊天，聊完家常，谈到业务上。郝主任讲，这几个月矿上创高产，煤炭产量增加百分之二十，煤机厂也得跟上，创效益，增加几种井下用小配件，分配到我们车间横梁顶板，配件不大，工艺不复杂，工作量挺大，人手不够，工人不能天天加班。这几天我琢磨，你厂既然能修油缸，手把、底座，支柱上的部件全会修，再向前迈一步，组装液压支柱，多挣一份钱，从我们这拉去大部件整修，小配件、弹簧、火塞、垫子，到厂家买。组装支柱，直接送来，我们送到煤矿，我们省事，你们挣钱，一举两得。郝主任讲得我很动心，不妨一试。

郝主任领我去支护车间，到支柱装配工作台，半自动化，手工操作，三四台设备，七八个工人，两人抬油缸，两人抬火柱，一人装手把，一人装底座，不复杂。装配好的支柱，推到实验台，打压测试，合格贴上合格证。

回到办公室，我答应郝主任，试试看。组装支柱，没有把握，万事开头难，先组织配件，能不能组装，十天后，给郝主任回电话。

从大屯煤矿回来，干与不干，天天在脑里打转。第一步，请技术员，技术要过关，组装支柱可不是简单事，说说容易，做起来难事多，组装支柱，等同新上一个产品。第二步，建个简易车间，进几台设备，花一大笔钱。只给大屯煤机厂一家干，一个月组装一两百条，干三天休两天，工人不好配备，怠工费时，很难干成功。想了几天，拿不定主意，到租赁站找站长聊聊。

同淄博矿务局租赁站，业务来往四年了，换了两任站长。现在的贾站长，从东里煤矿调来半年多，长我两岁，话能说到一起，找他聊聊，听听他的意见。租赁站，八十几个人工厂，小单位，站长不忙，不用提前预约，能见到就聊一会，见不到回来。

贾站长的办公室在二楼，我推门进去，一人坐在桌前喝水。"于老板，今天怎么得闲？好长时间不来了。"贾站长忙迎到门口。"闲来无事，看看老兄，拉拉呱。"贾站长拿一只水杯，放上龙井茶，倒上水递给我。"最近忙不忙，两个多月了不来看我。""不能常来，来让站长破费。这月去了趟平顶山，淮北，两个地方业务总算理顺了，大屯煤机厂出了个难题，你给想想办法，出出主意。""说吧，能帮上，一定帮。""大屯煤机厂支护车间的旧支柱，发到我厂，整体拆修组装，组装好，测试好，整条支柱送去，这活好干不好干，能干吗？"我直截了当说给贾站长。

贾站长说事情，谈工作，从不拐弯抹角，直来直去。"我是外行半瓶醋，你到车间，仔细看看，能干不能干。""贾站长外行我知道，不是技术问题，想了解了解投资、设备、市场，各方面的情况。"我接上贾站长的话，"看车间太容易，随时可以来，我是琢磨，像我这样小厂，有没有能力干。"说话间，进来两位客人，见过面，一时想不起哪个厂家。贾站长介绍，昌乐机器厂翟厂长、钟主任，他们谈业务，我出来去组装车间。

以前来过组装车间，一眼带过，今天有心学艺，看清楚，看仔细。车间二十几米长，十一二米宽，中间一个长长的大工作台，两人在擦油缸，两人抬火柱，有人在测量手把，看火塞。两台装支柱设备，四个人围着，装火柱，装手把，半自动手工操作，没有自动装配机器。我走到车间南头，有两台测试机，正在测试装完的支柱。车间主任小孙过来了，笑哈哈地向我打招呼："于厂长来指导工作。""来学习，来学习，站长办公室，有客人，出来转转。"同孙主任说着话，技术员小王过来，正找他，不请自到。"王老弟，请教你，液压支柱哪个部位最重要？""油缸、火塞，油缸没有气孔，火塞不漏气，顶住不动，就百分百了。"小王技术员，老熟人，修油缸质量检测，他指导的。"我给新汶煤机厂修底座，抽空去指导指导。"我以修底座为借口，约小王去谈谈组装支柱的事。正说着，办公室小张来叫，午饭时间到了。

中午酒宴，四家厂凑一起。贾站长主陪，昌乐机器厂翟厂长主宾，我和泰安电镀厂辛厂长副宾，加上副站长、副书记，八人一桌。都是液压支柱的相关企业，泰安辛厂长是新客户，我介绍来的，搞电镀，油缸镀铜，是他的主业，还修支柱上的小配件。昌乐机器厂，生产液压支柱，大厂，同租赁站多年业务，矿务局买新支柱，租赁站负责验收，存放，再租赁到各煤矿。翟厂长健谈，又是大厂长，行业内的大形势小新闻，讲得头头是道。酒过两轮，大家相互碰杯敬酒，交换名片。又认识一家大厂的干部，认识了几个朋友。

2

星期天，请来装配车间孙主任，技术员小王，一起讨论组装液压支柱。孙主任讲，小批量组装，不增加多少设备，用现有车床钻床，因陋就简，工人多费力，能组装。测试打压，必须用正规设备，打压测试最后一道工序，最重要最关键。测试打压设备很贵，一套十几万，形不成批量，不能买。小王表态，技术没问题，检查配件，测量数据，他全包。组装能懂，自己没有亲手干过，尽最大能力帮助干好。我讲，先接大屯机厂的这批支柱，凑合装起来，再到其他煤矿跑跑，有没有组装支柱的业务，如果有，借钱买设备，成立组装支柱车间，没有，跑不到组装支柱的活，干完这一批，停下。装这批支柱，全靠孙主任这帮兄弟帮忙，自己厂工人不会干。孙主任答应得爽快，星期天，先找几个人来拆支柱，没有拆柱机，搞台土设备，工人费力大，一天拆不了几条。组装支柱，土办法，四五个工人，一天能装十几条，给工人开双倍工资，我答应，没问题。当前只能修三种支柱配件，油缸、手把、底座，孙主任知道。火柱、火塞，泰安有两家修理厂专修，拉回旧件，找他们解决。还有七八样小配件，弹簧、橡胶圈、皮垫等，这些拆下来的扔掉，买新的。孙主任知道生产厂家，万事俱备，只欠决定，干。

最后一件大难题，装完支柱，注油打压测试，这套设备十几万，没有钱买，也不能买。只能找厂家，借机测支柱。到租赁站找贾站长，准能行。

一日，找到贾站长，我讲："用旧件组装的液压支柱，到你站上来测试打压，这忙能不能帮？"我讲完，贾站长沉思了一会儿："这个忙，不能帮，你是旧件装支柱，我站也是旧件装支柱，你来测试，混在一起，分不清你的我的。从矿上拉回来的旧支柱，拆完十条，可能装出五条，也可能装出七条，没有准确数，你拉来一掺和，想找事的人，还会编事。我头上的两个婆婆管着，总厂领导，矿务局生产处领导，有人一打小报告，测试台上的支柱，是你的，还是我的？有口难辩，这个忙帮不上。"我以为简单的事，贾站长一说复杂了。"星期天，车间锁好门，留下测试车间，不混在一起。"我没说完，贾站长接着说："我们厂，不是一人说了算，你的厂可以。我们这里副站长、副书记、主任一帮干部，有的是局领导的亲戚，有的是朋友，能见到处长，见到副局级，大有人在。今天办不是工作内事，明天后天局里领导可能知道，这些烂事，我听到很多，这点小事，真是办不了，请谅解。"我卡住了，无话再说。停顿一小会，"有了。"贾站长自言自语，"昌乐机器厂生产新支柱，好多台测试机，前几天我们在一块吃饭，翟厂长负责生产，钟主任是车间主任，你们都认识，我打个电话，你去一趟，准能办。"我说："试试看，不能办，再想别的方法。"

去龙口北皂矿送货，顺路去了一趟昌乐机器厂，见了翟厂长、钟主任。"来测试液压支柱，可以可以，欢迎，欢迎。"两位答应得挺痛快，一块石头落地了。

组装支柱的准备工作，已经做完。接了大屯煤机厂一百条支柱，拉回旧支柱，抓紧维修油缸、手把，厂内修，现成的。磷化火柱，到泰安孙家庄，见了孙老板，十几个人小工厂，正宗村办工厂，接了订单，不积极，不热情。第一批三十条火柱，业务员跑了两趟，住了一宿，才拉回来。几样大部件，准备齐了，小零件买回来了，等孙主任带人来组装。

平顶山矿务局十三个煤矿，年产千万吨，全国十大矿务局之一，一年多业务关系了，去转转，有没有组装支柱的活。矿务局机厂，下属支护分厂，修支柱，修顶板，过梁，井下巷道各种配件，维修活很多，有时忙不过来，打听打听，装支柱这活多不多，碰碰看。找到支护分厂厂长，谈了一个多小时，他们没有外包组装支柱的计划。从平顶山返回，到了淮北矿务局机厂，机厂的厂长们很熟悉，自己的活不够干，支柱不外包。路过新汶矿机厂，进去聊了聊，没戏。空手归来，最后一站，莱芜煤机厂，跑了七天，快回淄博，不能不进门。

莱芜煤机厂没有业务，认识蒲工程师、年科长，两位是淄川老乡，技术上的难题，来请教过两次，回老家，去过我的厂，老乡加朋友。中午一起喝两杯，聊聊煤矿机械行业新事旧闻。我先谈到给大屯机厂组装支柱，蒲老兄是液压支柱技术大拿，工程师，一说一大套，有难题愿全力帮忙，给大屯组装支柱，蒲老兄越说越带劲。五年前，技术挺神秘，蒲兄第一批学习维修，怎么拆旧支柱，拆完清洗，有麻点地方，焊补，掉了镀层，重新电镀，这些工作，专业机厂干，煤矿上不会干，只会用。这几年都学会了，大厂小厂都会干。用旧件装支柱，比装新支柱难题多，旧件有的用过两次、三次，修若干次，费工费时，容易出质量问题，能装旧件支柱，你考虑考虑，生产新液压支柱，干没问题，销售难度大，占用资金大。"搞点资金，我帮你上新支柱。"蒲老兄说得挺干脆。"说得轻松。"年科长接上话，"资金能搞到，生产没问题，销售问题大了，矿务局下属，统配煤矿，不可能买小厂产品，这几年煤炭行业下滑，支柱销售不好。"蒲兄有理由："上个产品，不是一年二年能见效益，十年河东，十年河西，说不定三年后，煤炭形势会好转。"两人轮流说，我只能听，没有插话的空隙。

从莱芜煤机厂回来，大屯机厂的支柱配件，手把、底座都修好了，小部件买齐了，只等从孙家庄拉回磷化火柱，就可以组装了，边学边干，计划半月装完，测试合格，送第一批支柱。

回来几天，夜里有梦，梦到液压支柱，干得热火朝天，一条一条新支柱，装上汽车拉走了。白天脑袋一闪一闪，看到新支柱一条一条放在车间里。莱芜蒲老兄新支柱的话，总是在脑海里转来转去，忘不掉。三天后去昌乐机器厂，打压测试支柱，顺便探探支柱的生产销售情况。

3

买上两套淄博餐具，金杯双排大头车，装上三十条支柱，今天去昌乐机器厂，打压测试，昨天电话定好，翟厂长钟主任在厂。

十点钟到昌乐机器厂，钟主任去车间安排测试，我在翟厂长办公室喝茶。中午翟厂长不忙，陪我聊天，我拐弯抹角，引导翟厂长介绍液压支柱生产销售情况。上次在昆仑租赁站，人多话多，七嘴八舌，说不到一块，今天听翟厂长对支柱长篇大论，说得挺带劲。

昌乐机器厂，县办工厂，大集体企业。四个车间，一车间生产拖拉机，二车间农机具，三车间三轮车，四车间液压支柱，对外称昌乐机器总厂液压支柱分厂，正筹建五车间，准备生产吉普车。液压支柱投产五年了，打不开市场，一年只销售四五千条，这两年，煤炭销售形势不好，支柱自然不会好。建支柱车间，费了不少周折，生产许可证办了一年多，国内的支柱厂，都是煤炭部下属大国营，戴铁帽子。县办工厂矮人一等，托关系走后门，编瞎话，才办下许可证。没有这证，煤矿上不敢买，不能销售。听说这几年松动了，许可证好办了，煤矿不景气，销售形势不好，谁还去办？

我又问投资多少，翟厂长亲手操办，记得清清楚楚，买两台车床，一台磨床，一台镗床，一套铸造设备，一套磷化设备，打压机，测试机，还有好多小设备，共花一百二十几万元，这是最少投资，每月四五百条产量，以后还加了几台机械。周转资金没法计算，货款回收，两个月或者半年，产量大小，能多能少。有问必答，翟厂长不考虑我打探行情，坐着喝茶，想说啥就说啥，忽然想起来，今天重要一项事，参观液压支柱车间。"我到车间，看看支柱测试怎么安排的。"我向外走。"行行。"翟厂长站起来，送到门口。

液压支柱车间，在办公楼后面，我到车间，钟主任站在旁边，同两位工人说话。"钟主任，参观参观你的车间，学习学习。""请进，没啥可学的。"车间六七十米长，四五十米宽，机器设备稀稀拉拉排在中间。一边走，钟主任一边讲解，这里加工油缸，这里镗孔，这台车两头，这台车火柱，这里磨边。走到一台小炉前，钟主任站住，说："刚改成电炉，铸手把底座，原来烧焦煤，车间油灰散不出去。电镀油缸，磷化火柱，都在这一个车间，中间用铁板隔上一道墙。走到东边一个工作台，这里装配支柱，半自动化，传送带把配件送过来，先过来油缸，装手把，底座，装火柱，装完，最后打压测试，合格入库，不合格，拆开重装，保证百分之百入库率。"钟主任最后介绍，支柱大部件，油缸，火柱，手把底座，自己做，小配件，三用阀，弹簧，橡胶圈，八九样外购。还没说完，下班铃响了。我问钟主任："测试的支柱怎么安排？"钟主任答应："两天测完，大后天来拉。"

同钟主任来到办公楼，翟厂长在门口等我们。机器厂有食堂，翟厂长安排了丰盛的午宴，酒席上，还是液压支柱的话题多。今天来昌乐机器厂，收获了大量的液压支柱知识，开了眼界。

4

从昌乐机器厂拉回三十条支柱，明天送大屯煤矿，我要随车一块去。第一次送整体支柱，听听对方的意见，质量问题，大数据对不对，主要指标，大厂测试的没问题；一些小部件，各厂家都有侧重，可能忽略，有的话下次纠正。了解了解下半年，支柱装配情况。

到大屯，已经下班了，晚上同郝主任一块吃饭，自然聊明天的事。支柱打压很费时，三十条，一条一条试，一天时间，我的车不能等，还要装支柱，先抽两条试压，我坦白是到昌乐机器厂试的压，质量没问题。郝主任讲再装五十条，数量慢慢增加。郝主任，虽然是上海人，但有北方人性格，豪爽，有啥说啥。

第二天，卸下支柱，质检员逐条看，检查手把底座安装牢不牢，外观清洁度，打压测试，我们装车走了，他们抽时间，一条一条慢慢来。看完，质检员总结，总体质量不错，各部件安装，符合技术要求，清洁度达不到要求，油污灰垢在支柱上边，整条支柱没有清洗，按要求拉回去，洗干净，我们才能收货。我站在车一旁，好尴尬，第一次送货，拉回去，运货不计算汽油钱，面子上太过不去。郝主任看出我的洋相，接上话："头一次，我们没说明白，尽尽义务，车间清洗，于厂长下不为例。"给我下了台阶，质检员不说话了，只注重打压测试组装时，手上的油，装卸车，车上的灰，都没清洗，脏兮兮的，哪像修好的支柱。"下次送，保证干干净净，穿上新衣服。"

我说完，后悔，小儿科，最起码的机械知识，清洁度怎么忘了？

回来的路上，顺路在滕州红叶煤机厂停停，今天没有业务，聊聊滕州地区煤矿，有几家地方煤矿，规模大小，年产二三十万吨，邻近的邹县泗水，也有几家县办煤矿，跑几家，有没有整条支柱维修的活。红叶厂的书记不在办公室，邢厂长在家，聊了半小时，聊到县办地方煤矿，大坞矿最大，离县城二十几公里路，说者无心听者有意，去大坞看看。

到了大坞矿，找到矿修车间，他们用的支柱，对外整体维修，量不大，每月三百条左右，我介绍能维修整条支柱，他们报的修整条支柱价格，只有大屯一半，现在是红叶矿机厂业务，红叶的客户不能抢，报的修理费，没有利润，不多谈了，回厂。

从大屯回来，定不下心，每月组装一百多条支柱，没法长期干下去，拆旧支柱，两个工人手工作业，一个上午拆三条，用拆柱机拆十五条。组装用简易工作台，两个工人一上午装两条，正规厂的半自动机器能装十条。作为一项正规产品，买一台拆柱机，做一套组装工作台，买车床，买打压测试台，这些设备，最节省花三十几万元。添上这些设备，每月只干一百条支柱，不值得。打压支柱，也不能长期去昌乐机器厂。

必须再跑煤矿，联系组装支柱业务。国营大煤矿不能去，他们都有配套机修厂。地方煤矿很多，先在省内跑跑，临沂有两家煤矿，业务员联系的情况，刚使用支柱，一年后才维修。去了微山劳改煤矿，有客户不再扩大，进出劳改矿手续难办。

大头车快到莱芜了，回淄川一条公路，必经莱芜煤机厂门口，进去找蒲老兄聊聊，出出主意，想想办法。蒲兄在煤炭行业干了大半辈子，很熟悉行业内情况规则，地方煤矿建矿时间短，大部分在二十世纪八十年代组建，设备简陋，成本算得细，从他们矿上挣钱很难。国营煤矿，家大业大，业务量大，有利润。蒲兄讲，在国营大煤矿开展业务，不能去地方小煤矿。组装旧支柱不是长久之计，想干这一行，吃这里头的饭，还是生产新支柱。没有资金，借鸡下蛋，贷款合股，几百万块钱，说难很难办，说容易也能办。说到办生产许可证，去了一趟昌乐机器厂，蒲兄熟得很，办证帮过忙，和翟厂长、钟主任都是好朋友，陪翟厂长去天津液压支柱试验中心办证，集体企业不办理，回来跑省煤炭厅，跑煤炭部，一年半下来了。讲到民营不能办证，蒲兄讲，找个集体企业帽子戴上，遇到啥困难，老兄尽百分之百帮忙。

回来没几日，镇政府召开经济工作座谈会，镇书记、镇长、副书记，十几位领导参加，还有十家纳税大户的厂长、经理，我厂是十家企业之一。书记开场白，这次座谈会，没有具体内容，谈谈上半年经济运行情况，下半年打算，有啥困难啥问题说出来，政府全力帮忙，有啥好产品好项目，能上大家齐心协力帮着上。别人发言时候，我反复考虑，讲不讲液压支柱，讲出来，大家七嘴八舌，都是外行，帮不上多大忙，干不起来，成了他们茶余饭后笑料，不在会上讲，会后找分管曾副书记单独聊聊。开完会，我走在最后面，同曾副书记谈液压支柱的事，约好明天细谈。

第二天，曾副书记来到办公室，我详细介绍液压支柱，煤矿上支护用的支柱，采煤巷道支上，代替原来的木柱。一个工作面干完，一年或者半年拆卸下来，拆开维修，再组装循环使用。山东有两家液压支柱生产厂，泰安煤机厂，昌乐机器厂，年产量每家两三万条，全国一百零六家矿务局，千处煤矿，地方煤矿几百家，每年用量百万条，产品市场非常大。建小规模厂，一个车间，十几亩地，上一套设备，年产一万条支柱，投资两百万元左右。关键难题，生产许可证难办，没有这证，产品不能销售，煤矿上不敢用，办证到煤炭部审批，天津液压支柱实验中心办理，民营不办，集体企业能办理。能否同镇政府合办，镇上占大股，我占小股。

曾书记听我讲完，当场拍板，可以合办，明天镇工作会议我汇报，具体怎么合资，怎么干，多大规模，慢慢商议，镇政府正找不到好产品，书记和镇长会批准。

我忙解释，先不能汇报，镇政府支持上产品，资金土地没问题，关键生产许可证能不能批下来。我先到北京、天津跑跑，了解了解能不能办许可证，能办咱再商量下一步的事情，不能办等于没有这回事。

5

去北京、天津办证，找向导领路。租赁站王副站长内行，听他讲过，北京、天津管理液压支柱部门他有熟人，不妨找找他。在租赁站厂内路上，碰见了王副站长，正在办内退。矿务局规定，科级以上干部，五十五岁退岗，工资照开不上班，到六十岁办理正式退休。办内退这段时间，上班也行，不上班也可以。我俩一聊干液压支柱，王副站长兴奋得不得了，他和煤炭部管支护的邹司长、刘司长认识多年了，一块儿开过会，一块儿吃过饭。天津支柱实验中心，认识几个，不知道谁主管批许可证，很愿意帮我跑手续，办许可证。进煤炭部要有介绍信，编造进部事由，王副站长答应，他去矿务局开介绍信，下星期出发。

先去天津液压支柱实验中心，了解了解办证这套路怎么走。王副站长去过两次，认识一位张副主任，还有王工程师，去的这日，张副主任出差了，王工程师在办公室。我俩说明来意，王工健谈，知道办证流程。"先到煤炭部审批，怎么批不知道，拿到批文，来实验中心办证。办证前，建完车间，买齐制造液压支柱的全部机械，制造支柱材料配件，做出一批支柱，我们中心由副主任带队，工程师技术员四五个人，到你厂实地考察。车间够不够标准，机械设备能否达到制造液压支柱的要求，逐台验收。制造支柱材料，一件一件看，钢材强度，配件质量数据，看你进货单化验单，要达到国标，当场不能确认，带回实验中心。第二步，生产的支柱，抽出五条，送到中心测试打压，做耐酸碱的实验，抗老化实验，大约三个月。全部实验合格，出生产许可证，大约半年。"王工把办许可证过程讲得很细，他是实地考察人员，亲身经历，各种数据记得清清楚楚。只要煤炭部批准，办证只是时间长短问题，建车间先咨询明白，按标准建，保证一次验收合格。机器设备达不到要求，重新买，材料不合格，换供应商，都能办到，装好的支柱，五条挑出一条，还能测试不合格？办证这道卡，不难过。

第二天进京。煤炭部在一条大公路北面，没记住哪条路，一幢五层大楼，门口两名武警。右边一个门办进门证，王站长递上介绍信，交上工作证，填两张进门单，我俩交武警一张，自带一张出门用。

我们找的部门，煤矿机械司在二楼，问邹司长办公室，工作人员带我俩进右边倒数第二间。邹司长在办公室看文件，见到我俩一怔，王副站长自我介绍，淄博矿务局，分管支柱的老王，去年在淄矿招待所吃过一次饭。邹司长拍了一下脑门，想起来了，山东淄矿的，请坐，请坐。王副站长指着我："这位是于厂长，淄矿多年业务关系，肖局长朋友，江副局长同学，同我一块来，请教邹司长，一个产品能不能干。""请讲，请讲。"邹司长放下文件，工作人员端来两杯水。"于厂长生产支柱上的手把底座，供泰安煤机厂、昌乐机器厂，供货多年了。"我俩来之前编好的词，接近支柱。"还生产井下用横梁，压力泵，多年老企业。""干得不错，自己的企业，还是乡镇企业？"我接上话："镇办企业。""改制了吗？"邹司长问。"没改，镇经委直接领导。""江南几省，乡镇企业改成私营，新名词叫民营。"司长全国各地跑，比我们了解得多。

快到午饭时间，正题没说，王副站长赶快插话："邹司长，我们这次来，请示请示，生产液压支柱能批？于厂长具备生产支柱条件，厂房机械，不用添置一些，就能生产支柱。"

邹司长停了几秒钟，喝了一口水："集体企业不能批，生产支柱都是部里下属厂。"王副站长插话："昌乐机器厂县办厂，大集体企业，生产支柱四五年了，干得挺红火。""五年前，我不管这一块，不知道怎么批，现在部里卡得很死，乡镇企业不批。""变通一下，我们到市里找找关系，弄个区县企业证明，能办吗？""造假可不行的，不批的原因，这二三年煤炭行业下滑太大，新中国成立以来第一次，有煤矿半停产、停产。煤矿不景气，支柱自然用得少，煤机厂日子不好过，淄博旁边，有泰安、昌乐两家，没有批的理由。乡镇企业暂时不能批，等二三年，看形势发展，国家政策变化，等几年吧。"邹司长低头看表，我们该走了。我要说句客套话："邹司长，我们明白了，不打扰了，谢谢，路过淄博，再吃吃博山菜。"

走出煤炭部大门，回到宾馆，同王副站长继续议论今天的事。前些天，一个心思上液压支柱，眼前的煤炭一片黑云压顶，怎么没有看到？淄博煤矿发工资困难，东北全境半停产状态，怎么这两个月，只琢磨干支柱，不想想，咋能销出去，款咋收回来。王副站长摇头："邹司长点拨开了，能批，也不能干。二三年煤炭转不过来，我参加工作三十年，没遇到今年这种情况，岭子矿炭堆埋公路了，埠村矿，煤堆不灌水，要自燃，夏庄矿，发工资，每人五吨炭。支柱卖给谁，于厂长停下，回去放下这一块，咱光考虑修好支柱。"王副站长恍然大悟，不支持干液压支柱。

从北京回来，找到曾副书记，把去天津、进煤炭部的前后经过，一五一十介绍了一遍。液压支柱这个产品，政策不允许，手续不批，没有市场，煤炭行业一片黑暗，继续下滑，不能上马。曾副书记理解，只开了个头，没投资，没有损失。

市场变化莫测，难以预料。两年后，煤炭行业起死回生，炭价逐月涨，四年后，二〇〇二年，突飞猛进，火箭般上升，煤价从二十世纪九十年代每吨一百五十元，涨到八九百元，液压支柱水涨船高。液压支柱生产厂家窜出十几家，昆仑镇周围，两年上马七家，泰安六家，给我电镀油缸的辛厂长，生产液压支柱，年产值五亿元，磷化火柱的孙厂长，不干村办厂，自己新上支柱厂，年产值三亿元。办理生产许可证，两个月。煤炭部撤销了，不用审批，八仙过海，各显其能。

世上不卖后悔药，行动得不晚。俗话说得好，起了个五更，没赶上早集。

十一 鸣金收账

1. 淮北收铁板

淮北矿务局煤机厂，坐落淮北市东北角，从淄博开车去，进淮北第一个路口，右拐即到。认识煤机厂林厂长，是在龙口北皂矿一次宴会上，座位紧挨着，说话方便，谈到液压支柱油缸用喷涂工艺修复，林厂长很感兴趣，约定带上喷好的油缸，去淮北机厂试装一次。从北皂矿回来，带上双排大头车，放上五十条修复好的油缸，去淮北煤机厂。

赶到淮北，已是晚上六点多，住下宾馆，次日找林厂长。林厂长是总厂支护分厂厂长，一个车间，内部是车间主任，对外分厂长。车开进车间，林厂长和质检员，两个小组长，围过来看新油缸。"乌黑锃亮，挺好的。"不知谁说了一句。质检员验收，量内径，测光洁度，五十条全部合格，卸车，今天就装支柱。林厂长这个车间，用老工艺修复拆下的旧油缸，只能用到百分之五十，剩下作为废钢处理，喷涂工艺，能修百分之九十以上，节约很大一笔资金，车间实行承包制。中午签合同，油缸使用时间，井下半年，保证不起泡，不脱落，不掉涂层，一年两年没问题。每条价格比淄矿多五元，来回运费足够。拉回一百条。井下实验三个月后，业务正常，用中卡车每趟运三百条，也运两百条，业务正常运行。

业务正常两年，一九九六年十一月，林厂长让业务员捎来信，下次送油缸，我随车去一趟。没过几日，我随送油缸的车去淮北煤机厂，卸完，装上旧油缸，林厂长不让我随车一块回去，多住一天，晚上到郊外一家野味饭店喝酒。

下午在林厂长办公室，约我来谈一件事，前些日子，矿务局一位局级领导打招呼，油缸修复用太谷的镶套工艺，淮北一家在筹建。前天镶套油缸工厂的厂长，来一次，设备十二月投产。局领导指定用新工艺，不能说不字。林厂长说了很多抱歉的话，业务合作得很好，没有出现质量事故，突然中断，过意不去，支柱上其他部件，能合作继续合作。

镶套油缸，推到第二年三月，才能给淮北煤机厂供货。我的喷涂油缸，五月停止供货，结清了账，欠加工费六万三千元，林厂长答应，分批付，年底付完。

林厂长为人实在，很正统，从车间提干，以工代干。不收红包，不收购物卡，送到家里，推到门外，地方特产，淄博瓷器餐具，价值百元，收一两件。业务关系处得很融洽，业务不做了，加工费总厂说了算，付不出来。等两个月，煤炭行业继续下滑，资金更紧张了。

林厂长为这笔款想了很多办法，解决不了，打电话让我去一趟。在林厂长办公室，开门见山，现在款付不出来，工人两个月不开工资了，总厂有一批铁板，能抹账，合适的话，一次付完，价格买来多少，不加价，林厂长带我去仓库看了看，行，大钢厂产品，下午办手续，近日来提货。

铁板拉回来，放在院里，很大一垛，没卖。太原的工程师看见了，做水暖炉的好材料。几个月后，变成了水暖炉，在第七章，我记了一大段，详细叙述过一番。

2. 平顶山收汽车

喷涂油缸加工能力，提升得很快，从最初每月400条，提到1000多条，干1500条没问题。货源不满足生产，我和业务员孙姑父出去跑业务。找孙处长写了一封介绍信，去郑州矿务局煤机厂支柱维修分厂，他们对喷涂油缸这门技术，不知道，不理睬，招待一顿午餐，礼送出境。

不能白跑一趟，平顶山矿务局离郑州近，游完了少林寺，向平顶山出发。

找到了平顶山矿务局液压支柱维修厂，这厂不是矿务局直属厂，劳动服务公司办家属工厂，集体性质。改革开放，煤矿上干部家属，多数是农民转为市民，来市里住，无工作，安置就业办工厂。干部子弟，考不上大专、中专的，在家待业，当临时工安排到家属工厂，管理干部从矿务局各部门调来。我俩找到办公室，厂长姓亓，刚从矿务局报社调来不到一个月，亓厂长参加工作二十年，一直在报社工作，调来维修厂当厂长，没理出头绪。

亓厂长大学毕业，分配到矿务局报社，对历史文学谈得津津有味，我虽然读书不多，还能应对一阵。天南海北，聊了一个多小时，才转入正题，说液压支柱油缸，亓厂长听不明白。叫来庄副厂长，一说就通，庄副厂长管生产管技术，说到喷涂油缸，庄厂长听说过，知道这门工艺。"你们从山东跑过来，说得有把握，先试试看，质量不出问题，可以合作。"踏破铁鞋无觅处，几分钟业务谈好了，副厂长同意试试，亓厂长立马答应，先送十条样品，试装合格，来拉旧油缸，业务开展起来。

试装油缸两个月后，亓厂长来电话，可以去拉一车。找了一辆解放卡车，孙姑父带上两名工人去平顶山，拉回250条旧油缸。

两个月拉了四次，质量反映很好，支柱用到井下没出问题，加工费给得挺及时。最后这趟，庄副厂长交代，暂时停停，听通知，再来拉油缸。业务双方出现波折很正常，等了一月，没接到通知，业务员去了一趟平顶山。带回来消息，平顶山那边已安装完喷涂设备，马上投产，太原一位技术员，业务员认识。恍然大悟了，两月前我们去，他们已经订好设备，先用我的产品搞试验，试验效果很好，加速了他们的进程。

又拉了两趟，庄副厂长说明白了，结束业务。

业务结束后，欠维修费五万二千元，亓厂长答应得很好，分两次付清，庄副厂长找茬，不办理，拖到年底，亓厂长调走了，庄副厂长扶正。去了一次找他，不在办公室，等了一天没见到，晚上带上精致淄博餐具，好不容易找到他宿舍，拒之门外。

太原研究所组织一次年会，招待买设备，用喷涂粉末厂家，厂长经理们去五台山游玩。会上见到了平顶山的庄厂长，晚上招待宴会，我找机会同庄厂长坐一桌，半斤酒下肚，庄厂长拉开话匣子，说得有声有色，没有插话机会，宴会结束，我醉醺醺地拉住庄厂长，合影一张。第二天游平顶山，我俩成了朋友，不时打招呼，抽空说几句，扯到业务上，答应办理所欠的维修费。

春节前，我同孙姑父去平顶山，这一次，我们刚进厂门，庄厂长看见了，从办公室跑出来，拉住手，笑哈哈领进办公室。晚上请我俩吃饭，明天谈付款的事。

第二天在庄厂长办公室，协商付款。先介绍矿务局现状，煤炭形势下滑，工资不能按时发，支付欠款很困难，给各矿修支柱的修理费，要不上来。平顶山八矿有一辆解放卡车，五成新，能接收的话，我们把这辆车要来，顶一部分欠款，余下的款付清。先去看车，再定价。

平顶山矿务局十二家煤矿，通窄轨火车，有客车厢，比大火车小一套，去各矿很方便。庄厂长派办公室主任带路，去八矿看车。上车买票每张五角，不分坐几站，工人有通勤卡，不买票。半小时到八矿，车站离矿很近。汽车停在矿办公室楼后面，主任找到运输队长，队长介绍，这辆车跑了五年，各矿之间送货，今年煤炭行业不景气，闲下来不用了，没跑长途，车况很好。队长发动汽车，开出十几米转了个小圈。

从八矿回来，不到下班时间，庄厂长在办公室等我们。汽车抹账三万元，余下的款，开支票，一次性付清。庄厂长说话不拖泥带水，我很同意。我估计汽车开回去卖，赔不了多少钱，能全部付清欠款，很不错，业务关系，照庄厂长的意见办理。

第二天拿到汽车全部本本、钥匙，下午办好支票。回来派司机转户，开汽车，平顶山的业务圆满画上句号。

3. 新汶收三用阀

租赁站王副站长，退休前我跟他打招呼，退休后到我厂当顾问。办理完退休来上班，上班是自由行，有事就来，无事不来上班，上班时间不限，八点九点都可以。这天定好，去新汶矿孙村矿修厂。这边的业务是王副站长来联系，维修液压支柱的手把、底座，业务一年多了，磕磕绊绊不顺利。我俩从博山乘长途汽车，到莱芜转车，赶到孙村，中午十一点多了。

下午去矿修厂，厂长不在办公室。我只来过一次，同厂长不熟，四十个职工小厂，厂长一人说了算。同王副站长来到车间转了一趟，等到三点多钟，厂长回来了。当着我的面，把王副站长批了一顿，上次送来的手把，质量出问题，送到矿上，修理费要不回来，质量不稳定，说得王副站长回不上话。既然这样，业务做不下去，结完账，以后再说。厂长答应，明天上午找会计结账。出办公室，王副站长生气地说："送货没有一次不找茬，啥玩意，明天结完账，不干了，再找好单位。"

第二天去矿修厂找到厂长，结完账，欠维修费三万三千元，一次性结清。一阵高兴，顿了一会儿，厂长说话了："款是没有的，用配件顶账吧！有一批三用阀，新的，按原价给你，清账。"没有讨价还价理由，拖下去更不好收场。

保管员领着去仓库看三用阀。王副站长是内行，拿起两个看了看，修复的旧三用阀，质量不可能合格，卖的话，值半价。

回到办公室，厂长坚持按新三用阀价格顶账，不同意怎么办？下次再来，可能给比三用阀还孬的配件。无奈，同意顶账。拉回来处理多少是多少，卖废铁能换回三千元。

放在仓库的三用阀，三个多月了，卖不出去，一堆废铁，时间长生锈，报废。一次老朋友们聚餐，有矿务局陈处长，酒喝到一半，想起了三用阀，难题扔给老朋友。

陈处长小我三岁，世交，老家相距五十多米，参加工作见面少了，一年聚几次，见面无话不谈。从一名普通工人，一个台阶一个台阶干起来，老父亲普通工人，没有后台，全凭自己工作能力，从煤矿会计干到矿务局审计处长。办事认真有原则，业务有水平。说到三用阀，陈处长不知何物。

解说了两遍，液压支柱的配件，井下更换支柱，拆下三用阀，重新修一遍，再用到支柱上，这一批保证能用。这么小的事情，处级部门不便出面，怎么帮？不好帮，不应不办。半斤酒下肚，三杯了，八两了，不说不字了，一定办，照办。

把三用阀重新检查一遍，该修地方修，该换密封件换上新的，送到一家煤矿，原价收款，没赔钱。

4. 肥城收煤票

接到肥城矿务局机械厂支护分厂谷厂长电话，明天去结算货款。谷厂长办事利落，说到做到，同他交往两年，没有一次失信。每次送货，现金支票办好，放在抽屉里，不能办，约好时间准办，不跑第二趟。

给肥城支护分厂供喷涂粉末，每月用半吨，挺正常，价格定得合适，送货结账，谷厂长一人说了算。副厂长只负责车间生产，对外业务、价格、送货数量一概不管，中午只陪酒，业务挺顺利。

因为喷涂粉末，同太原研究所差点打官司，后来配方改动了一下，原来用的研磨粉，换成了石英粉，通过实验，没有区别。装配的支柱，没出现质量问题。改动后的配方，肥城送了半吨，用到一半，工人反映喷好的油缸，在磨床上研磨，比以前更硬，难磨，磨一条多用几分钟。第二次送货，我随车去，谷厂长叫来副厂长说说情况，工人反映，除了比以前的硬度大，研磨时间长，没有其他问题。我说可能购进材料有问题，没说改了配方，自己有数。

一个月后，业务员送货回来说，刚调去一位副厂长，管对外业务，下次送粉末，听新上任副厂长安排，谷厂长只管付款。业务员听车间主任讲，新调来的副厂长准备接谷厂长的班，谷厂长还有半年退岗。

这批粉末没用完，传来坏消息，质量出问题了。我急忙赶去，车间放着五条油缸，谷厂长，两位副厂长，质检员，我们一起围观。质检员用手电筒照油缸内壁，发现有头发粗细纹，副厂长介绍，从没出现过这种问题，检查了磨条没问题。不是每条磨出来都有细纹，有时磨一天出一条，昨天一班出了两条。现场分析各种原因，我心里明白，还是石英粉的问题，不能说。我当场表态，浪费的粉末人工，全部赔偿，没用的粉末拉回去，换新的，保证以后不再出问题。

换回去的粉末，又出现了两条有细纹的油缸。新来的副厂长，联系了天津一家粉末厂，送去了半吨。谷厂长想帮忙，没法帮，新来的副厂长准备接班，很强势，业务到此结束吧。

在谷厂长办公室，我俩谈了很久，两年业务，很融洽，有情义，有歉意，不得不分手。八万元货款，谷厂长退岗前，一定还清。上月矿务局开会，各单位负责人，各厂的厂长财务人员参加，对外业务，不支付现款，用煤炭顶货款，哪一家煤矿都可以。我的货款，副厂长说分两次付清，谷厂长不答应，压下其他单位货款，一次给我办完。

杨庄煤矿的煤炭质量好，便于销售，谷厂长想办法从杨庄矿开煤票。八万五千元货款，开三张提煤单，谷厂长想得周到，三张好出手卖，一张煤票不好找买家。谷厂长同我说得很详细，杨庄矿销售处门口，有二道贩子，专买顶账煤票，扣15%或20%，一个点一个点讲，不能一下子说死，讲好价，到银行一手交现金，一手交票。

杨庄煤矿有老乡，找到老乡，老乡认识销售处副处长，副处长有外线销售员。一个电话，外线员十分钟赶到，三张煤票，按最高价接受，15%成交。老乡陪我在办公室喝茶、聊天，一小时外线员提一袋现金回来了，当面点清，转入我提包。

现在想起来，肥城的业务有念头。

5. 昆仑收协议书

太谷一家军工厂转民品，研制出油缸镶套新技术。用制造炮弹皮工艺，做出两张纸厚铁桶，滚压到油缸内径上，涂上一种防锈剂，比喷涂工艺简单，节省一半钱，代替喷涂油缸。淄矿领导指示租赁站，上这项新技术。租赁站已经上了喷涂工艺，油缸清砂尘土飞扬，工人戴防毒面具，磨油缸，用煤油降温，油和水在地上乱串，工作环境恶劣。吃大锅饭，铁饭碗，又脏又累的活，工人不愿干。这套新技术镗完油缸，滚压上铁筒，完事了，涂层到专业厂喷涂。领导催，工人愿干。

没用两个月时间，租赁站油缸镶套工艺，投入生产。我供的喷涂油缸收尾三个月，一九九六年底结束，从一九九一年算起，六年业务关系，大小部门相处得不错。唯独同总厂厂长只见过一面，已调来一年。结算完账，欠我加工费二十五万元，当年二十几人小厂，最大一笔应收款。前些年，租赁站财务独立，加工费找站长能办理，调来的新厂长，财务一把抓，各分厂财务，收归总厂，对外付款，必须由厂长签字，欠我的款找总厂办，厂长不批，拿不到一元款。

专程去找厂长要款，刚敲厂长办公室门，办公室主任挡驾，去里面请示，回话中午开会，不会客。第二次去，先到财务科，科长去厂长办公室，回来说要出门，马上走。同科长说说我的想法，知道贵厂资金困难，欠款不急要，见见厂长，当面说说，分几批，多长时间付一次款。挡在门外，无限期拖下去，总厂大厂长，不能这样无礼。财务科长摇摇头，一句话不说，送到我门外，悄悄说，另想办法吧。

同财务科长认识四五年，通过矿务局老朋友陈处长，一块吃过两次饭，破例付过一次款，关系很好，新厂长来，规则改了。他说的另想办法，话中有话。想啥办法，上法院找老朋友。

法院秦老弟，相识二十几年了，二十世纪七十年代，我们当民办教师时认识，八十年代，他从学校跳入法院，当法官，一直交往不断。找他问问，他在张庄镇当庭长，能独立办案，在管辖范围之内。我把同租赁站的欠款情况，一五一十说明，六年业务，只有账目往来，没有其他收据、欠条、协议书。证据不明确，双方只有账本，如果开庭，他们故意拖延，搞得账不清，毕竟六年时间，开两次庭，半年就拖下去了。设法搞个欠条，肯定不写欠条，老朋友说，对账单也行，同欠条一样有效，是证据。对账单能想办法，找个合适的理由。

找到镇政府审计所康所长，实话实说，帮忙要款。以村办企业审计为由，去拿一份对账单。我厂的营业执照，有一顶"红帽子"，印着"村办企业"。不是专业人员去，别人冒顶审计员，有些专业术语说不准，容易露馅，请康所长去，名正言顺，保证一次成功。去之前，我同财务科长通通气，没直说，心知肚明。会计陪康所长一块去，科长开绿灯，对账单不用厂长批，会计能办，顺利拿到对账单。

不下传票，开庭前，被告人不知情，法院有权查封被告人银行账户。一日，银行朋友来电话，今天下午，总厂账上转来一笔款，有三十万元。马上告知法院老朋友，明日银行一开门上班，先封住账户。第二天我带上大头车，拉上法院两位法官，直奔银行，赶到银行，上班十分钟，进行长办公室，法官出示批件，说明查封账户原因，行长很客气，开上龙井茶，递上泰山烟，一边说，刚上班，整理整理账，马上照办。坐了十几分钟，行长从营业室回来了，说可以办理了。两位法官去营业室，行长陪我喝茶，三五分钟，两位法官回来了，说封账了，账上没有钱。两位法官不知道内线报告的事，不能当着行长面说。出行长办公室门，我给老朋友打电话。"总厂账上的三十万，被转走了，马上来。"十几分钟，庭长老朋友来了，进行长办公室，不客气，对行长说："我们了解得清清楚楚，总厂账上有钱，刚上班，你们怎么转走的？查查。"行长说："不知道，上营业室看看。"行长带庭长进营业室，我跟在后面。营业员拿出转账单，说："昨天转走的，账上还有一百一十五元。"当年还用手写转账单，日期随便写，双方都有"内线"，各为其友。气得庭长朋友，在行长面前，对着营业室工作人员大吼："谁接到封账通知后，私自转账，我到总行查，查出来法办你们。"吼叫没用。

在淄川法院二号审判庭开庭，原被告两家同时到，我和王会计，被告刘副站长和办公室王主任。四人见面对笑，握手，前些日子，业务关系，朋友，今天同庭过堂。庭长问刘副站长，你们单位是不是欠矿修厂二十五万元货款。对账单是不是你们写的。"对的，对账单上的欠款完全对，现在还款非常困难，工人工资发不出去，能不能缓一缓？给点时间。"刘副站长态度诚恳，庭长接着说："你们两家协商，定出还款计划，原告同意，盖章生效。"

"我力争一年还清，分三批。"刘副站长放下往日副站长架子，拉住我的手，"老关系，老业务，老朋友了，缓一缓，渡过难关，给我点面子，我回去好交差。"我让步到半年，刘副站长还是不答应，我装出退场的样子："你说了不算，没有决定权，下次开庭判吧。"刘副站长站起来挡我："说实话，我来时，厂长交代了，一定同于厂长说说咱厂的困难，请谅解一下，一年还清。"刘副站长无奈摇摇头，交出底牌。

庭长给我递眼色，我过去。"再开一次庭，两个月，卡不出多少时间，离半年差三个月，能痛快签下协议，一年就一年。"我听老朋友说的，在理，给刘副站长个面子，签协议。

刘副站长有准备，协议书写好了，只空格还款日期，还款数额，双方填好，签字，书记员拿去盖章。六年业务，在一首欢快的协议书进行曲中结束了。

6. 山家林收圆钢

山家林煤矿机厂的厂长，王副站长认识，多年的朋友，王退休来我厂上班，名义是顾问，小厂没有多少事可顾可问，主要负责联系业务。联系了新汶煤机厂，去了枣庄山家林机厂，山家林的支护维修，是老业务单位，碍于老朋友面子，让出了一部分手把、底座维修活。一年多业务挺正常，换了新厂长，怎么干，我俩去看看。

前几天王老兄去了一趟，老朋友厂长调走了，准备退休，换上新厂长，不冷不热，手把不让修了，光剩底座一种，原来利润很低，数量再减，干还是不干，等对方辞退，还不如早提出来中断业务，我和王兄意见一致，来山家林机厂，退出业务，结清账目。

一年多维修业务，总共八万多元加工费，陆续给了五万元，还欠三万六千元。结完账，新厂长含含糊糊，不明确啥时间付款，等几天慢慢来，资金紧张。矿务局有一批圆钢，给各单位抹账，如果同意，这几天能办。钱不多，跑上两三次催款，出差费去掉几千元，同意定下要圆钢。厂长同意一次办完圆钢抹账，去矿务局仓库看看，品种很多，选好卖的，选品种，越快越好。

当天下午，我俩去枣庄矿务局仓库，递上山家林机厂介绍信，保管员打开库门，好大一个露天仓库，一大片，摆放着铁板，铝锭，圆钢……说明情况，保管员领我俩到圆钢区域，顺手一指，这几种都可以。我记了生产厂家、型号，A18，B20，B22，七八个品种，电瓷配件厂用圆钢，回来看看用哪些型号。

回来找到电瓷配件厂赵厂长，介绍了圆钢的生产厂家型号，大国营厂产品，质量有保障，大约二十几吨，能否接受。

赵厂长笑哈哈回答："我是韩信用兵，多多益善，现在用B20、B22两种型号。"

赵厂长小我两岁，一九六六年高校毕业当社员。我一九六八年初中毕业，回到广阔天地，当社员第一天，队长安排我俩遛牛。生产队骟了一头牛，刚骟的牛，不能趴下，牵着不停走。我俩是大小孩，上头班，中午十二点接过牛，夜间十二点交给饲养员赵爷爷。那年代没有手表，夜里估计时间差不多，回家看看闹钟，十二点后赵厂长去叫老饲养员。我牵着牛从饲养处，到饲养员家门口，来回不停走。赵厂长站在饲养员家门口，敲一下门，叫一声："大爷爷，大爷爷。"里面回一声："听见了。"不再叫了，站在门口等，大约半小时，大爷爷不出门，再敲门，再叫："大爷爷，大爷爷。""等着，就去。"一个多小时出来了，回家看看表，一点半钟了。遛牛要七天，后两天，叫两遍不出来，赵厂长拨开大门闩，悄悄进去，从屋门缝里瞅，大爷爷端着酒盅喝酒呢。大爷爷脾气大，对小辈们也打也骂，队长怕他三分。不能再叫了，站在门口等吧。等两个多小时，出来接我俩班。

赵厂长答应收圆钢，不能拖，联系加长汽车，王老兄去山家林机厂办抹账单，越快越利索，山家林机厂的业务结束了。

7. 义马收现金

义马矿务局支护维修厂业务员小田来电话，出差去潍坊，顺道来淄博，约定的时间，我在办公室等，小田和一位朋友，两人一块来的。中午带他游蒲松龄故居，淄川国家级景点。游完，午饭在蒲家庄聊斋酒家，游留仙故里，品松龄家菜，别有一番风趣。

酒宴间，谈义马的业务。小田介绍，支护厂已经停产三四个月了，矿务局煤矿生产下滑厉害，矿务局开会，各煤矿各单位，生产自己想办法，工人工资自保，谁卖煤谁生存。支护厂改制，不吃大锅饭，全厂转让，矿车厂收购了。支护厂正副厂长调走了，机械设备全搬到矿车厂，工人带过去，技术人员带过去，大小干部一个不要。这几天正在搬迁，抽时间去把业务处理，把账结清。

我半年不去义马支护厂，这厂不用业务员，我自己联系。结识义马业务员小田，小田对工作认真负责，讲朋友义气，从火车发粉末，收到后，结账汇款，小田办得清清楚楚。停产后，小田打来两次电话，催我去，一拖，不知不觉快半年了。

小田答应，回义马把剩余货款帮结清，听他电话去一趟。

乘坐青岛到兰州的快车，早上四点一刻，到义马站，出站一片漆黑，火车站室内室外电灯不亮，站前小广场街灯不亮。七八个旅客，站在广场中间等出租车，八月下旬的天，来了一股冷空气，穿着T恤，冻得直打哆嗦。十几分钟，来了一辆小面包出租车，能坐七八人，广场的旅客全挤上了。上车买票，每人五元，到市里谁下车谁吱声，随叫随停。

叫开宾馆门，进房间睡了一觉。八点出发，按小田写下的地址，去支护厂新址。路边等出租车，面包出租是义马的公共汽车，向一个方向开，不固定线路，随时上下。义马支护厂迁到矿车厂，距义马十几公里，出租车终点。

下车问矿车厂，司机向左一指，三车间。拐两个弯，二十几米距离到厂门口，门边挂着"义马矿车厂"的大牌子。进大门问门卫，新迁来的支护厂在哪？听到我说话，小田从前边跑过来，带我去厂长办公室。小田介绍我厂的业务情况，厂长只听不吭声，我问货款啥时间付清。厂长慢慢悠悠地说，生产不知啥时候开工，刚交接完账，没有时间表，等等看。无话好说，一杯水没喝完，同小田出厂长办公室。顺厂内大路走，四五个大车间，冷冷清清，小田介绍，这厂生产矿车、传送带，矿务局各煤矿用，也外卖，义马矿务局共十二家煤矿，年产煤近千万吨，前几年很红火。这两年煤炭下滑，矿车厂工资难保，我这区区三万多块钱，来催要，比上蜀道难。

回到义马城，两人对饮一瓶啤酒，小田讲出要款方案。从淄博回来，找到父亲在财务处的同事，虽然老父亲调出财务处七八年，但还保持朋友关系，小田认识一位副处长。矿车厂在各煤矿的货款，从财务处转拨，这位副处长分管这项业务，同意办。三万块钱，从财务处能转出来，提现金很难，要转几个地方，中间转，要有费用，我马上回应，百分之二十，拿出六千块。小田同意，要等几天，说不准几天办完。不是小田想出妙计，不是交到好朋友，这笔小货款，八年也要不回来。

小城无处可游，逛书店。一家新华书店，儿童读本占一大半，名著占一部分，新书很少。翻来翻去，看见一本《文化苦旅》，书名新颖，文化苦苦地去旅行，真有文化气息，作者余秋雨，第一次见到他著作。翻开书看目录，道士塔，风雨天一阁……朴素响亮。买一本回宾馆，等小田好消息。

第一次看抒情的旅游散文，先看最知名的西湖。

对西湖，我是既陌生又熟悉，买书的时候，没去过西湖，西湖的大名，不知听过几百次。翻到西湖一篇，跟着余教授，再苦旅一趟西湖。白塔，苏堤，湖中胜景，只能凭想象，在堤上漫步，在堤上观三潭印月，断桥上的许公子，白娘子，在电影里见过。雷峰塔倒了，鲁迅写得很动人，传说要重修，不知修好了没有。

知道了"天一阁"，保留时间最久的私家藏书楼，自己不是文化人，但是爱书，爱逛书店，爱进图书馆。几年后去宁波，忙完业务，去看了"天一阁"。两层的一座旧楼，大门紧闭，周围没有游人，我绕楼一周，顶着蒙蒙的小雨，在楼前，呆看了十几分钟，拍了一张相片。

在宾馆两天，跟着书慢慢游，去了敦煌，去了都江堰，游洞庭湖，爬天柱山。百闻不如一见，没去过地方，书上看三遍，不如实地走一趟。日后的岁月，跟余教授，游遍全中国。

第三天十点，小田来了，进房间第一句话："办好了。""谢谢，费了不少周折。""二天不停找人，不停催，转四家厂，分三次提现金。"把钱扎进腰带，中午请小田美餐一顿，下午去洛阳，乘晚上火车回淄博。

8. 乌海收支票

游三峡认识了乌海煤矿机械厂孙厂长，孙厂长定好喷油缸设备，近期投产。回来通过一次电话，一个月后，喷涂油缸工艺投产了，如果粉末质量合格，同意用我的产品。国营厂同样价格产品，愿意同私营工厂打交道。

火车零担发去两袋样品，回信息，实验合格，质量不错。发货一吨，随即派业务员去乌海，认识支护维修车间主任，各位大小干部。厂长同意，下面小领导出难题，找毛病，业务办不好。业务员去，跟踪服务。

两年业务，业务员去过两次，没有出现波折，发货寄发票，回支票，一切顺利。全国煤炭形势下滑，乌海比沿海发达地区下滑更大，处于半停产状态，粉末用得很少。业务员去结账，有半吨粉末查不到，保管员没有收到货，这不是最后两次发货，而是半年前的一次。

两年业务，我一次没去，不能拖了，去一趟。半吨粉末，两万多元，查到更好，查不到没办法。

乌海火车站到机械厂，乘一小时公共汽车，敲孙厂长办公室门。"请进。"推门进去。孙厂长抬头看，愣了几秒钟，说："于厂长，于老兄，接到电话，等你两天了。"快步过来，握住手，坐到沙发上，倒上了水，叙家常。三峡游，白天夜里相处五天，两年不见，老友重逢，续完友情，话入正题。到火车站查提货单，查到马上补办，孙厂长直爽痛快，接着打电话，几分钟，车间主任来了："这是淄博粉末厂的于厂长，半吨粉末发来查不到，明天派人去火车站查查，一定办好。"
交代完，嘱咐车间主任中午作陪。

第二天，车间主任备好双排大头汽车，拉着我和保管员
去火车站。在货运室，交上淄博货运站的发货单，保管员经常
提货，同货运室的人熟悉，发货小组长打开一个大铁柜，找了
十几分钟，找到这批货的提货单，提货单上，有这位保管的签
字。保管员连连道歉："对不起，提回货去，提货单丢了，忘
记账了。"复印一张提货单，回单位补办手续，保管员跑到火
车站对面，复印了一张。回来，主任签字，补办入库单，半吨
粉末找到了，车间主任高兴，厂长的朋友，厂长面前好交代。

中午我请客，去饭店路上琢磨，找回半吨粉末，如此
顺利，对主任、保管员送点什么，每人一条烟。饭店旁边有
一家商店，先买烟，再吃饭。找到卖烟柜台："买四条中
华。""这地方谁抽中华。"柜台售货员回话。"二十块
到三十块一包，有啥烟？""抽不起这么贵烟。"我接着
问："最贵啥烟？""当地烟，苁蓉，十三一盒。""买八
条。""一条卖半月，头一回碰到这么大买家，我立马去烟草
公司，一小时后来拿。"二十世纪九十年代后期，江浙一带，
小老板抽中华烟，普通工人抽二十几元南京烟，地区差别太大
了。两小时后，吃完饭，我拉着车间主任到卖烟柜台前："拿
八条苁蓉烟。"售货员忙解释："对不起，不好意思，买烟的
还没回来。""我结好账，开个提货单，下班来拿。""谢
谢，谢谢于老板。"车间主任握住我的手，四五分钟不放，站
不稳，保管员架着。

乌海回来，趁热打铁，开好发票，派业务员小石去结账，到乌海第二天，结完账，办了一张支票，带回来了。

9. 舒兰收车床

去舒兰矿务局机械厂，住矿务局招待所，其他宾馆，脏、乱、不安全，这次来，十一月二十号，淄博刚送暖气，零下二三摄氏度。吉舒镇的早上，零下十七摄氏度，去机械厂步行十几分钟，一路急行军，冻得哆哆嗦嗦。进车间，周主任一人坐办公室，办公室在车间最前段，隔上一道木板墙，放上四张桌子，坐在办公室，看车间全部。有五六位工人在拆支柱，一千多平方米大车间，热气腾腾，冷冷清清。

我问周主任，车间怎么没几个工人上班？周主任长叹一声，来上班考全勤，不来上班考半勤，愿来就来，半停产状态。这个状态三四个月了，矿务局领导没办法，工人半年不开工资了。"工人生活怎么办？"我问周主任。"找地方打工，不打工，从厂偷东西卖。""往后生产和工资怎么办？""矿务局领导讲只能走一步看一步，往年这时候是煤炭销售旺季，今年旺不起来，我们产的机械，只能煤矿用，卖不出煤，机械厂只能歇业。"

业务中断半年了，今年没有付一次货款，欠十三万元，找厂长，厂长说等到冬季，煤炭形势好转，付部分货款。到冬季了，不但没有好转，越等越下滑，付款的希望破灭了。周主任陪我找厂长，厂长坐在办公室，一人在喝茶，不像往年，人流不断，汇报工作，签字，进进出出。坐下聊了一个小时，机械厂的生产，厂长一点办法没有，只有等，付不了货款，厂长说抱歉，最后想起来，有一辆双排小解放，四年车龄，开回去顶部分货款。

周主任领我看车，车况不错，决定要车，回办公室问价，厂长讲，两万元，有情有面子，别的厂要没给。明天派人办转车手续，定下马上来开。

回厂派业务员小石，来回七天，开回双排小解放汽车。

经常和周主任通电话，了解机械厂情况，还有十一万货款，不能等破产。周主任电话里说，矿务局是一个实体法人，机械厂不是独立经济体，机械厂一家破不了产，没有资格，要破产的话是矿务局，矿务局直属煤炭部领导，不可能破产。

周主任来电话，说停产了。带上业务员小赵，赶到舒兰机械厂，晚上见到周主任，周主任讲，前天召开车间主任以上干部会，厂长在会上传达了矿务局领导意见，停产整顿。准备上新产品，不再单一生产煤矿机械，开拓新市场，找新产品。原有机械设备，能用的留下，不能用的处理掉。有这个机会，找厂长抹账，搞几台机器。

第二天，见到厂长，编了一个谎言，准备扩大生产，制造支柱上的手把、底座，需要添加几台车床，无款购买，你厂不用的旧车床，给几台，顶顶货款。厂长没有马上回答，拿起桌上的电话："喂喂，小邢来我办公室一趟。"不一会，加工车间邢主任来了，厂长发话："带于厂长到车间看看准备处理的车床。"我认识邢主任，周主任请吃酒，他陪过几次，邢主任领我来车间，两大排机器，车床，铣床，磨床，冲床，四五十台，挂上牌子的机器准备处理。看了三台车床，邢主任估计十几万元，详细价格不知道，我找三台。

回到厂长办公室，邢主任写出三台车床的编号型号，设备科长来查价格，合计十二万六千元，厂长问欠货款多少，十一万三千元，多出一万三千块。设备科长和邢主任走了，办公室只剩我和厂长，我说："这三台车床，我用正合适，多着一万三，不能割下一块，老关系。"厂长摸着头，喝了一口水，自言自语："怎么处理账？报废吧，从折旧账上能扣除。"厂长说完，停了几分钟，说："下午到财务科办手续。"

我办抹账手续，周主任帮我找货车，争取两三天之内装车拉走，邢主任陪我到车间查看，怎么把车床从车间运到厂内大路上。三台车床，不在一块，夹在几十台机床中间，有一台直接用叉车运出来，两台叉车开不到合适位置，用铁锹挪出来，再用叉车运。找工人挪车床支工钱，用厂内叉车要支小费，我给周主任五百元，明天找人挪车床，工钱吃喝不够再加。"用不了一个中午，工人少支点，其他人吃顿饭，够的，都是好兄弟。"周主任答应的事，办得顺顺利利。

第二天，我八点来到车间，不一会儿，周主任带四名工人，带着大锤、撬棍、工具包。第一台用一个多小时，挪到车间路中间，第二台有经验，半个多小时挪出来，第三台只卸螺丝，不用挪地方。开叉车工人，吴主任找的，朋友关系，看情分上来帮忙。中午十点，三台车床运出车间，整整齐齐摆放在路边。

吴主任托朋友找车，当年东北没有配货车，找车很难，怕出差错，中途丢货很多。第三天，找到来山东拉货的一辆大解放，朋友找朋友，放心，五天内保证运回车床。

运车床的大解放，一路顺风，第四天下午，到我厂门口。

第七章

造家用水暖炉

1

郑作良工程师青岛办完差，回来了。这次来，身份大变，不是太原研究所法律顾问，而是百锡矿山机修厂项目合作伙伴，我的朋友。

我俩聊了一个上午，郑工从这场官司说起，从头到尾讲了一遍："去年已经知道你生产粉末，你们原来用的量很正常，每月半吨，突然两个月不用粉末了，托人打听，自己生产，猜到研究所有人带你们搞的，没在意，自己用影响不大。过了几个月，研究所的两家客户，不来买粉末了，电话里问，从其他厂家进货。当时全国只有两家生产粉末，天津这家和我们研究所，同天津这家多年来互不干扰业务，各供各的客户。抢市场的是你们，所以领导们很生气，派人去了供原料的几个厂家，你们买原料一家不少，数量配比同我们的配方一样，全是研究所的供货方，不用多调查，所里有人出卖配方。打官司挖出内鬼，研究所几位领导同我交谈几次，知识产权保护官司很难打。不同于经济纠纷，数额明确，证据容易搞清楚。知识产权判案，法官的随意性很大，千丝万缕的关系，侵不侵权，界限很难划清，证据很难取，索赔数额更难确定，你损失多少，他赚多少，搞不清楚。拖来拖去，可能三五年拖下去，双方都有损失。还要看被告的经济实力，往往赢了官司，拿不回钱，得不偿失。

"诉状递到济南中院，郑工向研究所领导提议，来厂看看，看经济实力看人品，厂子有规模，值几百万元，官司打下去，厂子穷，打不回多少钱，最后结果，只能搞得你们停产，不干喷涂这一行。进了你厂，先看厂房车间，看了一遍，没有一间像样的房子，不像挣很多钱，厂子老底不厚，去你家，看看你的居室怎么样，是别墅？是楼房？到家一看，农家院老房子，室内家具一般般，没有乌木红木家具，当时打消了官司继续打下去的想法。

"见到你，第一印象，不是土包子、土财主，虽然喝醉了酒。进了你家，看到很多书，了解了你的爱好，产生共鸣，爱好相投，喜欢读书，能谈到一块，能通情达理。回到太原，我把所见所闻，同所长讲了一遍，我的意见，所长能采纳，我们是多年朋友，我又是他的法律顾问。我阐明了观点，官司在济南打，离淄博近，我们不占地利，也不占人和。官司拖上三两年，可能不了了之，两败俱伤。我们多年业务关系，人情面子都不错，厂长受了所里某人的鼓动，错走一步，情愿赔一笔钱，也不出卖所里的人，即使查出某人，都是所里老同志，能开除他吗？能怎么处分？撤诉是上策。"

郑工与人为善，他说服研究所的领导们，免除了一场旷日持久的知识产权官司。

第一次来厂，见到院里放着两垛铁板，第二次来铁板原地没动，怎么回事。我告诉郑工，平顶山抹账运回来的铁板，准备降价处理，郑工走近铁板，仔细观摩，问厚度多少。"三毫米，用这些铁板帮你上产品，如何？"第二次来，临回太原说了句，没在意。从青岛回来，郑工诚心诚意帮忙，生产家用取暖炉，市场前景好，有发展空间，能进一步向纵深处开拓产品。

郑工的朋友，是太原锅炉厂工程师，休息时间，钻研家用取暖炉，在太原郊区几个县，帮忙建了几个厂，效益很好。郑工讲炉子是季节性产品，一年销售三四个月，利润高。每只炉子用材料大约在100~150元之间，市场销售价400~500元，市场大，生活水平提高，每家每户都用。一只家用取暖炉，使用寿命五年左右，周期短，易耗品，形成生产规模，赚钱比给煤矿修配件，既快又稳。

郑工去过太原几家小型家用取暖炉厂，车间现代化，半自动生产线，一条龙装配，一天生产几百个，销售全省各地，五六年时间，产业做得很大，市场开拓空间大。给煤矿搞维修，受限制大，不自由，挣钱难。郑工讲我们刚开始，土法上马，设备不能大投资。买一台剪板机，卷板机，几台电焊机，两三万元足够。打开市场，再扩建厂房，投生产线。郑工说得有道理，心动了，有车间，有工厂，有铁板，请来老师，马上能生产，一个中午，决定了一半。

考察市场，再做最后决定。

2

随送涂料的车，先去博兴看看，博兴卖涂料的三家土杂店，秋后卖炉子，往年我见过，有一家架势不小，销售炉子大户。第一站来到陆家土杂店，今天不扯涂料的事，聊聊家用取暖炉，我去的时候，六月份，不是卖炉子季节，去年还剩四五个，放在后院。陆老板带我去看了看，当地生产，中号五百五十元一个，大号六百二十元一个。陆老板介绍，从九月份开始进货，十月十一月，两个月销售旺季，十二月零零星星卖几个，一月就停下。往年一季能卖七八十个炉子，去年找上安装队，销了一百二十几个。县城加周边几十家卖炉子，估计一年能卖一千多个，县城用上暖气的家庭不多，不到百分之十，从前年进入普通家庭，逐年增加。陆老板愿意给我销售炉子。

第二天去王村，王村经销涂料有六家，两家卖家用炉。王村镇工业发达，周边有四家国营企业，老百姓生活水平比其他乡镇好一些，这几年开始装水暖炉，当年安一套家用取暖炉，暖气片、铁管、安装费用，加起来两千多元，普通家庭不舍得装。先来毕老板土杂店，王村最大的一家，秋后卖炉子。毕老板，爽快人，我俩经常喝两杯，不用多聊，一定卖你的炉子。来第二家，白老板的杂货店，比毕老板略小一些，经营多年，去年刚卖炉子，一季卖了二十几个，还不错，他挂靠上一个小安装队，卖给安装队的炉子，回扣百分之十，他少挣，让利安装队。每家有每家的路子，不想点子，生意难做。

卖涂料又卖炉子的销售点，随车转了一遍，二十几家都答应代销，两个多月销售时间，卖完结账。

派业务员在淄博各区县大乡镇，采取推销涂料老方法，拉网布点，到一个地区，一户一户跑，一家不落下，三个业务员跑了十几天。汇报布点情况，大多数家用炉销售点，有定点厂家，不愿加新品种炉子，老百姓认老牌子。磨嘴皮，多解说新品种炉子的优点，代销卖完给钱，也不同意，炉子占空间大，没地方放。勉强有二十几家，同意代销，虽然千家万户用炉子，生产厂家更多，但业务员们了解，淄博地区有几百家生产。干还是不干，定不准。

郑工催我去太原，见见杨工程师。杨工是太原锅炉厂退休职工，自己研究家用取暖炉多年，在太原几个县帮着上了几家小厂。去太原当面谈谈，时间不能拖，已是六月，还有三四个月生产时间。还要带我去参观杨工当顾问的一家小锅炉厂。

到太原的当天，郑工安排参观厂。淄博去太原每天一班火车，早上六点到，郑工找一辆面包车接上我和车间主任小陈，先看厂，再见杨工。

这厂在太原郊区，面包车行驶了一个小时，在一个工厂门前停下，门牌上写着"太原红光锅炉厂"，电动拉门，进门左拐，看见办公楼，三层，马赛克外墙，红琉璃瓦楼顶。进办公楼，大理石地面，走廊顶部，水晶吊灯，墙面淡黄壁纸，咖啡色镶边的大窗户。厂长办公室在二楼，郑工带我们进去，寒暄几句，厂长打电话，进来一位穿工作服的白面小伙子。"带郑工和两位客人到车间转转。"厂长说得干脆利落。

跟随小伙子来到车间，郑工介绍，小伙子是销售科刘科长。这车间生产低压锅炉，供机关单位、学校、工厂，烧饮用水、洗澡水，取暖用，型号从100到1000，简单说就是盛100公斤水到盛1000公斤水的锅炉，十几个品种。主要在省内销售，省外有十几个销售处，年销售额5000万元。刘科长带我们，从下料到焊接，到组装，整个生产线，从头到尾，介绍得非常仔细。看完这个车间，再去参观家用取暖炉。

这个车间，只有低压锅炉车间一半大，生产工艺大同小异。刘科长介绍，家用取暖炉，只有五个品种，供普通家庭用。销售范围，在太原周边两百公里内，再远运费高，家用炉利润低，一年销售额700~800万元，挣点小利润，保住全厂开支，主要利润在低压锅炉那边，边走边讲，刘科长讲得头头是道。

中午在厂内食堂招待我们，食堂房间比三星级酒店，高一级。

下午同杨工程师见面，这个产品，干或者不干，下午决定。

我们回到宾馆，杨工程师已在等我们，他家离这不远。回到房间，杨工没说话，郑工就让我讲。"于厂长谈谈上午参观锅炉厂的感受。""从那说起，进厂大门，感觉不像工厂，进办公楼，更不一般，比宾馆布置得还气派，产品一般般，生产工艺一般般，赚钱不一般，全厂生机勃勃。"我想起啥说啥，郑工接着说："杨工出技术建的厂，到现在整五年，五年时间，厂子翻了五番，产品供不应求，不说挣多少钱，建厂大门花了三十几万，建办公楼八十多万，乡镇厂谁舍得花这么多钱？于厂长，心动不心动。请杨工介绍介绍他的新产品。"

杨工穿一身蓝工作服，手背黑黢黢，不像工程师，说话挺响亮："于厂长，郑兄同我讲了，你准备干家用取暖炉。今年我设计了一款节能家用取暖炉，还没放到一家生产，家用炉，市场上五花八门，品种太多了。我这一种，内腔两层胆，水在里面循环两圈，节煤百分之二十，从节能上开发新品，老百姓烧炉都有数，能节煤五分之一，了不起。准备申请专利，打开市场，别人不敢仿造。外形要美观，市场都是圆形，咱们改方形，图纸我搞得差不多了。"郑工插话了："家用小炉好做，于厂长今天我带你去看锅炉厂，不是为生产家用炉。我同杨工商量过，帮你上产品，眼光放远，目标大。第一年生产家用炉，第二年生产低压锅炉，从100型开始，每年搞几个品种，那是长线产品，淡旺季不明显，利润高。这是我今天带你去看的目的，明白了吗？"杨工接上话："100型以上的低压锅炉，放大了的家用炉，生产工艺差不多，能干小的，大的就能干，郑兄说得对，我俩聊过，先小后大，先易后难，今年干好小炉，明年帮你上大的。"

郑工约我来太原，参观锅炉厂开眼界，促我下决心，煤矿维修改行，干锅炉。两人轮番讲锅炉，改革开放十几年了，工业快速发展，工厂现代化，工人洗澡、车间取暖都用锅炉，政府单位，学校建楼，都离不开锅炉。按现在社会发展，七八年翻一番，生活质量提高，生活用品照样翻番。五年前，红光锅炉厂的家用炉为主产品，两年后，上小锅炉，没想到后来居上，小锅炉大大超过家用炉，下决心干吧！不要犹豫了。报酬嘛，不等我问，替杨工讲，大中小三种家用取暖炉，三套图纸，每套两千，六千图纸费。杨工去指导生产，时间不定，开工资，双份，两个工人工资。以后嘛，再协商，挣了钱，发了大财，从利润提点，提多提少你说了算。

郑工最后说，于厂长，今天干或不干，你来定，不干等于交朋友，你来太原旅游一趟，干，回去准备机械设备。

没有理由不干，一个热心肠，积极撮合，帮朋友的忙。一个工程师，要价不高，现成产品摆在眼前。有现成铁板，两大垛，有场地，有工人，有技术员。决定干，干家用取暖炉。

3

从太原回来，准备机械设备，用一台剪板机，炉芯用的板材，必须剪得整整齐齐，一台卷板机，焊炉芯，卷成圆筒，设计的炉子方形，要折弯机，先搞三个大件。其他的电焊机、钳子等很好买。

带上技术员赵师傅，去淄川剪板机厂，看看哪种型号适合我们用，选好了送机上门。出剪板机厂，去了般阳机械厂看卷板机，看了几个样品，价格很贵，一台四五千元，赵师傅讲，打听打听有没有卖旧的，我们买一台照样能用，买不到再买新的。折弯机，剪板机厂有，赵师傅一看很简单，干了一辈子钳工，自己干，不用买。

从淄川回来，进厂门看见院里的油缸，赵师傅指了指："这不是现成的卷板机辊子吗？"油缸就是钢管，一米多长，直径十二厘米，比我们看到的卷板机辊子稍稍细一点。不用的电机有三四台，还有两台旧减速机，焊两个铁架，组装一台卷板机，花不了几百元，赵师傅有把握做卷板机。

进办公室同赵师傅继续谈机械，卷板机定下来了。剪板机要求剪下的板整整齐齐，很精准，自己做赵师傅没有把握，决定买一台，打电话，剪板机厂立马送到。折弯机简单，炉子外壳用的铁板0.7毫米厚，不用电机拉，手一压就能行，自己做不用买。三样机械定位，小工装，小设备，能买就买，买不到自己做。赵师傅要配个助手，明天从车间调一个。

场地在院子西边，搭个临时工棚，挡挡雨遮遮太阳，不占用车间，凑合干半年。明年扩大生产，建车间不迟，小锅炉生产两年后再考虑。

明天动手，该买机械出去买，自己做的，配上助手，同赵师傅争取十天完成。

按约定时间，郑工程师陪杨工来到我厂。杨工程师带来三份图纸，大中小三种炉子的，按正规要求画的图纸。从车间调来三名工人，赵师傅带头，听杨工指挥，当日开工。杨工亲自动手，划线，剪贴板，卷炉内胆，赵师傅指导工人焊接，先每个品种做两只样品。内胆盛两层水，用三层铁板焊接，水温升得快，火小冷却慢。这部位杨工以我厂的名义，一起申请专利。市场上卖的炉子，内胆一层水。外形设计为正方形，内胆和外壳之间装保温棉，内胆升温快，向外散热慢，外壳喷成淡黄色。在家用取暖炉市场，从里到外，独树一帜，来个开门红。

杨工从上班到下班，不离生产现场，亲自在铁板上划线，和工人一起卷铁板，不指手画脚，抬炉子的活也干，干一个工人的活。开始的四五天，每天生产两三个，以后慢慢上升到七八个，生产按部就班，杨工放心了，干了半个月，按我们商定的图纸费、工资，一块不少付给了杨工。临走说，技术上有难题，随叫随来，杨工是优秀的工程师，高级技术员，任劳任怨的八级工人。外面请到的技术师傅，我接触到的，杨工是第一人。

从八月投产，九、十两个月，陆续向各销售点送炉子，三个业务员，今天安排你送，明天安排他，四十几个销售点，有的送三四个，有的送七八个，最多几家十个。十月十几号，铁板用光了，不再花钱买铁板，不干了，结束生产。合计送出家用取暖炉，二百三十个，两个月后结账。

4

十一月底，炉子卖得差不多了，催业务员们开始结账。几日后，业务员们汇报，卖得太少了，有几家商店，一个没卖，有的店卖一个两个，账好结算，不费多少时间。

业务员小赵汇报，普集的利民店关门了，孙老板搬走了，送到的六个炉子，不知卖了几个。六个炉子三千多块，不能白白送给他，问明白他家住哪里，跑了和尚跑不了庙，到家里找他。

小赵打听清楚了，孙老板是普集镇孙家庄人，离普集镇八里地。一日，我同小赵一块去孙家庄，送涂料的车开到村头。我俩到大街找人问，街上没人。"孙老板叫啥名？"我问小赵。"叫孙维斌。"向前走几步，看到一个老头站在胡同头上，过去问："大爷，孙维斌家住哪条街？""不知道。""是这村的吗？""没听说过。"街上过来一中年人，小赵跑过去问："大哥，孙维斌家在哪？""村里没这人。"可能听错了，不是这村的，我和小赵串过一条胡同，从另一条街向回走，过来一年轻的女士，小赵又问："大妹子，这村有叫孙维斌的吗？"大妹子站住了，顿了一会儿："大斌子，有，有。""是不是孙维斌？""是，俺这地方，村里人不喊大名，只知道小名，我们是邻居，知道他叫孙维斌。""找他有点事，能领俺去吗？"大妹子回答得很干脆："他不在家，一家人出去干买卖，锁门了。"小赵接着问："去哪了？""不知道，听说在哪地方安家了。"

白跑了一趟，六个炉子没有下落了。

业务员老赵联系十几个经销店卖炉子，只有两店开张，一店卖了一个，二店卖了四个。卖四个炉子的店，在益都城郊五里堂，老赵去了三次，这家老板蛮不讲理，一锤子的买卖，业务不做了，不给钱赖账，打不行，骂不行，打官司，钱少不受理。老赵让我陪着去一趟，想想办法，能要回多少算多少。

去益都送涂料，经过五里堂，小店在路边。我同老赵进门，中年小老板坐在杌子上，不起坐不吭声，他认识老赵，知道来要钱，不理不睬。我俩在他对面站住，老赵朝他说："这是俺老板，今天把炉子钱清了吧。"中年小老板抬抬头："资金紧张，啥时有钱，给你。"我沉不住气了："老板不能那样说，啥时给钱，定个时间，不能老拖，一次给不清，二次。"中年老板说话带气："谁知道啥时有钱？有钱时候你不来，没钱来了。"老赵生气了："于老板来了，还不讲理，我跑多少趟了？想赖账！""没钱咋了？想打，想骂！"中年小老板站起来，瞪着两只睡不醒的小眼。"不讲理，咱走，赖两千块钱，肥不了他。"我拉老赵出门。

坐在车上，老赵两手还在哆嗦："不能便宜这家伙，二千块白送给他，想法子一定要回来。"我想起来了，在益都工商局工作的王大叔，干了三四十年工商，专同这些小商小贩打交道，退休住在益都，我去过他家，乡亲情意重，见面后很热情，找他帮帮忙。卸完涂料，找上王大叔，说完这事，王大叔二话没说："走，整不了这些家伙。"

回到五里堂进小店，老赵同王大叔走在前面，老赵先开口："老板，啥时给钱定个时间。""没钱。"刚说两字，王大叔向前一步，抓住衣领向外拽："走，走，找有钱地方。"中年老板愣住了。老赵在一旁解说："这是益都工商局退休老干部，俺老乡，你要动着他，有个三长两短，你负责。"王大叔向外拉他，小老板不走，软下来了。"哪说不给你钱，今天没有。""今天不拿钱，我拖你到局里。"王大叔不撒手，还拽着衣服，"你说今天给不给？""给，给，我出去借借。"王大叔松手，中年老板出门右拐，大约等了十几分钟，手里攥着一个纸包回来了，塞给老赵，"点清楚，二千一百六。"老赵点完，四个炉子的钱，一分不少。

还有一笔麻烦账，小潘送出的炉子，掉了两个收条，一家认账，炉子没卖，拉回来了。一家有五个炉子不认账，小潘去了两趟，这家店里还有三个炉子，老板只承认送去了三个，不是八个，想赖掉五个炉子。小潘同保管员反复对账，查询，就是送去八个。保管员陪小潘去了一趟，拿个账本，拿着出库单存根，没用，无收条，送来三个炉子。吃哑巴亏，有理难辩。

春节前结清了，总共卖出八个炉子，被人骗了十一个炉子，剩下的陆陆续续向回拉。销售点地方都小，大半年不卖，不能占用，拉回来的炉子，车间犄角旮旯放满了，院里放上两排。

费了人工，丢了铁板，白忙了半年。第二年决定不干了。卖不出的炉子，想法处理掉，联系了几家装炉子的安装队，大降价，只收材料费五折，三个月卖出一半。剩下的不能再放一年了，职工每人分一个，帮厂里排忧解难。

第七章　造家用水暖炉

第八章

擦鞋机问世

一
找
产
品

一九九三年，二弟从镇办企业吊风扇厂辞职，几个朋友合伙办厂，多种原因散伙，回家另找产品。

当年我干两个项目，墙体涂料和维修液压支柱。二弟回来后准备扩大生产规模。但是涂料销售有地域局限性，生产工艺简单，产品价格低，运输成本高，占价格的百分之二十，销售半径只能限制在一百公里之内。各县镇都有涂料厂，竞争激烈，利润甚微，扩大很难。

维修液压支柱，同国营煤矿打交道，困难重重。液压支柱的几个零部件，油缸、火柱、手把、底座，构造简单，分类修不复杂，每个部件结构不同，油缸要电镀，火柱要磷化，手把、底座，车、铇、铣都用上。修全部，设备搞不齐全，只能修两三种。产品是维修，先从厂家拉回部件，修好送回去，拉回的部件多，加班加点干，拉回来的少，停产等待。干产品，有调节余地，干维修，没有生产主动权。

两个项目，扩产无门，找新产品。

同二弟商量，从电气方面考虑产品。有朋友介绍，单股多股电线，市场销售很好，跑几个地方，找不到技术人才，只能放弃。

那几年倡导学校办工厂，政府机关办工厂，全民办工厂。有一位朋友，找生产近视眼镜厂家。二弟介绍了去省家电公司办的工厂，我同朋友一块找到省家电公司工厂，在济南桃园路一条胡同里，生产近视眼镜，还生产几样儿童玩具。厂长是省家电公司王副经理，去过吊风扇厂，认识二弟。我去见过这位王副经理，很厚道，没有机关干部的架子。同二弟商量，去找找王副经理，他信息多，电器产品了解得多，看看有没有适合我们干的产品，二弟电话联系，约好时间，去拜访王副经理。

这天，十点多赶到省家电公司工厂，在王副经理办公室，叙完家常，回归正题。王副经理山东工业大学毕业，电器专业，分配到省家电公司，从科员干到副总经理，技术型干部。走遍全省家电工厂，对家电产品了如指掌，小到电动刮胡刀，大到风扇、冰箱，王副经理都去过生产车间，精通这方面产品的生产工艺。王经理讲，干起来就不简单了，有塑料件，有铁件，有电机，看似很小的电动产品，同干大产品相差不大，麻雀虽小，五脏俱全。王副经理讲得很实在，他亲手操办的工厂，三年了，一直找不到合适的家电产品，家电公司的条件，谁能比得上，有资金，有市场，专业人才、技术人才都能找到，自己真干起来，不是想的那么简单，没有一定社会基础，就没有竞争力，到现在工厂还没有主导产品。

说话间，王副经理从办公室后面，拿出一台小东西，一米多高。一条镀铬杆，杆子下面一个电机，电机两头红黑的两只皮套。"啥玩意？"我问王经理。"上个月，家电公司领导们去欧洲考察，在英国一家商店，看见这件东西，问售货员，擦鞋机。擦皮鞋不用弯腰，一按电钮，擦得锃亮。国内没有的，买回来两台。"王经理继续讲，"我琢磨干这个产品，拆开一台，不复杂，一台电机，一条竖杆，一个开关，两只皮套。"王副经理指着擦鞋机，一样一样介绍。

"公司领导们决定上这个产品？"我问王副经理。

"总经理同意了，决定干，我们正在调查市场，考察新厂区。"王副经理对制造擦鞋机热情很高。

"筹备工作进行到哪一步了？"我问王副经理。

"已经派人去浙江联系电机厂家，塑料配件，自己干，买两台注塑机能解决，开关皮套几样小件正在联系。"王经理讲得很有把握，"中国市场，我派人转了几个大城市，还没有，办公室、家庭用很方便，发展前景很不错。"

二弟在吊风扇厂工作十几年，从工人干到副厂长，主管全厂生产，对风扇的生产工艺很熟悉，吊风扇，一个电机三只风叶，会干风扇电机，擦鞋机的电机，小菜一碟。二弟看看擦鞋机，问王经理："我干擦鞋机电机行不行？有百分之百把握能干好。"

王经理去过吊风扇厂，见过生产风扇的车间，对二弟很了解，立马同意两家合作，用我们的电机。来得早，不如来得巧，找产品没费工夫，回来准备生产擦鞋机电机。

二 筹建永泰电器厂

定下生产擦鞋机电机，马上找厂房。生产涂料、维修液压支柱的厂区已经挤得满满，两亩多地的一个地方，院里放着油缸，放着涂料桶，修油缸新建的六间车间，一间空地方挪不出来。

从涂料厂向南并排四家小厂，最南头是面粉厂，已停产三个月，面粉机卖掉了，两亩地的一个小院，十一间北厂房，六间西屋，生产电机正合适。找到村书记，一谈即成。

搬走面粉机的厂房，拆得地面坑坑洼洼，面粉机穿墙的地方，掀得断壁残墙，房子要整容，地面重铺混凝土，墙面粉刷，天花板重扎，旧貌换新颜。

办公室原有一间，再加上两间。院大门很破了，拆掉，换新的。院子清理得干干净净，经过十几天的紧张劳动，擦鞋机电机厂，建得整整齐齐，有条有序。

厂房有了，办营业执照，挂牌生产。先酝酿厂名，名正厂顺，琢磨了几天，找出两个厂名，永泰，华泰，到工商局办证，同行业不能有重名。解放前，祖父在上海开了一家小商店，店名叫"永昇泰料货店"。祖父的名，振昇，振是辈分，昇是名，祖父给孙辈起好了名，如是男孩，叫"国泰"，国是辈分，泰是名，店名称"永昇泰"。一九六〇年我去上海，记得清清楚楚。起厂名了，想起了祖父在上海的店名，找出起名的书，仔细查对，按笔画计算，"淄博永泰电器厂"，是个吉祥数，第一定"永泰"，如有重名，批不下，第二用"华泰"，到工商局申报，全国电器电机行业，没有"永泰"，确定厂名"淄博永泰电器厂"。有一家华泰，在浙江，我们同行，老板与我同庚，一张桌上吃过几次饭，同供几家主机厂电机，竞争对手，却相见甚欢。

制造电机刚起步，不用大机器，买两台冲床，两台车床，其他都是小设备、小机器。邻村刘瓦，冲床生产基地，一百五十多家，打电话马上送到。买新车床，没有资金，章丘市刚建一处旧机器市场，买两台车床，花一台新车床钱，七八成新照常用。其他小机械小设备，电焊机，钻机，铸铝机，绕线机，渗漆机……十几种，每样买一件，小批量生产，产量大了，再陆续增加机械设备。

上产品，第一步先有资金，修修厂房，小打小闹，零零碎碎花了五万元，买机器设备不细算，要五万多元，后边买材料再说。急用资金十万元，自筹六万元，还缺四万元。

找到农村信用社信贷员小齐，一脸无奈的表情，资金紧张，银行的贷款指标用完。有还贷款的单位或个人，不再续贷，可以挪给你贷。多余的贷款当前一万元没有。这几年民间借款兴起，银行存款减少，民间借贷利息高，急用的再高也要借。

同信用社交往，从生产队开始，我们生产小队搞副业，一次贷款三千元，一九七九年，一笔大贷款，全公社大队贷款没有几家，小队贷款第一家，信用社郑主任破例发放。一九八二年自己办厂，信贷员小齐负责这一片区，小齐为人正派，喝酒爽快，办事利落，我们很投缘，陆陆续续给我两千元、三千元的贷款。投资涂料设备需用两万元，找到小齐，小齐请示信用社主任，个体贷款不超一万元，商量了几天，破例给我贷款两万元。放款理由，信用社评出的个人贷款信誉户，我忝列其中。今年信誉再好，没有款，只能等，等贷款的户数多，还清贷款、不再续贷的很少，等了十几天，小齐来电话，有两万元马上来办，先照顾信誉好的客户，办了两万元贷款，还缺呢。

一日去昆仑，见到路边一个两层小楼，挂着城市信用社的牌子，打电话问昆仑的老同学，回答说是刚成立的银行，政府办的。

世交老乡陈老师，按祖辈喊陈爷爷，在昆仑开小工厂，我俩是忘年交，往来不断。从租赁站办完业务，去他小厂喝茶，谈到了城市信用社，陈老师信心满满，说同主任认识，同信贷员小房是朋友，经常一起喝酒。我谈到生产擦鞋机电机资金有缺口，请请信贷员，能不能贷几万元。刚说完，陈老师骑上自行车，去信用社了，信用社不远，打电话不如当面说得清楚。

不一会陈老师回来了。"小房等会就来，我提了提，能行。"陈老师未坐下，一边倒水一边说，"小房很好，忠厚实在，说话办事，有一说一，有二不说三，问题不大。"

"啥时候成立的城市信用社？"我问陈老师。"三、四月业务才开展，专为个体小厂服务，挺方便。"陈老师的业务全在城市信用社办，我们聊了十几分钟。小房来了，个子不高，黑黑的脸庞，面带笑容。我介绍了产品、厂里经营状况，陈老师一边敲边鼓，两个产品，一个液压支柱，一个擦鞋机电机，要扩产，产品销路很好，资金不足，急需几万元。小房话不多，谈到信用社刚成立，业务不到三个月，资金不能只放到大客户，小额贷款还有，照顾小厂，个体营业户。答应给我办三万元，解决当时资金不足的大问题。

厂房解决了，生产电机占用一半，还有扩大产品空间。机器设备该买的去买，自己能做的动手做，已经准备得差不多了。第一步，开工投产，资金凑够了。天时地利占了，还缺人。

生产电机不同一般工业产品，找一位工程师，按部就班，马上出产品。电机不复杂，内行的指导指导，能出产品。把电机干好，没有一段时间干不出合格产品。二弟在吊风扇厂，从工人干到负责生产的副厂长，对电机生产很了解，没有熟练工人，没有懂业务的车间管理人员、技术员，半年做不出合格产品。比如绕线压线，两三天学学就能干，要干得整整齐齐、利利索索，百分之九十九不出次品，需用两三月时间，即使小工序，插纸、钻孔、拧螺丝，也有一个过程。能找上干过电机的管理人员，熟练工人，一个月，最多不超两个月，能干出合格电机，如果全是新手，半年干不出来。

二弟四处打探，吊风扇厂的主任技术员，下岗的，辞职的，收拢过来，擦鞋机电机越快越好。磁村镇地面不大，三里五村，信息传得快，不几日，请来了车间主任小陈，技术员小王，压线工小李、小张，七八个吊风扇厂的工厂干部，每个岗位上的人马招齐了。班子拼齐了，敲锣打鼓，登台开戏，擦鞋机电机，很快出厂。

擦鞋机电机同风扇电机，大同小异，外壳、转子、定子。二弟熟悉电机的全部制作工艺，只在外形、转速上稍做改动，马上组织配件，能自己生产自己干，不能自己干，找外协单位加工。吊风扇厂的老工人，招来了七八个，筹备工作，紧张有序，计划两个月做出电机，形成批量生产。

电机壳用铸铁，邻村有铸造厂，给他们实样图纸，半月能做出样品。定子用硅钢片，邻镇的冶头，冲压基地，几百个加工厂，找上两三家，答应半个月做出模具，一天能冲几十个定子。

转子的轴，加工看似简单，要求精度高。擦鞋机电机几乎没有负载，每次只转几分钟，电机不发热，不超载不会坏，合格率百分之百。主要指标，噪音的控制。这条小轴精度要求，比大电机轴要高，装轴承的两端，公差极小，通心度极高，拧抛光皮套的丝，一头是正转，一头是反转，这两头丝小厂不会干。博山电机厂三分厂能干，价格高得离谱，淄川锅炉厂，加工车间，只能车完轴，铣上丝，没有磨床，另找厂家磨，昆仑矿务局总厂二分厂能磨，每条三元。比筷子稍粗一点的一条小轴，两厂加工费合计，八元二角。跑了十几家厂，价格降不下来。

租赁站王副站长，介绍天津一家厂，专业加工各种电机轴。马上去天津，找到了这家厂，国营企业，生产各种机器电机上的轴，上百个品种。我拿出实样和图纸，计划员反复核对计算，定价五块三。下订单半月交货，先打款后付货，签下五千条合同，高高兴兴回来了。一个星期后，收到这厂的电话，我走后，车间主任算了一遍，五块三干不出来，赔钱，要干的话，重新签合同，每条加一块钱。罢了，我另想高招。

三弟从上海回来，看望父母，闲聊中，说到电机轴的难题。三弟介绍，上海四川路的五金市场，机器配件应有尽有，回上海后去转转，能不能加工电机轴。

三弟在新世界百货商场工作，去四川路很近，过两个马路，十几分钟。三弟回到上海后，回电话，联系了几个商店，有图纸能加工。我带上样品图纸去上海，三弟陪我到四川路五金市场，找到一家门面较大的商店，温州人开的，小老板拿着图纸看了一遍，又看看实样，很有把握地说，好干得很，保证百分之百符合图纸要求。明天报价，等温州的厂核算。

第二天我一边逛南京路，一边向四川路走，约定十一点后去谈价格，溜达到四川路五金店不到十一点。小老板笑眯眯地让坐、泡茶，昨天我已经介绍了电机轴的用量，每月四五千条，价格与数量有关联。喝完一杯茶，小老板等我先开口。"价格核算好了吗？"我问。"算好了，厂方报过来了，按批量算，不谎报，没有水分，最低价，每条二元七角，带发票。"我一听，不太相信，南北说话口音不同，我追问一句："是二元七角一条吗？"我伸出两个指头晃了晃。"对，二元七角，不说谎的。""七角去掉，二元整。"我半开玩笑对小老板说。"每条赚你一角钱，觉得不合适，可以到其他店问问。"小老板不慌不忙地回答。

是我现在成本的约三分之一，不可思议。早就听说温州人做生意厉害，厉害到这种地步，北方人的工业产品怎么做。

"价格不争了，质量要确保。""一条不合格，赔十条，下订单七天交货。"第一批五百条试用，签合同，我带着合同章，一式两份，签字盖章。苦恼半年的大难题，解决了。

电机壳，找到商家镇一个铸造厂，十几年老厂，生铁铸造，加工完总有气孔，打上腻子喷上漆，不难看。干完第一批，送到济南擦鞋机厂，验收合格，技术部提出要求，外壳再光亮一些，效果更好。回来和铸造厂商量，解决气孔问题，进展不快，大气孔少了，小气孔解决不掉。有一次送来的壳子，放到一堆废油缸旁边，割下的油缸头放了一堆。无意中发现油缸的外径同电机壳子差不多，拿卡尺一量，巧得很，外径去三四丝，内径去几丝，正是一个电机壳。太漂亮了，钢壳子，锃亮锃亮的，废物变宝。轻轻地喷上一层漆，外壳比济南擦鞋机厂从浙江购过来的电机的外壳更漂亮。开足马力，生产电机。

四 擦鞋机上线

　　擦鞋机电机批量生产，给省家电公司擦鞋机厂送去三批，质量合格，王经理很满意。洛口新厂已建成投产，王经理邀请去参观。王经理介绍，新厂在洛口的西边，离市区很远，很偏僻，不通公共汽车，出租车找不到地方，一片荒野，新建工业区，必须自己带车去。借朋友的桑塔纳，直奔擦鞋机厂。

　　王经理介绍的路线，容易找，我对济南比较熟。从北园路到长途汽车站右拐，走济洛路，接近洛口，见一加油站，左拐，见新修一条柏油路，一直向西，走到公路终点，即是擦鞋机厂。

　　王经理领我们参观新厂，一边走一边介绍，省家电公司去年批下来四十多亩地。第一期建一个车间，正常运作起来，明年再建一个车间，这片地能建三个车间。说着说着进了车间，已经正常生产一个月了，三台注塑机，只占车间三分之一的地方。擦鞋机上的塑料底座，电机端盖，手按开关，七八个部件，在这三台注塑机上干，每月产能五千台。看完注塑机，随王经理上二楼，二楼安装一条组装生产线，三十几米长，七八个工人在装擦鞋机，组装线一头，两个工人装开关。二弟不随我们走，停在生产线旁仔细看，一直到我们走出车间，二弟才追上我们。

回到办公室，王经理把家电公司的设计方案和规划讲给我们听。建厂前公司派出工作人员，调研市场，青岛、烟台、潍坊，省内几个大城市，靠近山东的天津、北京、石家庄三个大城市，跑了一个多月，同几家大商场的经理们座谈，小家电有市场。第一年每个城市销售两千台，毛毛雨，第二年五六千台，一亿人口大省，加上周边一亿人口，两亿人口的消费市场，每年十万台，很轻松。慢慢向全国各地扩散，计划第二期工程年销售五十万台，第三期一百万台。两个车间能有一百万台的生产能力，第三车间，计划上其他家电产品。厂区向北，全是工业建设用地，几年后再向北扩建。

听王经理讲完宏伟远景，我问，全国其他地方有没有生产厂家，听说福建有一家准备生产，已经从浙江电机厂买走一批擦鞋机电机。王经理继续讲，中国市场太大了，他们在南方，我们占领北方市场，很难碰到一起，抓紧扩大电机生产，明年你们两家恐怕供不上电机。我保证供电机及时。王经理稳重干练，不是夸夸其谈、不干实事的人。

从擦鞋机厂回来，反复回想王经理的话。家电公司对家电市场不是外行，不会盲目下结论，随着社会进步，经济发展，生活水平提高。日用小家电，水涨船高。擦鞋机的主要部件，即电机，能生产电机，生产擦鞋机，小菜一碟。同二弟一讲，不谋而合，二弟在擦鞋机厂看生产线就有此想法。两人觉得生产擦鞋机，有发展前景。

如果我们另立门户，生产擦鞋机，需要注册商标，跑市场。同王经理有冲突，产生矛盾，王经理面子上过不去。同二弟商量，去找王经理，联合生产，互不冲突，共同发展。若王经理不同意，再另寻他法，主意已定，择日去济南拜访王经理。

第二次进擦鞋机新厂，见到王经理。几句家常话步入正题。我把想法全盘托出："上次听到你的远景目标，非常感动，回去后，我们筹备扩大电机生产，跟上你的步伐，既然市场这么大，能否联合生产擦鞋机，我们上一条组装生产线。你用我的电机，我用你的塑料部件，两家部件合二为一，你中有我，我中有你，用一个商标合作生产，协同销售，快速占领市场。"听完我的话，王经理沉思了几分钟。"说得有道理，可以考虑，不过我上面还有领导，这件事汇报给公司一把手，批准后，谈联合的事。"听王经理的话，他同意，两厂互惠互利，扩大生产，只会双赢。回来等王经理回话。

几天后电话来了，王经理同意两厂合作。具体细节，双方考虑几天，再到济南签协议书。

在王经理办公室，双方谈心似的交流合作事项。王经理说公司总经理批准了，首先讲明是联合生产擦鞋机，不是合伙合股，两厂生产、销售，互不干涉，独立的两个厂。我举手赞成按这种方式合作。谈零部件价格，电机已经定好价格，塑料部件，没有价格表，王经理派人到其他塑料厂了解，一般产品，原料价格基础上，加价120%，把模具费分摊进去，还有机械折旧、管理费、工资税金等。比如塑料原件，每公斤十元，产品二十二元。两家厂用一个商标，对外宣传一个公司，两个生产基地。双方互相计算零部件费用，你用多少台电机，我用多少件塑料部件，总计款项相抵扣，其他费用一概没有。我来之前，考虑使用公司的商标，每台擦鞋机交多少钱，王经理大度，用公司的商标，不收费。完全同意王经理的协议条款，省家电公司擦鞋机厂注册商标的"鲁文化"牌两厂共用。生产厂址，说明书上各写各的，售后服务，联系电话，各写各的，明明白白，互不干扰。

销售不能碰撞，划划片区，王经理有计划，第一年，他们的擦鞋机厂销售，济南、青岛、烟台、潍坊。永泰厂在淄博及周边、泰安、滨州，其他城市暂不去，第二年扩大到全省，永泰厂再增加两三个城市。省外城市销售，互相打招呼，一个城市不能两家都去，销售不签协议。君子成人之美，一言为定。

这次济南之行，收获很大，加足马力，随家电公司上个台阶。

五. 挺进市场

　　擦鞋机的大部件解决了，小部件，毛套，手扶杆，包装盒，纸箱，自己动手，联系加工户，找厂。不能依靠济南擦鞋机厂，国营厂七嘴八舌，给王经理添麻烦。两个月筹备，擦鞋机独立装配，小批量生产，推向市场。

　　第一步，跑各区县百货商店。五区三县一个不能落下。先去淄川两大商场，华联、东方。西关桥头一边一个，找到经理，同意销售，方式代销，货架上挪个地方，摆上四五台，售后付款。派业务员去张店、市政府驻地，大型商场五六个，都同意代销，不出一月，淄博市的各区县百货商店，货架上增加一个新产品——擦鞋机。

　　产品扩大知名度，必须做广告。去淄博日报社，进门问广告部，门卫回答，广告部不在报社内，向西过两条马路，另一个院内。问到了广告部。在院内二楼。工作人员热情接待，我把说明书展现在桌子上。一位三十几岁的小伙子，拿出几张刊登广告的报纸，指着讲解。一个整版，半版，四分之一版……一个版面最少登十五次，整版十二万元，半版六万元……八分之一、十分之一的加上几行字，不低于八千元、六千元。讲得非常细，定好版面大小，再研究画面、文字、广告语。一听广告费，怵头了，组织生产的三万元还是借的。能拿出几万元做广告？而且不是一次见效，要几次几次做下去。思量了半小时，同广告部小伙子东拉西扯，最后定下只做文字广告，无画面，一行字，一月十五次，三千元。希望淄博的读报人，能留神细心看到。当年电脑极少，无微信，看报纸的人很多。广告登出一周后，有反应，有效果，陆续有电话来询问。

一日独坐办公室喝闷茶，一辆天津大发黄面包车开进院子，从车上走下两人，西装革履，手提公文包，朝办公室走来，不像政府官员，不像跑业务的。起身迎到门口，招呼客人沙发上坐，泡上两杯龙井茶。接过茶，一位从口袋掏出名片，双手捧给我。"嗷，鲁中晨报社记者，欢迎欢迎。"说完我从桌子上拿名片递过去。

"于厂长，请问，擦鞋机是你厂的产品？"看着两亩地小院，几间破厂房，记者半信半疑。

"我们刚开发的新产品，全国独一家。"我抬高嗓门，底气十足，高调回答。《鲁中晨报》，没见过，没听过，招摇过市的骗子吧？心里琢磨，反正拿不走钱，看看今天有啥骗术。

记者聪明，我怀疑的态度，看得明白。递名片的记者，不慌不忙从手提包拿出几张报纸。"上个月刚组建的新报纸，请于厂长过目。"

"在济南哪条街？"我只看"鲁中晨报"四个字，没看地址。

"不在济南，咱淄博办的报纸，在张店。"记者回答。我看着报纸，又仔细看名片，记者大名：苗路。

苗记者说明来意："在《淄博日报》上看到你的广告，生产电动擦鞋机，很了不起。大胆创新，有时代感，我们晨报，免费为你刊登几期广告，如果同意，咱们商量版面。"怎么不同意？送上门的馅饼，非常欢迎。苗记者指着报纸的一版面广告说，先登四分之一版，放上擦鞋机照片，写上几句广告语。我去拿图片，有现成的。从仓库拿来一个装擦鞋机的盒子，盒子上的图片，很美观，很吸引眼球，济南擦鞋机厂设计的，一名美女微微一笑，着红色的高跟鞋，轻轻按动开关。苗记者马上同意，就用这个图片。"用啥广告语呢？"苗记者自言自语，在办公室走来走去。相对无语几分钟，我忽然想起"踏花归去马蹄香"的诗句，顺口说出"轻轻一按脚下亮"。画面上的美女，一手按着扶杆上的开关，擦完脚上的皮鞋，刚刚离开皮套，没落到地下，犹如踏花归去的骏马。苗记者双手一拍，好！就用这句，恰如其景。说完广告词，喝了两杯茶，中午请苗记者吃饭，苗记者执意不留，报社刚成立，千头万绪。约定去报社拜访。

一日下午，从临淄建安公司回来，顺路去鲁中晨报社，拜访苗记者。鲁中晨报社刚筹建，租借老邮电局的房子，从中心路到杏园路口，向东一拐路北，二十世纪六七十年代的淄博市邮电局。记住了苗记者的交代，上午出去采访，下午在报社。

问清了，在二楼办公，进办公室，苗记者在整理稿件。
"请坐，请坐！寄给你的报纸收到了吗？""收到了，版面很
漂亮。""不知社会反应怎么样。"苗记者开门说正题。"市
政府对晨报很重视，从淄博日报社抽调骨干，帮助办报，计划
办成淄博的第二大报纸，扩散到周边地市，起名'鲁中'嘛，
不限淄博一地。"苗记者讲，我聚精会神地听。

讲完办报，讨论我们下一步继续刊登广告。价钱比淄博
日报社要低，只有其三分之一，最后商定，同样版面，只付淄
博日报社的四分之一，优惠再优惠。每周刊登两次，连续三个
月。苗记者是广告部主任，不用同别人商量，一口定价，签完
协议，打道回厂。

两份报纸做广告，朋友们建议到电视台做广告，影响力
大，见效快。询问一下，画面的制作费几万元，每次播出三
秒、五秒，播几次，几万元，做最简单的画面，在规定时间，
按最少播放次数来算，合起来十几万元。志大财短，做不起，
写上两句话，在电视上放放，字幕广告一闪而过，五千元能
办。电视上露露脸，广而告之，电动擦鞋机上市了。

报纸广告做了，电视广告登台了，心急喝不了热粥，慢慢
来，面包会有的，牛奶会有的。

送到各百货商场的擦鞋机，有回音了。淄博百货大楼来电
话，送去的十台已售完，再送二十台，第一家来电话要货。随
后几天，博山百货公司催要，送去十台。淄川的华联、东方卖
了两台，临淄卖得不错，两家商店卖出八台，桓台、周村都卖

出几台，销售形势很好。

进十二月，淄博的工商银行举办年会，来提走八十台，发年终奖。镇办华岩贸易公司来提三十台送礼，镇经委买了四十台，信用社买了二十台，昆仑、淄川几家工厂走访客户，买十几台。十二月销量大增。

十二月末的一天，来了一辆桑塔纳车，车上下来两人，进办公室问，是不是擦鞋机厂，口气中不相信的样子，要买擦鞋机，问有没有现货，我问多少台，大约三百台吧。他俩东张西望，说能不能到车间看看，一个大买家不能放掉。擦鞋机生产车间，不在办公室这个院里，这院子修液压支柱、生产涂料。我领他俩出院门，向南走两百米来到擦鞋机车间，两人进车间，不住点头，笑眯眯地跟我回到办公室。两人是齐鲁石化电厂的，年终开会，发奖送礼，买三百台擦鞋机，没准备马上提货，先预订，交了一万元定金，下月十号送到。最大一个订单，心跳不止，送走客人，坐在椅子上喝了一杯茶，下午开会，加大生产量。

春节前的两个月，擦鞋机销售两千三百台，到腊月二十五，还有来提货的，加班到腊月二十八放假。正月走亲访友，商家企业拜年，有来买的，备下两百台。会计结完账，账上存十二万元。办厂十几年，第一次年终有存款，从生产涂料到维修液压支柱，年年资金紧张，花得光光，过完年上班，发愁。今年会计高兴地说，上班买材料，够用两个月。

生产擦鞋机，第一年开门红，明年扩大生产，走出淄博，向全国进军。

六

风云突变

春节后，正月卖了二十几台擦鞋机，从三月到六月，几乎没卖，各大商场无人问。生产了五百台放仓库，流动资金没有，库存不能太多，暂时停产。半年没到济南擦鞋机厂，带上大头车去济南了解了解情况，交流交流。

到王经理办公室敲门，没人应声，门锁着。隔壁是曹厂长办公室，曹厂长在办公室，同一名干部谈工作，谈完话说，今天王经理陪女儿看病，没来上班。同曹厂长聊聊市场情况，上半年销售不乐观。青岛烟台卖得很少，比预计情况差一大截，济南十几家大商店，只卖几百台。商店经理们反映，自己掏腰包买的人少，大多是发奖品，送小礼品。计划向南方市场发展，江浙一带经济发达，先到苏锡常和上海打打市场。曹厂长是省家电公司的科级干部，有实干精神，王经理选来的，组建擦鞋机厂。聊到十一点，王经理没来，可能下午来，我要到市里买内径百分尺，下午再来吧。

下午两点来擦鞋机厂，等到三点，王经理没来，那年代没有手机，不等了，随便交流交流，没有急办的事，过几天再来。

从济南回来，不知不觉快一个月了。上次没见到王经理，再去一趟，进擦鞋机厂，推王经理办公室门，锁着。正巧碰到曹厂长，我问："王经理没来上班，出差了？""进办公室谈吧。"曹厂长带我们进办公室，沉默了几分钟，倒上水。"王经理住院了，上次你来那天，他陪女儿去看病，自己觉得头晕感冒一块看看。医生让他做 CT，片子出来，不让他看，医生让他第二天同陪护人一块来。第二天，妻子同他一起去，医生让住院，他问啥病，医生开始不说，瞒不过去告诉他脑瘤。王经理一听两腿发软，下不了楼梯，妻子和司机小张架着他下楼的。查出癌症崩溃了，住院一个月不见好转。"曹厂长说得很沉重，我接上一句："一个月了，病得不轻。"

曹厂长是王经理的副手，管生产。王经理是省家电公司的副总经理，擦鞋机厂书记兼厂长，副总经理职级比厂长高，平时不叫厂长，称经理。曹厂长是副厂长，平时见面都叫曹厂长，王经理不上班，曹厂长主持工作。

听到王经理住院，必须到医院探望，过中山公园就到省立医院了。十二楼肿瘤病房，躺病床上的王经理，同一个月前判若两人，瘦得皮包骨头，眼睛用力才能睁开，说话声音低头才听见。"不行了，不行了。""好好养病，过几天就会出院，现在有好药，很快的，很快就能康复。"好听的话再怎么说，王经理还是摇摇头，眼里含着泪，不能久站病人床前，十几分钟匆匆离开，心里不知啥滋味。

三年前，二弟介绍我去桃园路工厂。第一次见到王经理，一米八的个头，不惑之年，刚升任家电公司副总经理，走路带风，说话掷地有声。干部气度，朋友面孔，待人接物平易近人，我陪陈老师去购买学生用近视眼镜，价格降到最低，中午还招待酒宴。

两年前搬进洛口新厂区，投入擦鞋机生产，贷款建厂跑市场，拉起一支家电新生大军。第一年，扎根鲁中大地，第二年计划挥师苏北、苏南、浙东、浙西，第三年，进军东北三省，宏伟蓝图远大目标，三年内占领全国市场。非常振奋，非常鼓舞，岂料人算不如天算，出征半途，主帅卧床了。

一年前帮我上擦鞋机，扶我上马，送我"鲁文化"招牌。刚刚站稳，刚刚开辟市场，刚刚展翅起飞，刚刚开花未结硕果，王经理不管了，走出省立医院大门，久久不能平静，愿上苍睁眼，奇迹出现。

一日拉擦鞋机塑料配件的车从济南回来，随车去的业务员告诉我，前天王经理去世了。离我去济南看望他，才二十几天，从住院到离世，业务员听济南擦鞋机厂保管员讲，差两天两个月，太快了。

一个月后送去两百台电机，打算拉回四百份塑料配件，只拉回一百份，业务员讲，车间生产不正常，进不来原料。

抓紧去济南擦鞋机厂看看情况，去的这天没见到曹厂长，出差了。车间主任东野跟我聊了聊厂里的情况，自从王经理住院，不来上班，三个月了，厂里乱七八糟，生产三天开工两天停工。曹厂长人老实，忠厚能干，管生产没问题，管得有头有尾，全盘掌舵，有差距了。天天忙得晕头转向，东奔西跑，拿不出整体计划。原来王经理，每月出差几次，到外地跑跑市场，平时在办公室喝茶，到车间转一趟，很悠闲，不慌不忙，像没事干。现在厂里乱了套，曹厂长开个干部会，开不起来。听说公司派新厂长来，到现在没来，看看下一步怎么干。东野主任讲了一个多小时，厂里其他领导不认识，不久留，听完就走。

担心的是新厂长来了以后，合作怎么进行下去，商标同不同意继续用，部件还能相互交换吗，市场销售如何分配，有冲突能顺利解决吗。换走主帅，一大串问题会出现，不能不早做准备。

擦鞋机厂的小樊，七八年前在家电公司工作的时候，二弟同他熟悉，有过一段交往。建完擦鞋机厂，从公司调来任销售部副经理，跑业务，我在擦鞋机厂同他见过面，认识。一天中午，突然来找我，幸好没出差，无事不登门。

小樊大学毕业，分配到省家电公司。计划经济年代，能分到省级单位上班，优秀生，高才生。他在擦鞋机厂业务干得很出色，这天来，三句话不离本行，说完擦鞋机销售，谈厂里的现状。王经理生病去世，曹厂长代理一把手几个月，不能胜任。从公司调来新厂长，行政干部，外行，工作两个多月了，没入门，比曹厂长管理还差，一窍不通，摆公司大领导架子，开会学文件，大道理讲得一套一套，批评人句句有理，但企业发展拿不出办法，几句话就卡住。银行贷款已过期两个月，还不上，经常见银行行长们去催，新厂长束手无策，只能在办公室叹气。小樊讲这样下去，不到年底就能关门，公司像王经理这样懂业务、懂管理、能脚踏实地干工作的干部，没有了。几个副总，年龄大了，等退休，几个科长，吹牛皮，讲国家大形势还可以，干企业没门。

说完了厂里的情况，小樊说今天来办的事。从我厂提擦鞋机，到他负责的商场销售，一个牌子，不用费力，顺理成章，卖完结账。给他销售政策、运费、提成费，来得突然，没有先例，他先提要求，提条件，先回济南。我同二弟议一议，他赚得多，我擦鞋机能卖得多，双赢，皆大欢喜，下次来签协议。

小樊来得及时，提供的信息更及时。前几天我同二弟一块闲聊，还认为新厂长上任，最坏打算也能干一年两年，双方业务可能出现不协调，没想到变化如此之快。小樊是局内人，他看得清楚，咱只看一层皮，不管何种情况，早做打算。

七 宁波之行双丰收

给济南擦鞋机厂生产电机，办理的营业执照上面，经营范围：电动擦鞋机配件，电动擦鞋机。早有准备，经营产品加上了擦鞋机，自己生产擦鞋机，执照不用变更，商标用的是济南擦鞋机厂的，自己独立经营，另行注册商标，会计去工商局，办理永泰牌商标。

擦鞋机上八个塑料部件，不能等到济南擦鞋机厂停产，现在马上找塑料加工厂。定做需要周期，最快两三个月。章丘地区塑料模具厂多，塑料加工厂多，先去相公庄寻寻。找到当地最大一家塑料厂，做模具的同时生产塑料件，我们是外行，只听对方算成本。我带去了塑料部件十样，称出重量，加上分摊模具费，三大塑料部件，一合计，成本比济南高出一倍。不能定，又跑两家塑料厂，价格差不多。这一片区塑料厂、模具厂信息互通，报价上下差10%，回去另找厂家。

临淄依托齐鲁石化，衍生出很多塑料加工厂。销售涂料的几个客户，人脉很广，找他们介绍几个塑料厂。第一站，到临淄建安公司。先找到刘经理，刘经理十六岁参加工作，闯荡三十多年，认识工厂企业很多朋友。说完今天来托办的事情，刘经理放下身边工作，马上领我去一家塑料厂。这家塑料厂在东风火车站对面，厂长同刘经理很熟。我把三大塑料件放到桌子上，厂长叫来技术员，拿这塑料件去称称，技术员拿着走了。

"一个月需用多少件？"厂长问我，不会胡扯，提上一两倍数。"每月三四千。"我说的还不全是实话。

"量太少，你这个件，一个班能打七八百，一月用量三四个班就干完了。刘经理是我老朋友，不好推辞。"塑料厂老板嫌数量少，勉强接这活，价格不可能低，我不问他不说。北方人爱面子，当着朋友的朋友的面，说明了难为情，留下几句客气话，算好价格，刘经理传给我。

几日后，刘经理通知我的价格，比相公庄还贵几毛。

三个装开关的塑料小件，找了几家塑料厂，大一些的厂不接，嫌部件小，小厂干不出来，加工有难度，技术要求高，在淄博周围找不到加工厂。托小樊了解济南擦鞋机厂，从南方哪家进货，不到处跑了。北方的塑料厂，每年倒闭不少，温州占领了全国市场，小樊搞来了塑料厂地址，专程去一趟。

既然要到浙江采购，几个塑料大件何必在周围乱窜？"打"过长江去，"解放"全部塑料部件。

淄博塑料四厂李老同学，提供了浙江一家塑料加工厂。在慈溪市长河镇，从杭州转乘火车，余姚下车，乘公共汽车直达长河。按图索骥，找到了塑料加工厂，普通农村大门，民居小院，没有厂牌，半亩多地。环视一周，十几间房子，办公室一间。小老板三十出头，瘦瘦的，南方人体型。前几天老同学托朋友去过电话，小老板知道我这几天来，看了看几件擦鞋机部件样品，拿来天平，分别称了称。小老板说着生硬的普通话："做模具一个月时间，模具搞完，何时要货，都可以的吗？"

"价格要一步到位，不要谎报，我是从山东跑来的。"我看着小老板用计算器算，在计算每件的价格。

"价格嘛，放心好了，不多要的，算一下，一个一个来。这个大的五块三，这个嘛，两块二，这两个三块六，加起来十一块一角，一角去掉，一套十一块。"小老板说得轻松，比济南价格便宜三块。

我试着搭上一句："去掉一块，十元整吧。"

"老板，压到最低价了，朋友介绍来的，不多要钱。附近有几家塑料厂，你可以去跑跑，哪家合适定哪家，没关系的。"小老板南方人面孔，北方人风格，谈到这份上，签协议。

不到一小时，业务办完了。一件小塑料件，南北方厂价格差别如此大，看人家有啥高招。小老板带路参观塑料加工厂，西边的高房子，有四台注塑机。小老板指指大的两台，三百克的，能搞大一些的配件，指指小的二台，两百克的："你的配件，在这台干就可以。"转到南边四间屋，并排十台手拉注塑机，不用电机带动，立式最小的注塑机。制作几克重的小塑料件，电炉丝加热，塑料颗粒注到模具，手向下一拉，上下模具合并，停几秒钟，手一松，上模自动上提，产品出来了。我捡起两条小塑料管，小老板指一指："圆珠笔杆。"

来到北屋，坐着八位女工，每人面前四个纸箱。四种不同的小塑料管，只听到"噗噗"，女工们双手麻利地组装圆珠笔。小老板拿起两支，递给我，出口欧洲国家，小老板解释。"一个月多少订单？"我问小老板。"我们只管做，外贸定期来拿，十几家厂干，订单外贸公司搞。"我又问："一支笔赚几毛钱？""哈哈，还赚几角呢，二分不到。"

小厂，小产品，出口欧洲，赚几分钱，滚出金山银山。我们淄博人不屑一顾的小产品，送江浙，成就了一大批后来的大企业。

"中午吃吃绍兴老酒。"小老板挽留吃午饭，时间紧，不能住，赶回宁波，明天确定开关。

宁波住一夜，早餐后，乘八路公交车到终点。问路人，某塑料厂有多远，还有十几里路，位置在鄞县。只好搭出租车，恐怕司机听不懂北方话，我拿出写好的地址字条，交给司机。上车的地方在湖边，汽车绕湖走了大半圈，拐进一条石板路，大约走三四米，停在一个小村路口，司机讲，这村就是。一老者站在路口，问了两遍，听清楚了，顺着胡同走到头，就是塑料厂。

顺着石板路几分钟走到头了，崭新的两扇大红门，进门迎面一中年妇女，我问："是塑料开关厂吗？""是的是的，请进。"家庭工厂，没听到机械的响鸣声，在堂屋的沙发上坐下，进来个小伙子："山东来的，乘火车好辛苦哦，接到小樊的电话，知道你要来。"边说边泡茶。"小村好清秀，前边是太湖，后面是青山。"我搭讪几句。

我喝茶，小伙子出门了，不一会儿拿来两只开关。"是不是这种开关？擦鞋机上装的。""对对，我的厂生产擦鞋机，开关从济南擦鞋机厂进货，前几天刚知道你的厂生产开关。"

"怎么不从济南进开关了？"小伙子问。

"我们两厂合作生产擦鞋机。我生产电机，济南厂生产塑料部件，合作得很好，王经理，去世了，厂里变化很大。"我说到这里，小伙子抢过话："王经理去世了，什么毛病？""肿瘤，恶性的。""我们见过一面，人很好的，英年早逝，英年早逝。"小伙子摇摇头，没再说下去。

我们的业务很好谈，正常用的开关，质量价格不用重新商讨，双方见个面，另敲锣鼓另开戏。我直接从他这里进货，也算新建业务关系。小伙表态，随时下订单，随时发货，包满意，半小时业务谈完，小伙子带我参观车间。

从西边屋角拐到后边，进另外一个院子。组装开关三间屋，六名女工装开关，好多品种，我问小伙子："你生产多少种开关？""三十几个品种。""看看你的塑料制品车间。""塑料部件从其他厂进，我只生产铜片，不搞塑料产品。"小伙子又带我到右边的三间屋，屋内并排六台小冲压机，六个女工，每人操作一台，冲压各式各样的铜片，都是开关用的，薄的厚的，一厘米半厘米，方的圆的都有，多半是铜片，也有铝片。

参观完车间，走到院里，抬头望见后边的山，一片橘子树。"看看橘子。"小伙子邀请。"好的。"

走出村子，来到山下，山上层层腰带似的梯田，橘子树一行一行的，排列得整整齐齐，拳头粗的树，橘子密密麻麻，树枝压得像扁担，顺着山间小道，走到半山腰，再上山没有橘子树，望不透的灌木丛，这里的山，不见石头，不见荒草，好山，宝山。

看完橘子林，看看表，差几分十点，告辞回宁波。"哪能走，尝尝宁波菜。"小伙子不让走，留下吃中饭。"离吃午饭还早着呢，我回宁波吃不晚的。""此地工人早上六点多上班，十点半吃午饭，下午三点半下班，回家打牌。"小老板解释，我们现在就吃中午饭。

没进客厅，直接进餐厅，不分宾主，随便坐，六位，人坐齐了。十几分钟，菜端上来了，"家乡菜，同你们山东区别很大，随便烧的。"小伙子一边整理桌子，一边叨叨，桌上放着两瓶古越龙山，小伙子打开，一边倒酒一边说："绍兴老酒，吃得习惯吗？""能喝得习惯，在上海喝过，口感很好，我在上海喝过石库门黄酒，喝过零打散装的黄酒。"

一盘接一盘上菜，清蒸刀鱼，梅菜烧排骨，糟扣肉，糟黄鱼。小伙子不停给我夹菜："尝尝清蒸刀鱼，山东不这么做吧。"我吃了一口，咸得很，其他菜不咸，几个青菜清淡，吃不出盐味，我随便问一句："宁波菜有啥特色？"小伙子讲："宁波菜原汁原味，不甜不辣。""南方大多吃甜吗？"我问一句。"甜菜只在苏锡常，上海稍稍有一点，宁波一道甜菜没有。"小伙子劝菜，也劝酒，一桌六人，三人喝酒。两瓶古越龙山剩得不多了，小伙子同我干一杯，两瓶老酒喝光了，我觉得自己喝了一瓶。

喝完吃完，不到十二点。小伙子找来一辆面包车，送我回宁波宾馆。下午去绍兴，这次出差有两项事情，第一项订购塑料部件，第二项游鲁迅故乡。

看看鲁迅故乡，是我多年的愿望。

绍兴的街上，早上人少，吃完早餐，不知不觉溜达到景区。景区开门晚，先逛逛大街，老街变化不大。一九九五年，改革开放的春风似乎没有刮进来，街两边的楼房，两层，三层，新楼星星点点有几幢，没有十层以上的。看街上大树人行道，几十年没变的样子。溜达到鲁迅故乡街头，栅栏当道，八点半才开。孔乙己吃老酒的咸亨酒店，在街头，不是当年四文铜钱，买一碗酒……靠柜外站着，热热的、喝了休息的小酒店，酒楼阔气，五星级，站着喝酒的，不会来了，不到上班时间，大门紧闭。

栅栏门悠悠地打开了，等在路边的游人涌了进去。整条街都是鲁迅《故乡》中的建筑，修造的还照老模样修起来，鲁迅家的房子卖给了朱文公的子孙，解放后收归政府，辟为鲁迅纪念馆。整条街，没有大官宦人家的豪宅，尽是普通人家的院落，大门不大，房子不高，百年前可能就是破落人家的住宅。

鲁迅故居，普通江南人家的房子。两进的平房，没有高门台的大堂屋，没有飞檐走壁的凤凰、麒麟，鲁迅祖父的官不是很大，当年没有多少银子建豪宅。

看完鲁迅的老屋，向后走，就是名气大得不得了的百草园，有一亩多地，鲁迅儿时的乐园。还是老地方，树和花今非昔比了，种的树不名贵，花不鲜艳，普普通通的农家小院。没看到"碧绿的菜畦，光滑的石井栏，高大的皂荚树，紫红的桑葚；也不必说鸣蝉在树叶上长吟，肥胖的黄蜂伏在菜花上，轻捷的叫天子（云雀）忽然从草间直窜向云霄里去了"。百草园的布局，种的花草比不上普通公园，比江南随便一处小园都逊色，像无人管理的样子，很失望，读过中学的人，文学爱好者，谁不记得百草园。

从鲁迅故居"出门向东，不上半里，走过一道石桥，便是我的先生的家了。从一扇黑油的竹门进去，第三间是书房。中间挂着一块匾道：三味书屋"。鲁迅的描述一点没变，来到三味书屋，一间房，中间放一张长条桌，六把椅子，鲁迅儿时的课堂布局。站在三味书屋的牌匾下，望着当年鲁迅学习的私塾小房，普通得不能再普通的一间江南小屋，名扬天下的一间小屋。

到此一游，不能白来，买件纪念品，门口卖折扇，还当面题记。报上大名，按照姓名的每个字，题诗一首，写到扇面上。题我的诗句是"于越江南春光明，国富民泰福寿添"。

仍不忘记孔乙己，咸亨酒店开门了。穿灰色长袍的孔乙己，端着酒杯阴沉着脸，站在门口看着俊男靓女们进进出出。没有了曲尺形的大柜台，没有温酒的热水，没有进门鞠躬的店小二。长长的耀眼的玻璃柜台，里面站着两位年轻的女服务员。店内大厅，放着十几张能坐四人的小桌，十点钟，刚开店门，无顾客。很想买上一碟茴香豆、一碟煮笋，买上一碗热热的绍兴老黄酒，坐在小桌前慢慢品，一人孤单，不学孔乙己了。

《孔乙己》是鲁迅最有代表性的一篇文章，谁人不知咸亨酒店孔乙己？影响巨大，无人比得上。眼前的咸亨酒店已现代化，不是鲁迅笔下的老咸亨了。同三味书屋和百草园，有巨大的反差，不知鲁迅的后人们有何感想。

咸亨酒店右边，咸亨酒店食品专卖店，专营咸亨食品，有茴香豆、煮鲜笋、梅干菜、糟鸡糟鸭，来一回咸亨，不能空手而归，买上几包，回去品尝品尝。

来浙江这一趟，双丰收，顺利完成擦鞋机部件的采购，圆了游鲁迅故居的梦，按计划时间，乘车回厂。

　　"永泰"商标批下来了，擦鞋机可以冲出山东走向全国，济南擦鞋机厂，半瘫痪状态，我们之间的合作结束了。互换配件，账目已经结算清楚，无牵无挂，下一步想办法扩大生产，到邻近几省开辟市场。

　　天津和北京市场，济南擦鞋机厂去年进入，刚分手，不能去占。太原和石家庄，我们可以去，两个省会大城市，市场不会差。

　　同太原水利研究所的业务，已经三年了。人熟地方熟，进入市场，要稳扎稳打，同商业部门打交道才一年多，经验不足，一步一步来。我带上业务员小赵来太原，研究所孙所长派小王开面包车，带我跑百货商店。小王知道每家商场规模大小，先来太原最大的一家华联商场。找到家电部经理，小王介绍，经理看说明书，二话不说，答应下来，代销，一月一结账。第一家很顺利，继续转。第二家东风商场，找业务经理，等一个多小时，结上关系，答应代销。第三家经理不在家，小领导不做主，已近中午，孙所长准备了酒席等着，下午再来联系。

下午不能再麻烦小王，约定明天。第二天跑了三家，顺利签约。太原规模大的商场，只有六家，基本全覆盖，小商场不联系。

商场上擦鞋机，无人知道，搞搞宣传，做做广告。工厂没做大，无资金，广告在省会城市无法做起来。我一诉苦，小王讲话了，他老爸在太原晚报社工作，能帮上忙。找到报社，见到小王老爸，讲明做广告的事情，我有在《淄博日报》刊登文字广告的经验，直接讲明只登几行文字，不搞画面，不搞大幅版面。小王老爸是某科室主任，定价两千六百元，效果好，再扩大为画面，或电视台，一步一步走。

太原的业务办妥了，直奔石家庄。乘火车经过石家庄几次，进市区还是头一回，住宾馆，慢慢打听。买上一张市区地图，仔细看，问问服务员市区有几家大的百货商场，了解到，东南西北布局大的商场有五家。带上说明书，乘上天津大发出租车，一家一家转，业务好谈，代销，不用讨价还价，只要提防上当受骗，丢了擦鞋机。卖几台结算几台，合同好签，市场价二百零九元，进货一百六十元，差价四十九元，是商场利润。计划住两天，一天办完了，签了四家。有一家故意刁难，提不出正当要求，卖十台一个价，卖二十台又一个价，几个月卖了五台，占用柜台，支付部分货款，不是正道上商家，同这家打交道，一定上当。住了两夜，回来准备发货。

从太原研究所购喷涂粉，一月一次，一吨或六七百公斤。当年没有配货汽车，只有一条进货渠道，发火车零担。正常收货，太原到淄博站十天，偶尔七天能收到，有一次，半月没收到，询问太原零担库，回答已准时发车。我厂经常提货，淄博站仓库发货员很熟悉，等了两天，仓库又翻了一遍，查了收货记录，没有。又找太原站，他们回话到淄博其他站找找，先去周村，周村站是淄博最大零担发货站，没找到。又去淄川，没有，最后在博山站找到了。提不到粉，停产五天，还有一次发到济南，转运淄博的一节车厢没挂上，粉卸在济南。二十世纪九十年代的火车运货，发错车站是家常便饭，不追究责任。

向太原、石家庄送擦鞋机，万万不能发火车。用自家的金杯大头车送，这车年久失修，毛病俱全，淄博地区跑跑不担心，这次翻越太行，很不放心。自己有车，不能雇车，壮壮胆，送一趟擦鞋机，拉回一吨喷涂粉，很合算。

安排好太原、石家庄的擦鞋机，准备进东北。东三省地大物博，重工业基地，机械制造曾经是全国的领头羊，二十世纪九十年代落伍了，瘦死的骆驼比马大，消费水平比中原和西北还高。把擦鞋机放到东北试试市场情况。第三步，去中原，去江南。

去东北销售擦鞋机，考虑派比较稳妥的业务员，一方水土，一方人的生活习惯、规律习俗，推销产品不例外，想来想去，派老赵比较合适。

通知老赵来办公室，商量东北销售擦鞋机事情。我向老赵介绍，太原石家庄的几个商场，签协议价格等等。老赵谈了他的看法，东北开放比较慢，还是计划经济占大头，不同于南方，开放得早，开放得快，买东西，卖方漫天要价，买方猛砸猛砍。东北要稳扎稳打，按老国营路子走，我同意老赵的看法，第一趟只去沈阳、长春、哈尔滨三个省会城市。

讨论了一个小时，定下东北销售擦鞋机的方式。价格按太原销售价，每台200～220元，不能低于200元或高于220元，不能卖高价。给商场价格每台160元，不找代理人，直接和商场交往，不在个体小商场销售。每个城市找三四个大商场，不分布多点销售，运送擦鞋机，到东北看具体情况再做安排，老赵按照这几项，三两天准备去东北。

十天后，老赵从东北回来。三大城市，联系十一家商场，沈阳四家，长春三家，哈尔滨四家。全是没改制的国营大商场，代销，送货自己想办法，商店仓库交货。

路途远，来回三千多公里，发火车零担是最节省的运输方法。朋友们有时聊起来，去东北的零担有时丢货，车站订了保险担保价单，几百元、几千元小件无法查找。要保险金更难，商场仓库不负责提货，业务员提货，住大城市，定不了时间，或五六天，或十天，当年没有汽车配货。

怎么办？最后决定用小病缠身的泰山130去闯关东，司机小赵去保养汽车，两天搞完，三天试运行，确保不出大病。派上两位司机驾驶，老赵陪同，去东北送擦鞋机。

九 出口新加坡

接到一个电话，对方开口三四个"您好"，说话口气不像中国人。一九九六年，程控电话在淄博刚装两年，中国人打电话，不会开口就说"您好"。对方自我介绍，新加坡人，在淄川设办事处，约我到办事处谈谈擦鞋机出口事项，办事处地址，淄洪路××号。

如约找到办事处，淄博矿务局大门对面二楼。按照电话中定好的时间，门口一位三十几岁青年人在等候，带我进办公室。办公桌前，坐着一位四十几岁中年人，穿藏蓝色西装，咖啡色皮鞋，头发梳得锃亮。见我进门，急走两步，跑过来握手，招呼我坐沙发。递上名片，名片上写着三个公司的经理，黄某某。标准的中国北方人面孔，我回敬名片，介绍企业产品。说完，黄先生讲话了，不标准的普通话，没有广东腔，能听清楚。"我们公司在淄博各地设有办事处，采购地方特产，瓷器、玻璃、周村丝织，到新加坡等东南亚各国销售，前几天在淄博百货大楼见到你的擦鞋机，这个产品很好，很有市场前景，东南亚地区，蛮推得开，我们能不能合作，把你的擦鞋机推销到东南亚？"

我回答："很好，可以合作。"

"有没有生产能力？东南亚市场蛮大的，我订了货，做不出来，要罚款的。"黄先生说得很认真。

"你估计一个月能销售多少台？"我问黄先生。

"两三千台没有问题的嘛。"黄先生点着头，回答我的问题。

"满足你的要求，只要我们签了协议，国内市场不供，保证你的货源。"我说得实实在在。

黄先生高兴地从办公椅上站起来，指着一旁的青年人说："小刘是我的总代理，业务他来办，定个时间，到你的公司看看。初步签个协议，报到总部，批下来，再签正式协议，到时候可要保证供货哦。"

"请黄先生放心，说到办到，一百个保证。"回答新加坡商人的疑问，斩钉截铁，面不改色，心不跳，不能有半句含糊。黄先生很满意，约定后天，小刘到厂实地考察。

小刘开着夏利轿车，找到了擦鞋机厂，先不进办公室，我带他到车间看生产现场。小刘很惊讶，几间简易厂房，没有现代化机械，生产出这么漂亮实用的擦鞋机，实在少见。小刘连连说了几个不简单、不容易，这边看那边瞅，指着电机问："从哪家厂购电机？""我们自己生产，在前面的车间，等会儿我带你看看。""这些塑料件在哪生产？"小刘拿起擦鞋机底座。"从济南省家电公司下属厂买来的。"

看完组装车间，我带小刘来到电机车间。从车电机壳，到绕线、压线、转子，仔细看了一遍。最后转到组装工作台，小刘很好奇，"电机就是这么生产的？""大小电机，生产工艺差不多，大同小异，一个定子，一个转子，装起来，通电能转。"我在一旁说。"擦鞋机主要配件就是电机，电机不好，擦鞋机不好。"小刘自言自语。我接上话："只要出厂实验合格，电机不会坏的，擦一次鞋十几秒，最多一二分钟，电机不出力，多少年都不会坏的。""能保证质量，擦鞋机用几次不会坏，我们就放心了。看了你们的电机车间，更放心了，回去汇报给黄经理。"小刘最担心的是质量问题，看完电机车间，他有数了。

参观完车间，回到办公室，小刘提到生产能力，能不能每月保证供应三到五千台。我慢慢回答，擦鞋机生产关键是电机，现在我一天能生产一百台电机，每月三千台。如果有市场，再增添两台车床，十几个工人，又能每天生产一百台。你们的东南亚市场，不是一个月两个月能开拓出来，随着市场扩大，资金有保障，电机扩大到每月一万台，没有问题。塑料配件，每天五百件也有，组装再加两名工人，每天装两百台，塑料配件和组装，更是有百分之百的保障。听完我的话，小刘提不出其他问题。

小刘说，黄先生安排的工作，今天完成了。回去先初步签一份协议书，双方签字，发回新加坡总部，总部批准，发回来签正式协议书。签完订单，公司派一位质量总监，常驻淄川，不定时间，随时来你厂进车间，检查产品质量，保证万无一失，一万台不出一台质量问题，百分之百的合格率。小刘说到这地方，我插上一句："一年多时间，在淄博地区，我们卖了七千多台，到现在为止，一台质量问题没有，百分之百的合格率。"

协议书草稿拟好了，小刘拿来，让我审一下，有没有修改地方。客户是上帝，我的发言权不大，协议内容，供货时间，发货地点青岛海关，下订单，几日内交货。主要一条，东南亚地区，只一家销售，不能设第二家销售公司，违约罚款二十万元，最后一条定价格。

小刘有定价权，他同黄经理在淄博百货大楼，已经了解了擦鞋机的价格。那是销售价，进货价不完全知道，百货大楼每台卖二百零八元，我定的价，进价一百六十元，小刘猜得差不多。"每台毛利百分之二十五，你出厂价一百五十五块，就按照这个价定。""小刘，按这个价，我不同意，争取一百六。小刘，同你说实话，淄博百货大楼进价一百六十块，不信可以去深入了解。"我顿了一下接着说，"小刘，不用争，我每台给你两块回扣，按一百六定。""加一块，每台三块。""行，三块就三块。"

价格每台一百六十元，送到青岛港。从青岛到新加坡船运运费，由黄经理支付。协议书草稿定下来，我签字，黄经理发回总部。

几日后总部回电，要五台样机。收到样机，总部做决定，小刘发来新加坡地址，要我直接发新加坡。

向国外发货，没有办理过。打电话询问在青岛做外贸工作的老同学石君，老同学回话，去青岛帮我办理。老同学石君，从一年级到初中同班同学，工农兵大学毕业。我带上五台擦鞋机，赶往青岛，公司从淮海路搬到山海关路，在她办公室，我拿出黄某的名片和收货地址，她仔细看名片上的英文内容，是一家日用品百货贸易公司，查找新加坡进出口资料，没查到这家公司。老同学用她名下的业务，把擦鞋机发往新加坡，省下两千多元运费。老同学陪我游中山公园，八大关，回来等好消息。

等了半月没有回音，找小刘，回话总部业务多，不必急。又等了半个月，小刘电话不通，关机了。来到淄洪路办事处，大门紧锁，门窗上的灰尘厚厚一层，隔壁的商店老板讲，一个月前关门了。

十 擦鞋机下架

太原的几家商店，擦鞋机销售不好。在《太原晚报》做了两次广告，影响力不大，一直没有进展。以为有研究所的业务，感觉在太原顺当，有人缘，打开太原市场，一个山东一个山西，地缘上，地名上亲切，近乎。何况山东人一多半，从山西大槐树迁来的，六百年前是一家人，一家人能不照顾一家人吗？一年两个月，只卖出两百多台。第二批发的货，没动，盼春节前，开年会发奖品，机关单位送礼，能卖一批。业务员去转了转，动静不大，节后，业务员又去，几家商场不愿卖了，要求清账，久拖不是办法，强扭的瓜不甜。

去太原顺路，先在石家庄住下。石家庄几家商场摆放的擦鞋机，一年内没清一次账，业务员去过两三次，只卖了几台，答应结账。上午去了两家商场，卖了十五台，收了两千四百块现金，剩下的十几台拉回来，两家清账。下午跑两家，卖八台，收一千三百块现金。四家商场，经理们一个口径，占着柜台、仓库，没人买，影响卖其他家电，一年零两个月，撤出石家庄。

翌日，乘火车去太原，不是节假日，人不多，有坐票，检票进站。车已停稳，车上的乘客先下，站在车门口等上车的十几个人，排得整整齐齐，不急不乱，很有秩序。上车时，有两位乘客在我前面，我跟后，进车厢，拿着票找座位。迎面急匆匆过来一个小伙子，到我面前说："我的票你脚踩住了。"不由自主低头抬脚，小伙子一只手提一件褂子，顺着我肩一划，弯腰挤着我的肩膀，一侧身溜过去了。没注意他捡丢的车票，我身后的业务员老赵，拽了一下我的胳膊，"刚才你对面那家伙，好像手向你胸前一伸。"我还没找到座位，手向上衣西装口袋一摸，空荡荡的了。老赵赶回车门追，乘务员见一小伙子下车跑了。石家庄卖一年的擦鞋机款，被小伙子掏走。大意，大意，三千多块，一小撮，顺手放到口袋，不占空。有拉杆箱，有手提包，以为不值得放，真高明，擦肩一过，三两分钟，比魔术表演一点不差。二十多年过去了，现在对那个小伙子还有印象。

在太原乘天津大发，六家商店一上午转完了，四家商场擦鞋机不上货架，两家同意清账，擦鞋机下架。下午，研究所小王，同我先去华联商场，到仓库清点，八台擦鞋机存放着。又去东风，找上经理，找上保管员，没卖的擦鞋机装到车上，结完账，已经下午五点多。小王拉着我和老赵回研究所，到一个十字路口，对面一骑摩托车老头，不看红绿灯，撞到小王的面包车上。两车过路口，行驶较慢，老头和摩托车倒地上，我同老赵下车，扶起老头。老头没碰车，趴在地上，手脚没擦伤，老头假装站不稳。摩托车挡泥瓦碰弯，这样能行驶。老头不讲理，要一千块修车，人去医院看伤，车换一块挡泥瓦，几十块钱，老头没擦破一点皮肉，去医院看啥伤？周围十几位老头老大妈，有的劝，有的批，最后给骑车老头五百块钱。

民间有句俗语，祸不单行，石家庄被偷，太原被讹，虽然区区一点小损失，是巧合。坐在小王的车上回研究所，使我想起了三年前，妻子在涂料研磨机旁，刷过滤网，早上刚上班十几分钟，不知不觉，被过滤网碰断胳膊，骨折了。这台机器做涂料，使用七八年，没伤一次工人。妻子出院第五天，在研磨机同一个位置，又是刷网，一位女工人，又骨折了，同一个部位。这台研磨机又工作了九年，直到停产，再没伤过一个工人。有些社会现象，小病小灾，似乎合情合理，似乎巧合，科学解释，工作失误安排不当，操作不规范。石家庄、太原交华盖运，撤退。来回一周，擦鞋机退出两大省会城市。

淄博百货大楼，二十世纪七八十年代，淄博最大的百货商场，红火了二十几年。到九十年代中期，先后新建几家商场，规模超它，但百货大楼余威犹存。推销擦鞋机，第一家选择淄博百货大楼，家电部在一楼，已分层承包，承包负责人孙经理。谈业务他一人说了算，手续简单，办事效率高。第一年，擦鞋机销售，淄博最多的一家，销售了一千多台。货款支付很及时，第二年上半年只卖一百多台，年底盼旺季，卖得不如上一年。听孙经理介绍，这年的家电都销得不好，不光擦鞋机，洗衣机、空调销量下滑更大。张店又开两家商场，专营家电，竞争比上一年更激烈，老百姓喜新厌旧，百货大楼改换门庭，一楼经营服装，卖皮衣、童装、女装，家电搬到四楼，孙经理退出家电承包。

孙经理来电话，清理业务，结算货款。我同业务员一道去，孙经理还在原来办公室。后续工作很多，代销的商品卖不掉，客户拉走，经销的家电放在仓库慢慢处理。擦鞋机是代销业务，没卖完的还有十台，装车拉回，卖出的结算完账，欠擦鞋机货款十万零三千元。孙经理承诺，还一部分现金，用家电产品抹一部分账，这几天仓库保管员没来上班，听通知，到仓库家电随便挑选。

两天后接到孙经理电话，带上货车去百货大楼拉家电。来到仓库，保管员已接到通知，任意选任意挑，装完车到办公室结账。小鸭洗衣机只有两台，海尔空调一拖二的还有两台，电视机没有了，装上这四台大家伙。刚上市的微波炉几十台，堆放一大片，奢侈品，两千多元一台，同洗衣机、电视机价格差不多，拿上五台。用途不大，当礼品送人。厨房消毒柜，有些用途，挑上十台。其他小东西拿回来没有用，选完了，去办公室结账，会计结算，家电款三万六千元。孙经理答应过几天给三万现金，余下货款分几次，一年内结清。孙经理在百货大楼工作二十几年，为人很实在，说话算数，一年能结清，是好客户。

两个月后的一天晚上，边吃饭边看电视。无意中遥控器点到淄博电视台，电视画面上，一座大楼燃着熊熊大火，十几辆消防车围着喷水。主持人解说，今天下午二时三十五分，淄博百货大楼着火，消防人员正在奋力扑救，市长某某某，张店区委书记某某某，区长某某某，正在现场指挥。

几天后专程去张店，看看百货大楼。楼里楼外，烧得漆黑，门窗一片狼藉，周围挡起了护栏。新闻报道，从一楼起火，一直烧到了楼顶。一楼卖皮衣、毛衣、棉衣，各类衣服，火势可想而知，整个大楼商品烧得片甲不留。孙经理的办公室烧得无踪影了，手机关了，从此没见到孙经理，欠的货款，一烧百了。

一年后，路过百货大楼，被烧的狼狈相，原样未动，无人打理。

若干年后，淄博百货大楼重新装修，楼里楼外换新颜，展现二十一世纪的新面貌。火烧前笨头笨脑的样子，一丝一缕没有留下，改头换面，重新冠名，迈开大步跨进新世纪。

周村博山几家商场，零零星星卖了几十台。桓台临淄商场，批发几百台。大多数商店无人问。在淄博地区，红火了一年半，第三年几家商场不愿在柜台上摆，占地方卖不出去，该收场就收场。

东北三大城市，摆放两年，卖出一百多台。算算利润，顶不住业务员的出差费，也该收场。

北京转业的上校大叔，是我的好邻居、好乡亲，热心肠。找几个朋友，在北京推销擦鞋机，中国的首都，千万亿万富翁数不清，卖几千台擦鞋机，容易得很。不知啥缘由，人人见人人夸的好东西，在北京摆放一年多，只卖出几十台。

从生产擦鞋机到停产，三年时间。从欧洲照搬过来的，都说是好产品，在中国大地上水土不服。不能扎根开花结果，市场不买账，老百姓们不喜欢。

有宏伟蓝图，电台报纸广告宣传。月计划一万台，第二年两万、三万台，年产三十万、五十万台。规划了销售路线，先山东，后河北、山西、北京、天津、东三省，拿下东北，再挥师江南。

人算不如天会算，犹似昙花一时现。上蹿下跳三整年，白白逛趟桃花源。

后　记

　　一九八一年秋前，公社召开三干会。宣布农村实行家庭联产承包责任制，按劳动力分田到户，单干耕作，保留生产队组织形式，分配政策不变，人民公社规章制度不变。

　　我们公社承包规则，土地分配，男十，女八。男劳动力承包十亩地，女劳动力承包八亩。各村根据土地多少，自行决定，不一刀切。收完秋季庄稼，把地分到各户，定产量定工分，一亩地产多少粮食，一亩地定多少工分，土地分为三个级别。例如水浇田，两季作物，小麦收三百斤，玉米收五百斤，一年定八百斤标准，为一级地。旱田，浇不到水，靠天收粮食，收两季，小麦两百斤，玉米四百斤，一年定六百斤标准，为二级地。山薄地，种一季庄稼，高粱、地瓜，定为三级地。定住的产量，没有大的自然灾害，一般年景，不能更改，死指标。收割完庄稼，按你承包的地亩数，计算你应分多少粮食，交生产队多少粮食，地里多收的归自己。计算工分，按土地标准，例如，一级地三百工分，二级地二百，三级地一百。年终决算，按生产队分配方法，每工分值多少钱，挣多少工分，分多少钱。粮食人七劳三，我们队已改为人六劳四，按工分四成分粮，按人口六成分。生产队还是生产队，人民公社还是人民公社。

公社干部会议要求，开社员大会，听取意见，有争议，有不同意见，可以视具体情况而定。开社员大会之前，分地的消息传遍大街小巷，社员大会上，不争论，不提意见，一致同意分田到户。

生产队收完庄稼，量完土地，分到各家各户，大人小孩齐下地，种完小麦，比生产队年代，提前十几天。

生产队年代，三秋大会战。村头扎上舞台，安上大喇叭，成立三秋指挥部，红旗招展，歌声嘹亮，响应党中央号召，人民公社一定要把小麦种好，战天斗地忙三秋，小麦种到霜降。

我们生产队，丈量完全部土地，计算一下，按当时下地的劳力，男劳力每人分四亩，女劳力分三亩。剩下四十多亩土地，按全队人口，分成自留地。照顾在公社工厂、村办厂分不到地的家庭。加上原来的自留地，平均每人三分多地，五口之家，一年能收千八百斤粮食，有承包地的满意，承包不到地的也很满意。

分田到户一年，农村生活大变样了，粮食有余。最明显，原来以煎饼为主食，馒头为副食，变为馒头为主食，煎饼为副食了。顿顿有菜吃，肉鱼不多，却也经常能吃。原来的地，原来的人，一年时间，不能说天翻地覆，但解决了最基本的温饱问题。吃饭解决了，田间的农活，三个月连收带种，干得稳稳妥妥。剩余时间，想法挣钱，有人搞家庭手工业，有人倒卖东西，不再日出而作，日落归家，农民劳动自由了。

承包地种了两年，一九八三年，农村彻底改革，分田到

后记

户，解散生产队，结束人民公社。农村土地按人分配，劳动力不论男女，不论年龄大小，每人一份。八三年秋，收完庄稼，重新分地。分完地种完小麦，分生产队的家产。牛驴猪作价卖掉，猪圈仓库，卖给社员，小推车、犁耙、篓子、盆盆罐罐，抓阄分给社员。三五天时间，经营了二十五年的生产队散伙了，人民公社退出历史舞台。

在社办厂、村办厂的农民不拿工分，开工资，社员变工人，生活有保障。田里劳作的农民，种完地失业了，不能坐吃山空，天上不会掉馅饼，开小作坊，倒卖货物，办小工厂，农村产生市场经济的萌芽。

我是失业的农民。买下生产队一台挤塑机，非常小的挤塑机，惨淡经营。一年内又买进两台，扩大生产，好景不长，产品滞销，干了三年多，停产转行。

随即生产墙体涂料，新产品，头两年，还能勉强经营。这个产品，工艺简单，投资少，大伙儿一哄而上，方圆几十里，新上七八家，竞争激烈。刚摸准市场规律，生产就绪，开拓了一片市场，原材料涨价。主材料一吨从两千六百元，一月一月涨，每次两百元、五百元，半年到六千元，一年涨到一万元。赔钱，苦苦硬撑，接受干塑料教训，遇到市场低潮，不能停产改行。一年后，柳暗花明，周围小厂全部关门，主材料日日落价，不快不慢，赔进去的钱又赚回来了。

人无远虑，必有近忧，不能等产品走下坡路，再找新门路。涂料产销旺盛时候，扩建厂房，增加了维修液压支柱业务。国营企业的钱容易赚，摸索技术，找货源。从淄博煤矿开始，跑龙口、新汶、枣庄、肥城，省内各矿务局，省内跑遍了，再到省外。转了义马矿务局，大屯煤电，徐州、石嘴山、乌海、铁法、舒兰的各大煤矿，东闯西奔，同煤矿打交道，一干八年。

干维修活，别扭，必须再找产品。发现了擦鞋机，省家电公司从欧洲引进的，国内独家。满怀信心，借款投资，攀上省家电公司大靠山，这次豁上大干，开拓市场，转变经营理念。从进入石家庄、太原市场，擦边北京，到闯关东，擘画一幅大蓝图，做了一场美梦，好产品水土不服，好景不长，三五年收场了。

干这些产品期间，中间干了几样小产品。吹塑料瓶，焊家用炉，生产油漆催干剂、风扇开关、汽车仪表盘。这里闯一头，那里抓一把，不知干哪一行好，不知干啥产品能站住脚。

从解散生产队到新千年，不知不觉快二十年。二十年平平淡淡，没经过大风大浪，没有千难万险，没干过一件一鸣惊人之事，没掉进万丈深渊。大人物名言，摸着石头过河，老百姓说法，骑驴看唱本——走着瞧。没有目标，没有方向，干一年算一年，只管冲冲打打向前赶。

二十年有欢乐，有苦恼，有高兴，有沮丧，现在回想起来，挺怀念。

解散生产队，自己第一趟去送货，计划一夜送到目的地，泰山24不争气，两天没赶到。那年代拖拉机浑身有病，第三天没准能到，又急又气，头一回送产品，出门碰了大钉子。无巧不成书，半路杀出个"程咬金"，把货截走了，每吨多卖了两百块，祸兮福所倚，高兴得半夜没睡好觉。

老配方，不能适应市场，愁得吃不下，睡不好。一日天降武汉教授，上门送配方，扭转涂料市场局面，成为当地名牌产品，流行了三五年。

高兴的事情不多，苦恼的日子不短。

生产墙体涂料，贷款买设备，借钱买材料，第一年刚铺开市场，大寒提前降临，把涂料冻成年糕，拉回来重做。又要筹钱买材料，买涂料桶，不买就会停工停产，火烧眉毛。找银行贷款无指标，越经营不善，亲朋好友离你越远，总不能不干，苦苦寻求，借到五千元，哪愁哪难忘不了。

失败的次数多，成功的事情少，从一九八一年分地，到生产擦鞋机，十七八年时间，干了七八样产品。开头几年，不知道咋干，工厂怎么经营，从小在农村，经历人民公社，推着小车出工，扛着锄头下地，不知道工厂啥样、怎么干工厂。头几年，东一头西一头，一阵心血来潮，丢下一个产品，接着上一个产品。经历七八年，慢慢才悟出一些道理，总结了一些经验。从维修液压支柱，结识煤矿，学到一些企业文化，学了一些企业管理方法。生产擦鞋机，进入大市场，认识社会，接触到商业文化，学到商品和社会的知识。这时候已过了不惑之年，知天命了，不能猛打猛冲，静下心来，总结思考，把握住一个产品，稳稳当当干下去。

九十年代末，生产拖拉机恒压发电机，代替老式发电机，市场火了两三年。我的产品上市不到两年，价格下滑，市场饱和，不得不退出市场。认准了车用发电机这一行业，决心干下去，上了农用汽车和大拖拉机发电机。开始跑柴油机厂，这种发电机是柴油发电机上的一个零部件，形成批量生产，必须供应柴油机厂。看似小小发电机，不磨炼三五年，质量不过关。刚开头三四年，主机厂不认可，年年亏损，进入二十一世纪后，质量年年提高，发电机得到主机厂好评，步入正轨。二〇〇〇年后的二十年，一心一意，干好车用发电机，发展到规模以上企业。

一生经历从记事起，人民公社，吃食堂，大炼钢铁，三年困难时期，十年"文革"，回乡种地十几年。这三十年，随社会漂流，没有个人奋斗目标，不能掌握自己命运。

进入八十年代，农村天翻地覆，迸发出巨大火花。办工厂，办商店，天南海北闯世界，每个老百姓决定自己的命运。这二十年，最有体会，最有奔头，最重要的人生的一大段。

二十年经历的事情不少，从一九八一年到新千年。跨世纪的二十年，社会大变革的二十年，我一生最重要的二十年。闲来无事，写下来。

动笔前反复想，生活中平平淡淡的小事，必须办的事，怎么记怎么写。能值得记，值得写吗？记下来谁，记下来有啥用？我经历的这些烦事小事，在茫茫的历史长河中，好比沧海中的一滴水。小人物没有事可写，没有传记。王鼎钧说过：大人物的传记是写给小人物看的，小人物的传记写给大人物看的，这世界上的缺憾之一是，小人物不写回忆录，即使写了，大人物也不看。看了这几句话，不写了。

有一位哲人说过，世界上的树叶万亿片，没有一片相同。

后
记

世界上的数亿人，经历的生活没有同样的。我的经历，我的生活，我的这二十年，很平淡，有时想想，也有可记之处，费尽九牛二虎之力记下来。虽然不上不下，不惊天动地，但是有些可记之处，有些别人不曾经历的岁月。

写回忆录，第一要务，是真实的生活。这二十年，经历千头万绪，不能记流水账，拣记在心上的，拣应该记的，反映当年真实社会状况，实事求是，不修饰，不造作。记下来，对社会，对后人，有启迪作用。

写回忆录，心有余力不足。边学边写，写一段停几天，苦思冥想几天，再写，笨手笨脑，写写停停，两年时光，总算写完了，长长地松了一口气。

休息几日，还要自讨苦吃，还要自鞭自策，完成既定计划，把前后几十年的旧事往事，编编顺顺，写完。